Klarant Verlag

Thorsten Siemens lebt mit seiner Frau und beiden Kindern in Sande / Landkreis Friesland. Als gebürtiger Ostfriese (Emden) schreibt der Autor mit Vorliebe spannende Krimis, die sowohl in seiner alten, als auch in seiner neuen Heimat spielen. Seine Begeisterung für die Bewohner der ostfriesischen Halbinsel und deren einzigartige Kulissen finden sich in seinen Friesland-Thrillern und Ostfrieslandkrimis wieder. Genau richtig für die Leser, die den ostfriesischen Charme und Lokalkolorit lieben!

Thorsten Siemens

Tod auf Wangerooge

Ostfrieslandkrimi

Klarant Verlag

Klarant Verlag, www.klarant.de – www.ostfrieslandkrimi.de
ISBN: 978-3-96586-515-0
1. Auflage 2022
Umschlagabbildung: Klarant Verlag

Printed in the EU.

Prolog

Die Obduktion

Rechtsmediziner Klaus Schlosser-Beckmann hasste Tage wie diesen. An sich machte es ihm nicht viel aus, die Körper von verstorbenen Menschen zu öffnen und in ihrem Innersten nach den Gründen zu suchen, warum ihr Leben ein nicht vorhersehbares Ende genommen hatte. Den kaum kontrollierbaren Brechreiz, den jeder Normalsterbliche bei dem Anblick und den Gerüchen haben würde, die diese Arbeit nun mal mit sich brachte, hatte er längst überwunden. Das Einzige, was ihm nach wie vor aber noch immer schwer zu schaffen machte, waren die Schicksale der Toten.

Vor ihm lag der blasse, leblose Körper eines jungen Mannes. Ein Teenager, der bis auf wenige Wochen genauso alt war wie sein eigener Sohn. Eine Situation, die es ihm schwer machte, nicht die Fassung zu verlieren. Wie bei einer Zwangsstörung musste er sich immer wieder fragen, wie er sich fühlen würde, wenn seinem einzigen Kind so etwas Schreckliches zugestoßen wäre.

Auf einem kleinen rollbaren Beistelltisch neben dem Leichnam lag ein Klemmbrett mit einigen bedruckten Zetteln. Schlosser-Beckmann nahm den Bericht zur Hand und las, was dem jungen Mann angeblich zugestoßen sein sollte. Dann reichte er die Unterlagen an Lauren Anderson weiter. Seine junge Assistentin war erst vor einigen Jahren von Dänemark nach Deutschland gezogen und hatte sich schon vor dem Antritt ihres Studiums dazu entschlossen, irgendwann einmal Rechtsmedizinerin zu werden.

Schlosser-Beckmann schloss für einen Moment die Augen, atmete tief durch und versuchte, seine zwanghaften Gedanken zumindest für den Moment abzuschütteln. »Der arme Kerl soll beim Schwimmen in der Nordsee ertrunken sein. Wissen Sie, welche Anzeichen diese Annahme bestätigen würden?«

Seine junge Kollegin nickte ihm schweigend zu. Sie war klug, talentiert und obendrein auch wirklich hübsch, und er fragte sich oft, warum sie sich gerade für diesen Zweig der Medizin entschieden hatte. Er wünschte ihr, dass sie es besser als er schaffen würde, die Schicksale der Toten nicht so sehr an sich heranzulassen. Dass sie nicht nachts von ihnen träumen würde, so wie er es oft tat.

Die äußere Leichenschau hatte, abgesehen von mehreren kreisrunden Blutergüssen, keine besonderen Auffälligkeiten ergeben. Schlosser-Beckmann reichte Anderson ein Skalpell. »Jetzt kommt Ihr Part!«, sagte er. Er wusste genau, dass er sich auf sie verlassen konnte. Dennoch tat er seine Pflicht und beobachtete jeden ihrer weiteren Handgriffe.

Nachdem Anderson den Torso geöffnet und die Organe freigelegt hatte, hielt sie kurz inne. »Durch den Wassereinschuss haben sich die Lungen stark geweitet. In der Körpermitte überlappen sie und verdecken dadurch sogar das Herz«, sagte sie an ihren Lehrmeister gewandt. Sie presste mit der Spitze ihres behandschuhten Zeigefingers vorsichtig auf das Gewebe. Eine leichte Delle blieb zurück. »Klarer Fall von Ertrinken, würde ich sagen.«

Der erfahrene Rechtsmediziner nickte, hob gleichzeitig aber mahnend seinen Zeigefinger. »Was müssen wir trotzdem noch überprüfen?«

»Ob er wirklich in der Nordsee ertrunken ist«, stöhnte seine Schülerin und verdrehte leicht genervt die Augen. In allen vergleichbaren Fällen, bei denen sie bisher dabei gewesen war, hatte sich diese Überprüfung im Nachhinein als unnötige Arbeit herausgestellt.

Schlosser-Beckmann hatte Verständnis für ihr Verhalten und tadelte sie deshalb nicht. Dennoch wusste er aus seiner langjährigen Berufserfahrung, wie wichtig es war, an alle Details zu denken und vor allem das Unerwartete für möglich zu halten. »Sie wissen, worauf Sie als Nächstes achten müssen?«

Lauren nickte und griff erneut zum Skalpell. Doch das, was sie sah, war nicht das, was sie erwartet hatte. Unsicher schaute sie ihren Lehrmeister an. »Ist das jetzt ein Fall für die Polizei?«, fragte sie ihn unsicher.

Mit zusammengepressten Lippen stimmte der erfahrene Rechtsmediziner ihr zu. *Und nicht nur für die*, dachte er bei sich. Dann ging er in sein Büro und griff zu seinem Telefon. Dabei klopfte sein Herz so stark, als wäre er selbst gerade zum Agenten in einem spannenden Actionkrimi geworden.

1. Kapitel

Die Entführung

15. November

Seit ihrer Rückkehr aus Wiesmoor waren bereits einige Monate vergangen. Dort hatten sie für die Geheimeinheit, für die sie jetzt schon einige Jahre tätig waren, mal wieder einen Mordfall gelöst. Wie immer, wenn sie auf einen neuen Auftrag warteten, hatten sie in der Zwischenzeit ihre jeweiligen Tarntätigkeiten aufgenommen.

Während Enno wieder als Streetworker auf Wilhelmshavens Straßen unterwegs war, hatte Hedda sich ganz und gar der Arbeit an ihrem dritten Kriminalroman verschrieben, den sie, wie auch die vorherigen beiden Bände, unter dem Pseudonym Hedda Müller beim Krimens-Verlag veröffentlichen würde.

Auch jetzt saß sie in ihrer Wilhelmshavener Wohnung, die direkt am Bontekai lag. Die herbstliche Nachmittagssonne schien durch die großen Fenster des Erkers, in den sie sich mit ihrem Laptop zurückgezogen hatte, und erfüllte den Raum mit einer wohligen Wärme.

›Ende‹, las Hedda mehrfach das Wort, das sie unter die fertige Rohfassung ihres Buches getippt hatte. Sie liebte diesen Moment und hoffte, dass sie ihn noch sehr oft erleben durfte. Jetzt musste sie das Manuskript nur noch ein paar Male überarbeiten, letzte Rechtschreib- und Logikfehler korrigieren und dann konnte sie es endlich an den Lektor des Krimens-Verlages schicken.

Sie klappte den Laptop zu. Mit der Überarbeitung würde sie morgen beginnen. Jetzt wollte sie den Moment und das sonnige Herbstwetter noch ein wenig genießen. Hoffnungsvoll schaute sie auf die Uhr. Enno war mit zwei Streetworker-Kollegen und ein paar Jugendlichen zu einer Wanderung zum Südstrand unterwegs. Sie hoffte, dass er bald zurückkehren würde, damit die beiden den wunderschönen Tag gemeinsam ausklingen lassen konnten.

Sie ging in die Küche, aktivierte den Wasserkocher und bereitete sich einen belebenden Becher Ostfriesentee zu. Während der Beutel im gekochten Wasser vor sich hinzog, griff sie sich einen der großen mit Schokoladenstücken gespickten Kekse, steckte ihn sich zwischen die Zähne, schnappte den Becher und begab sich so zu dem nach Süden ausgerichteten Balkon.

Sie setzte sich auf einen der Gartenstühle, stellte den Becher auf dem dazugehörigen Tisch ab und platzierte ihre Füße auf dem Sitzmöbel, auf dem ansonsten immer Enno saß. Mit geschlossenen Augen ließ sie den Kopf in den Nacken fallen, sodass ihr die tiefstehende Sonne direkt ins Gesicht schien. Es war einfach nur herrlich.

In diesem Moment hörte sie von unten die Stimmen von mehreren Jugendlichen. Sie legte den Keks, dessen Umfang größer war als der des Bechers, auf dessen Rand ab, stand auf und lehnte sich über das Geländer des Balkons. Unten an der Uferpromenade stand ihr Ehemann und verabschiedete sich gerade von seinen Kollegen und den Teenagern.

»Moin zusammen!«, rief sie vom dritten Stock herunter und winkte der Truppe lächelnd zu.

Enno formte seine Hände zu einem Trichter und hielt sie sich wie ein Megafon vor den Mund. »Ich komme gleich rauf!«

Voller Vorfreude ging Hedda in die Küche, um auch ihrem Mann einen Becher Tee zuzubereiten. Als sie gerade damit fertig war und ihm ebenfalls einen Keks zurechtlegte, hörte sie bereits die Wohnungstür. Mit dem Teebecher in der einen und dem schokoladenzersetzten Backwerk in der anderen Hand nahm sie ihn in Empfang. »Schön, dass du da bist!« Sie streckte ihren Kopf vor, spitzte die Lippen und erhaschte so den ersehnten Begrüßungskuss.

»Das ist ja ein toller Empfang«, sagte Enno.

»Wollen wir auf den Balkon gehen? Dann kannst du mir in Ruhe erzählen, wie euer Ausflug war.« Ohne eine Antwort abzuwarten, ging sie voraus. Doch kaum hatte sie einen Fuß nach draußen gesetzt, entfuhr ihr ein greller Schrei.

»Was ist?« Mit einem panischen Gesichtsausdruck kam Enno auf den Balkon gestürzt. Er befürchtete, es wäre etwas Schreckliches passiert.

»Schau mal, da!« Heddas erster Schreck hatte sich gelegt und war einem breiten Schmunzeln gewichen. Auf dem Geländer des Balkons saß eine große Möwe und starrte die beiden unbeeindruckt an. Weder Heddas lauter Schrei noch der heranstürzende Enno hatten das Tier beeindruckt.

»Ist das dein Keks?«, flüsterte Enno seiner Frau zu und zeigte dabei vorsichtig auf die kreisrunde Leckerei, die im Schnabel des Küstenvogels steckte.

»Ich befürchte, das war er.« Hedda verzog die Mundwinkel und zuckte hoffnungslos mit den Achseln.

Die Möwe schien nun doch auf Nummer sicher gehen zu wollen, hopste vollkommen gelassen vom Geländer, breitete die Flügel aus und flog davon, um ihre Beute in Sicherheit zu bringen.

Während Hedda sich noch fragte, ob die Möwe um diese Jahreszeit nicht längst auf dem Weg in den Süden sein müsste und ob ihre vermeintliche Verspätung eventuell etwas mit dem Klimawandel zu tun haben könnte, bot Enno ihr an, seinen Keks mit ihr zu teilen.

»Teilen? Ich brauche einen ganzen Keks!« Blitzschnell riss sie ihm das Backwerk aus der Hand, führte es zum Mund und biss ein großes Stück heraus. »Du kannst dir einen neuen aus der Küche holen«, lachte sie ihren Mann schmatzend an, während sie den schokoladigen Geschmack auf ihrer Zunge genoss.

Kopfschüttelnd lächelte Enno seine Frau an. »Gegen Kekse habe ich halt keine Chance.«

»Gut, wenn du das erkannt hast«, lachte Hedda.

In diesem Moment klingelte Ennos Diensthandy.

»Das ist bestimmt Jörg. Wurde aber auch Zeit«, sagte der Ermittler und griff in seine Hosentasche, um das Gerät herauszufischen.

»Hast du auf seinen Anruf gewartet?« Verblüfft schaute Hedda ihn an.

Enno schaute ebenso verwundert zurück. »Heute sollte doch das Urteil im Mordfall Ada Oltmanns gesprochen werden, hast du das etwa schon wieder vergessen?« Dann nahm er das Gespräch entgegen.

Hedda schlug sich mit der flachen Hand vor die Stirn. Sie hatte sich in den letzten Stunden so sehr darauf fokussiert, ihren Roman zu vollenden, dass ihr dieser Termin tatsächlich vollkommen entfallen war. Der Hauptverdächtige war bis zum Schluss bei seiner Version der Geschichte geblieben. Dementsprechend gespannt waren sie, ob ihn das Gericht des Mordes für schuldig befinden würde.

»Moin Jörg«, begrüßte Enno seinen Vorgesetzten. »Warte kurz, ich stelle dich auf laut, damit Hedda mithören kann.«

Nachdem sich alle drei ausgiebig begrüßt hatten, kam der Geheimdienstleiter gleich auf den Punkt und berichtete ihnen vom Ausgang der Gerichtsverhandlung.

Erleichtert atmeten Hedda und Enno auf. Sie hatten gehofft, dass die Richter so entscheiden würden. »Wann hast du denn wieder einen neuen Fall für uns?«, fragte Hedda urplötzlich, nachdem sie sich noch ein wenig über den Verlauf des Prozesses unterhalten hatten. »Ich habe gerade meinen aktuellen Kriminalroman beendet. Zeitlich würde es mir daher ganz gut passen«, scherzte sie. Sie ging nicht wirklich davon aus, dass es in Ostfriesland zufälligerweise wieder einen unaufgeklärten Mordfall für sie gab.

Der Geheimdienstleiter schwieg einen Moment lang. »Eine neue Aufgabe habe ich bereits.« Er machte eine spannungsgeladene Pause. »Ich bin mir nur noch nicht sicher, ob ich euch oder Fiona und Keno darauf ansetzen soll.«

2. Kapitel

Wangerooge

18. November

Nur drei Tage später wollten sich Hedda und Enno mit Fiona und Keno in Harlesiel am Fähranleger treffen, um gemeinsam nach Wangerooge überzusetzen. Nachdem ihr Vorgesetzter zunächst nicht gewusst hatte, wer für den Fall zuständig war, hielt er es am Ende sogar für eine gute Idee, seine beiden Teams dieses Mal von Anfang an gemeinsam ermitteln zu lassen. Doch während das junge Ehepaar sein Gepäck längst abgegeben hatte, fehlte von dem befreundeten Ermittler-Duo noch immer jede Spur.

Besorgt schaute Hedda auf die Uhr. »Es ist schon kurz nach zwölf. In zwanzig Minuten fährt die Fähre ab«, stellte sie besorgt fest und ließ zum wiederholten Male ihren Blick suchend über das Gelände schweifen. Da sie sich in der Nebensaison befanden, war das Touristenaufkommen durchaus übersichtlich. Die Möglichkeit, dass man sich gegenseitig einfach nur übersah, war daher nahezu ausgeschlossen.

»Sie werden schon noch kommen«, versuchte Enno seine Frau zu beruhigen, wenngleich auch er sich fragte, warum die beiden nicht zur vereinbarten Zeit am Treffpunkt erschienen waren. »Genieße lieber den schönen Ausblick.« Er sog die Seeluft durch die Nase ein, schloss die Augen und hielt den Atem an. Auch wenn ein Mordfall natürlich etwas Schreckliches war, freute er sich dennoch darüber, die nächsten Tage wieder in unmittelbarer Nähe der Nordsee verbringen zu dürfen.

»Du hast recht«, sagte Hedda. »Harlesiel ist aber auch traumhaft schön.« Ihr Blick blieb an einem der Kutter hängen, die im Hafen lagen. »Schau mal!« Mit ausgestrecktem Arm zeigte sie auf den Bug des Schiffes. In verschnörkelter weißer Schrift war der Name des Bootes auf den dunkelgrünen Untergrund gepinselt worden.

»Die alte Fregatte heißt ja genauso wie du«, scherzte Enno, wohl wissend, dass er hierfür einen Stoß in die Rippen riskierte. Zur Sicherheit machte er daher einen schnellen Schritt zur Seite und presste gleichzeitig seinen Arm schützend an den Oberkörper.

Doch die befürchtete körperliche Attacke blieb aus. Stattdessen holte seine Frau zum verbalen Gegenschlag aus. »Die hat es gut«, seufzte sie, mit Blick auf den Kutter. »Ihr Mann benennt ein Schiff nach ihr, weil er sie über alles liebt. Und meiner …« Sie beendete den Satz nicht, seufzte erneut und bedachte Enno dabei mit einem bösen Blick.

In diesem Augenblick hörten sie jemanden ihre Namen rufen. Das Ermittler-Ehepaar drehte sich um und entdeckte Fiona, die schuldbewusst mit den Schultern zuckte, während sie auf die beiden zueilte.

»Sorry, dass ich so spät bin, aber ich habe so lange auf Keno gewartet, bis der feine Herr Animateur es endlich mal geschafft hat, ans Telefon zu gehen und zuzugeben, dass er sich in der Uhrzeit vertan hat. Er nimmt eine spätere Fähre.« Nachdem sie ihrem Ärger Luft gemacht hatte, stellte sie ihren Rollkoffer ab, atmete tief ein und schaute dabei auf die Nordsee hinaus. Der friedliche Anblick der wogenden See in Kombination mit dem salzigen Geruch, der allgegenwärtig war, senkte ihren Stresslevel schlagartig. »Manchmal glaube ich, er hat einfach zu lange in Südeuropa gelebt«, machte sie noch eine weitere Anspielung auf die Zeit, bevor Keno Mitglied der Geheimeinheit wurde. Davor war er nämlich jahrelang als Mentalkünstler in diversen Hotels an der Mittelmeerküste aufgetreten. Nur seiner Fähigkeit, Lügen besonders gut erkennen zu können, hatte er es zu verdanken, dass er den zweiten Platz des neuen Geheimeinheitsduos neben der ehemaligen Polizistin bekommen hatte. »Können wir nicht tauschen?«, wandte sie sich mit gespielter Verzweiflung an Hedda.

Hedda tat so, als ob sie ernsthaft über den Vorschlag nachdachte. »An sich gerne«, sagte sie schließlich augenzwinkernd. »Ein Mentalkünstler und eine Frau mit Fähigkeiten, die sie sich selbst nicht so richtig erklären kann. Wir wären das beste Marvel-Superhelden-Duo, das es je gab. Aber zwei ehemalige Cops in einem Team …« Provozierend schaute sie ihren Mann an. »Das würde niemals funktionieren.« Sie lachte, hakte sich bei Enno unter und gab ihm einen Kuss auf die Wange.

»Ist sie nicht bezaubernd?«, fragte Enno mit ironischer Stimme. Dann schnappte er sich den Griff von Fionas Rollkoffer. »Wollen wir dein Gepäck schon mal aufgeben?«

»Schau an«, kommentierte Hedda das zuvorkommende Verhalten ihres Mannes. »Attraktiven Blondinen schleppst du den Koffer, aber deine Fregatte von Ehefrau musste ihren alleine hinter sich herziehen.«

Nachdem die drei noch ein wenig herumgeblödelt hatten, bestiegen sie die Personenfähre. Wie die meisten Ostfriesischen Inseln war auch Wangerooge autofrei und konnte nur tideabhängig per Schiff angefahren werden. Obwohl die Sonne sich hinter den Wolken versteckte und es immer wieder leicht nieselte, entschieden sie sich für einen Platz auf dem Oberdeck, um dort ungestört über ihren Fall sprechen zu können.

»Irgendwie freue ich mich richtig darauf, mit euch zusammenzuarbeiten«, sagte Fiona. »Immerhin seid ihr quasi schon alte Hasen, während Keno und ich im Geheimeinheitsgeschäft wohl noch als blutige Anfänger bezeichnet werden müssen.«

Hedda lachte, und das nicht nur, weil sie sich mit ihren dreiundzwanzig Jahren in keiner Form als alt oder erfahren bezeichnet hätte. »Alter Hase, alte Fregatte … Ich bin gespannt, was ich heute noch so für senile Spitznamen bekomme.«

»Ihr seid echt ein tolles Paar«, schmunzelte Fiona.

Diese Worte zauberten Hedda ein Lächeln aufs Gesicht. Sie dachte an die Zeit zurück, in der sie noch eifersüchtig auf Ennos ehemalige Polizeikollegin gewesen war. Und jetzt saßen sie hier gemeinsam auf der Fähre, scherzten und freuten sich auf die bevorstehende Zeit. *Wahrscheinlich werden wir in dieser Konstellation nie wieder gemeinsam ermitteln*, dachte sie, beinahe schon ein wenig wehmütig. Denn Wangerooge war nicht nur die zweitkleinste, sondern auch die äußerste der bewohnten Ostfriesischen Inseln. Sie lag so weit im Osten, dass sie trotz ihrer Bezeichnung als Einzige nicht zu Ostfriesland, sondern zum benachbarten Landkreis Friesland gehörte. Dementsprechend gehörte sie eigentlich eindeutig in das Aufgabengebiet von Keno und Fiona. Doch da sie allgemein als Ostfriesische Insel bezeichnet wurde und Jörg es letztendlich in diesem Fall einfach sinnvoll fand, möglichst viele seiner Ermittler auf die Insel zu schicken, war es letztendlich zu dieser voraussichtlich einmaligen Kooperation gekommen.

Fiona betrachtete über die Reling hinweg die wogende Nordsee. Beim Blick auf das dunkle Wasser musste sie an Fiete Schluff denken, der erst vor eineinhalb Wochen am Strand von Wangerooge von seinen Freunden leblos aufgefunden worden war. Die Obduktion hatte ergeben, dass er ertrunken war. Ein Ergebnis, das durchaus zu der Aussage der jungen Leute passte, die ihn entdeckt und Alarm geschlagen hatten. Auch die Eltern des jungen Mannes, der mit gerade einmal neunzehn Jahren sein Leben lassen musste, hatten bestätigt, dass ihr Sohn, der auch Rettungsschwimmer bei der DLRG war, regelmäßig in der Nordsee trainierte.

Eigentlich schien der Fall also klar. Ein junger, gut trainierter und erfahrener Schwimmer hatte entweder sich über- oder – wider besseres Wissen – die Kräfte der Nordsee unterschätzt und diesen Fehler mit dem Leben bezahlt. Ein tragisches Unglück, aber kein Fall für die Kriminalpolizei und erst recht nicht für die Geheimeinheit. So gesehen dürften Hedda, Enno und Fiona eigentlich nur auf der Fähre sein, um ein paar erholsame Urlaubstage auf Wangerooge zu verbringen. Doch die Obduktion hatte eben auch ergeben, dass er auf gar keinen Fall *in der Nordsee* ertrunken war.

3. Kapitel

Eine Prise Salz

18. November

»Habt ihr das eigentlich vorher gewusst?«, richtete Fiona sich an ihre Mitreisenden, ohne dabei den Blick vom Wasser abzuwenden.

»Was meinst du?«, fragte Enno überrascht.

Erst jetzt bemerkte die ehemalige Polizistin, dass sie, in ihren Gedanken versunken, einfach losgeplappert hatte. »Ich meine, dass es einen Unterschied macht, ob man im Süß- oder Salzwasser ertrinkt«, konkretisierte sie daher ihre Frage.

»Ich glaube, ich habe das vor vielen Jahren mal in einem Krimi gesehen, aber ehrlich gesagt auch wieder vergessen. Ohne Renates Erklärung hätte ich es auf jeden Fall nicht verstanden«, gab Hedda zu.

Renate war eine pensionierte Gerichtsmedizinerin, die ebenfalls Teil der Geheimeinheit war. Sie hatte zwar nicht die Leiche untersucht, aber den Mitgliedern ihrer Einheit in einfachen Worten das Obduktionsergebnis des zuständigen Rechtsmediziners Schlosser-Beckmann erklärt. Dieser war erst wenige Wochen zuvor in das Bestehen der Geheimeinheit eingeweiht worden und hatte gleichzeitig die klare Anweisung bekommen, potentielle Mordfälle zunächst der zuständigen Stelle des Innenministeriums zu melden, bevor er die ansonsten üblichen Wege beschritt. Im Fall des ertrunkenen Fiete Schluff entschied die Behörde daraufhin, dass die in Erprobung befindliche Geheimeinheit ermitteln sollte, bevor es die Kriminalpolizei tat. Bei der Erläuterung der Autopsieergebnisse war Renate auch darauf eingegangen, woran ein geschultes Auge erkennen konnte, ob der vor ihm liegende Körper im Süß- oder im Salzwasser ertrunken war.

»Ich habe es auch nicht gewusst«, gestand auch Enno ehrlich ein. »Was so eine kleine Menge Salz doch für einen Unterschied machen kann.« Er dachte an Renates Worte. *Ein Ertrunkener hat immer eine aufgeblähte Lunge. Aber wenn er im Süßwasser ertrunken ist, sorgt der höhere Salzgehalt des Körpers dafür, dass das weniger salzige Wasser aus der Lunge in den Körper diffundiert, um so die Konzentrationsunterschiede auszugleichen. Und beim Salzwasser ist es dann genau umgekehrt,* erinnerte er sich an ihre weitere Erklärung. *Da der Salzgehalt in der Nordsee höher ist als der im menschlichen Körper, füllt sich in diesem Fall die Lunge mit Wasser.*

Hedda sah ihrem Mann an, dass er angespannt nachdachte. »Hätten wir in der Schule doch nur besser aufgepasst, als im Biologieunterricht die Osmose durchgenommen wurde«, scherzte sie. Auch sie hätte es sich heute nicht mehr zugetraut, einem unwissenden Zuhörer die genauen Wechselwirkungen nachvollziehbar zu beschreiben. Für die bevorstehenden Ermittlungen war das auch nicht relevant. Sie mussten nur eines wissen: Irgendjemand hatte den Eindruck erwecken wollen, als sei Fiete in der Nordsee ertrunken. Und dieser Jemand rechnete entweder nicht damit, dass der Leichnam obduziert werden würde, oder aber er wusste einfach nicht, dass es für den Befund der medizinischen Leichenschau einen gehörigen Unterschied machte, ob man im Süß- oder eben im Salzwasser ertrunken war. Für die beiden Ermittler galt es daher herauszufinden, wer es getan hatte und warum.

»Was denkt ihr über die blauen Flecken?«, wollte Fiona wissen.

An einigen Körperstellen des Opfers waren mehrere kreisrunde Blutergüsse gefunden worden. Knochenbrüche oder Verletzungen innerer Organe konnten jedoch nicht festgestellt werden. Die äußere Gewalteinwirkung, die zu den Hämatomen geführt haben musste, wurde daher als nicht ursächlich für den Ertrinkungstod des jungen Mannes eingestuft. Da aber sowohl Fietes Freunde als auch seine Eltern zu den Verdächtigen gehörten, wurden sie zu der möglichen Herkunft der blauen Flecken aus ermittlungstechnischen Gründen noch nicht befragt. Ebenso wenig hatte man preisgegeben, dass man wusste, dass der Teenager im Süßwasser ertrunken sein musste. Alle, die Fiete kannten, gingen daher weiterhin davon aus, dass er in der Nordsee verunglückt war. Alle, bis auf den- oder diejenigen, die seinen Leichnam ins Meer geworfen hatten.

»Auch wenn seine oberflächlichen Verletzungen nicht besonders gefährlich waren, sollten wir auch dieser Spur unbedingt nachgehen«, beantwortete Hedda die Frage ihrer Kollegin. Dass sie dieses Mal noch vor der Kriminalpolizei ermitteln durften, erfüllte sie zum einen mit Stolz, löste aber gleichzeitig auch ein beklemmendes Gefühl in ihr aus.

»Was denkst du, waren es die Freunde, die Eltern oder jemand ganz anderes?«, wandte sich Enno an Fiona.

»Wir sollten aber auch die Option im Hinterkopf behalten, dass er ohne Fremdeinwirkung ertrunken und seine Leiche aus einem ganz anderen Grund hinterher zum Strand gebracht worden ist«, warf Hedda ein, noch bevor ihre Kollegin antworten konnte.

»Ich würde dennoch auf die Freunde tippen.« Fiona wendete sich vom Meer ab, setzte sich wieder gerade hin und schaute erst Enno und dann Hedda an. »Glaubt ihr etwas anderes?« Sie erinnerte sich an den letzten Fall, in dem Keno und sie das erfahrenere Ostfrieslandteam nur unterstützt hatten.

»Eigentlich nicht«, antwortete Hedda. Sie ging nicht wirklich davon aus, dass ihr vorheriger Einwurf tatsächlich zum Tragen kommen würde. »Warum sollten die Eltern es auch getan haben?«

»Nun ja, wenn es danach geht, macht Mord doch irgendwie nie Sinn, oder?«, warf Enno ein.

Fiona presste die Lippen aufeinander und nickte ihrem ehemaligen Polizeikollegen zustimmend zu. »Da hast du natürlich vollkommen recht. Aber bei Freunden kann man sich schon eher ein Motiv vorstellen als bei den eigenen Eltern. Eifersucht zum Beispiel.«

»Eifersucht?«, wiederholte Hedda nachdenklich. »Ich kann mir zwar durchaus vorstellen, dass ein junger Mann im Testosteronrausch einen Geschlechtsgenossen umbringt, weil beide zum Beispiel die gleiche Frau begehren, aber hier liegt der Fall ja offensichtlich anders. Immerhin waren es gleich fünf Leute aus Fietes Clique, die ihn gemeinsam am Strand gefunden haben wollen. Wenn wir der Aussage der Eltern glauben dürfen, waren es sogar einige seiner besten Freunde. Da scheint mir Eifersucht doch irgendwie unwahrscheinlich.«

Sie schauten gedankenverloren auf die Nordsee hinaus. Jeder für sich zerbrach sich den Kopf darüber, warum der junge Mann wohl hatte sterben müssen und was sie unternehmen konnten, um letztlich die Wahrheit ans Licht zu bringen. Dabei hatten sie einen groben Schlachtplan bereits im Vorfeld besprochen.

Jörg hatte herausgefunden, dass die Eltern des Ertrunkenen bereits Wochen vor der Tat ein Unternehmen vom Festland damit beauftragt hatten, ihr komplettes Haus zu renovieren. Daraufhin hatte der Geheimdienstleiter ein wenig Geld investiert und zwei Mitarbeiter der beauftragten Firma dazu bewegt, sich bei einem ausgewählten Arzt für einige Wochen krankschreiben zu lassen. Ihrem von dieser Nachricht vollkommen überrumpelten Chef schlugen diese außerdem zwei Bekannte vor, die gerne bereit wären, kurzfristig für sie einzuspringen. In seiner Not ließ sich der Firmenchef die gefälschten Arbeitszeugnisse von Fiona und Keno zeigen. Und da es bei dem allgemein vorherrschenden Fachkräftemangel nicht einfach war, kurzfristig einen fähigen Ersatz zu bekommen, war er schließlich gerne bereit gewesen, diesen Vorschlag anzunehmen.

Hedda und Enno hatten sich derweil zu einem Kurs angemeldet, der sich speziell an die wenigen Teenager und jungen Erwachsenen richtete, die in der Nebensaison auf der Insel Urlaub machen konnten, weil sie nicht mehr schulpflichtig waren. Er wurde von zwei der Freunde geleitet, die dabei gewesen waren, als Fietes Leiche am Strand gefunden wurde. Jeden Tag gab es am Vormittag sowie am Nachmittag jeweils zwei Stunden, in denen man gemeinsam coole Sachen machte oder Neues ausprobierte. Da sich das Angebot gleichermaßen an Touristen wie Einheimische richtete, hofften die beiden Ermittler, bei einer der Aktivitäten auch die übrigen Freunde kennenzulernen, die ebenfalls die Leiche gefunden haben wollten.

Nachdem sie noch ein wenig weiter über ihren Fall beratschlagt hatten, genossen alle die Ruhe der letzten Fährminuten für sich. Wenn man es schaffte, den Kopf auszuschalten und lediglich die Augen über die weite Nordsee und das immer kleiner werdende Festland wandern zu lassen, merkte man sofort, dass hier draußen die Uhren langsamer tickten.

Das Erste, was ihnen von Wangerooge ins Auge sprang, war der alte Westturm, das Wahrzeichen der Insel. Der sechsundfünfzig Meter hohe Turm war 1932 errichtet worden und wurde heute als Jugendherberge genutzt. Wie es sein Name bereits verriet, stand er am Westende der Insel.

Bereits wenige Minuten nach dieser Sichtung legte die Fähre im Hafen an. Nachdem die drei Ermittler das Schiff verlassen hatten, steuerten sie direkt auf die kleine Inselbahn zu, die sie zum vier Kilometer entfernten Ortszentrum bringen sollte. Der Anblick erinnerte Hedda sofort an ihren Aufenthalt auf Langeoog. Auch hier wurden die Passagiere der Fähre mit einem kleinen Zug weitertransportiert. Während die kleine Lok sie im gemütlichen Tempo mitten durch die Schutzzone des Nationalparks zog, hatten sie eine wundervolle Aussicht auf die Salzwiesen, die Westlagune und die Vögel, die noch nicht ihre Reise in den sonnigeren Süden angetreten hatten.

Nach fünfzehnminütiger Fahrt erreichten sie den im Jugendstil erbauten Bahnhof. Das denkmalgeschützte Gebäude aus dem Jahr 1906 war mit seinem Mix aus roten Backsteinen und weißem Putz, dem großen Turm und dem dunklen Dach ein weiteres optisches Highlight ihres noch jungen Inselaufenthaltes.

Hier trennten sich ihre Wege vorerst. Denn während die Unterkunft von Fiona und Keno in der Nähe des Inselflughafens, also im Südosten des Ortes, lag, befand sich die Ferienwohnung von Hedda und Enno an dessen nordwestlichem Ende, unweit der Tennisanlage.

»Wir können ja telefonieren, wenn wir ausgepackt haben«, sagte Hedda zu Fiona und drückte sie zum Abschied.

»Falls Keno mit der nächsten Fähre kommt, können wir ja vielleicht am Abend noch gemeinsam etwas unternehmen.« Auch Enno umarmte seine alte und neue Kollegin.

Fionas Lächeln wirkte leicht verkrampft. »Sehr gerne, aber auf Keno werden wir dabei wohl verzichten müssen. Wegen der Tideabhängigkeit fährt heute keine weitere Fähre mehr von Harlesiel nach Wangerooge. Auch da hat mein werter Herr Kollege wohl nicht richtig recherchiert.«

Überrascht schaute Hedda auf die Uhr. Es war gerade einmal früher Nachmittag. Sie hatte die Abfahrtszeit von Jörg vorgegeben bekommen und sich gar keine Gedanken darüber gemacht, ob es am selben Tag noch weitere Alternativen gab. Wieder einmal wurde ihr bewusst, wie abhängig die Insulaner von dem Zusammenspiel aus Ebbe und Flut waren. Zu jeder Zeit an jeden beliebigen Ort aufzubrechen, war eine Freiheit, die ihnen nicht vergönnt war. Trotzdem hatte sie bisher auf jeder Insel den Eindruck gewonnen, als würden die Einheimischen dieses Privileg überhaupt nicht vermissen.

»Dann treffen wir uns eben zu dritt«, sagte Enno. »Aber natürlich nur, wenn den beiden Damen meine bescheidene Wenigkeit genügt.« Er machte einen Ausfallschritt nach hinten und verbeugte sich, während er gleichzeitig eine ergebene Handbewegung vollführte.

»Du Spinner!«, lachte Hedda, zog ihn an der Armbeuge wieder hoch und gab ihm einen flüchtigen Kuss. »Wir rufen dich an«, wandte sie sich an Fiona, ehe sie gemeinsam mit ihrem Mann Richtung Ferienwohnung losmarschierte.

***

Nachdem sie ausgepackt und ihre kleine Ferienwohnung bei einer gemütlichen Tasse Ostfriesentee begutachtet hatten, hatte Enno Fiona angerufen und mit ihr den weiteren Ablauf des Tages besprochen. Da die junge Ermittlerin zunächst noch geduscht hatte, war sie mit dem Auspacken noch nicht ganz fertig. Daher verabredeten sie, dass Hedda und Enno einen kleinen Umweg über die Strandpromenade machen würden, ehe sie ihre Kollegin direkt bei deren Unterkunft abholen wollten.

Während sie bereits auf dem Weg zu Fionas Unterkunft waren, warf Hedda einen prüfenden Blick auf ihre Uhr. »Meinst du, sie ist schon fertig?« Sie schaute ihren Ehemann fragend an.

Doch Enno schien ihr überhaupt nicht richtig zuzuhören. Mit zusammengekniffenen Augen fixierte er jemanden, der ihnen in einiger Entfernung direkt entgegenkam. »Was macht der denn hier?«

4. Kapitel

Der Rosenkavalier

18. November

Auch Hedda richtete jetzt ihren Blick auf den Mann, der einen Rollkoffer hinter sich herzog und ihnen Schritt für Schritt immer näher kam. »Das ist doch Keno«, stellte sie erstaunt fest.

Das Ermittler-Ehepaar legte einen Gang zu und auch Fionas verspäteter Kollege wurde schneller, als er bemerkte, wer ihm dort entgegenkam.

»Moin!«, begrüßte er die beiden freudestrahlend. »Seid ihr das Empfangskomitee?«

Während die beiden Männer sich zur Begrüßung lässig abklatschten, umarmte Hedda ihren Kollegen ganz spontan. »Wir haben erst morgen mit dir gerechnet. Wie bist du …«

»Der Flughafen«, fiel Enno ihr ins Wort und zeigte auf den kleinen Tower, der im Hintergrund gut zu erkennen war. Warum waren sie nicht schon früher darauf gekommen, dass Keno mit dem Flugzeug nachgereist kommen könnte?

»Der Ermittler erhält viertausend Mark und muss dafür nicht einmal über LOS ziehen«, scherzte Keno. »Ich wollte euch überraschen. Weiß Fiona schon davon?«

Hedda schüttelte den Kopf. »Wir wollten sie gerade abholen.«

»Sehr schön.« Trotz seiner sechsunddreißig Jahre wirkte sein Gesicht durch die vielen Sonnenstunden, die es im Süden Europas und unter den hiesigen Solarien erleben durfte, sogar etwas älter. Doch in dem Moment, wo seinen Worten ein lausbubenhaftes Lächeln folgte, schien er plötzlich wieder ein kleiner Junge zu sein, der angespannt darauf wartete, dass seine Lehrerin sich auf das von ihm versteckte Furzkissen setzen würde.

Nachdem er sie grob in seine Pläne eingeweiht hatte, gingen sie gemeinsam weiter. Kurz bevor sie Fionas Ferienwohnung erreicht hatten, blieb Keno jedoch zurück und ließ Hedda und Enno vorausgehen. Nachdem die beiden bei ihrer Kollegin geklopft und mit ihr in der Wohnung verschwunden waren, machte der ehemalige Animateur sich an die Vorbereitungen für seinen kleinen Streich. Er öffnete seinen Koffer und holte zwei Utensilien heraus, die er früher regelmäßig in seinen Shows benutzt und heute extra eingepackt hatte, um sich bei gegebener Gelegenheit einen kleinen Scherz mit seiner jüngeren Partnerin zu erlauben.

Fiona kam mit dem Handy in der Hand zurück in das kleine Wohnzimmer der Ferienwohnung. »Keno hat gerade geschrieben. Er nimmt morgen Vormittag die Fähre um 09:30 Uhr.« Ihr Gesichtsausdruck zeigte eindeutig, was sie von der immer wiederkehrenden Unzuverlässigkeit ihres Partners hielt.

»Macht doch nichts«, sagte Hedda. »Wir fangen doch ohnehin erst morgen so richtig mit den Ermittlungen an.«

Fiona verzog verständnislos die Mundwinkel. »Aber die Renovierungsarbeiten in dem Haus von Fietes Eltern starten bereits um 08:00 Uhr. Das bedeutet, ich muss da zunächst ganz alleine aufschlagen. Ohne Kenos Hilfe werden die anderen Handwerker schnell merken, dass ich nicht wirklich eine ausgebildete Malerin bin.«

»Dann melde dich doch morgen früh gleich krank«, schlug Enno vor, um das Schauspiel weiterhin glaubhaft zu halten. Er wusste zwar, dass Keno seine Kollegin erschrecken wollte, war aber gespannt darauf, wie genau er das anstellen würde.

In diesem Moment klopfte es bereits an der Tür.

»Wer kann das denn sein?«, fragte Fiona überrascht.

Hedda und Enno zuckten scheinbar unwissend mit den Schultern.

Vorsichtig riskierte Fiona einen Blick durch den Türspion. »Ich sehe nur einen riesigen bunten Blumenstrauß«, flüsterte sie ihren beiden Gästen zu.

Enno trat neben sie und wagte ebenfalls einen Blick. Nachdem es erneut geklopft hatte, rief er durch die geschlossene Tür nach draußen: »Wer ist da?«

»Ich haben Blumen für Fräulein Fiona«, antwortete Keno mit stockender, verstellter Stimme und einem sehr ausgeprägten ausländischen Akzent, wie ihn die spanischen und italienischen Animateure, mit denen er über die Jahre zusammengearbeitet hatte, immer gehabt hatten.

»Blumen?« Hedda schaute ihre Kollegin neugierig an. »Hast du etwa einen heimlichen Verehrer, von dem du uns noch nichts erzählt hast?«

»Ich? Nein. Nicht, dass ich wüsste.« Auf Fionas Gesicht und in ihrem Dekolleté bildeten sich hektische rote Flecken. »Auf jeden Fall niemanden, der hier auf der Insel wohnt oder aber davon weiß, dass ich hier bin.« Hilfesuchend schaute sie Enno an.

»Von wem kommen die Blumen?«, rief dieser wieder so laut, dass ihn die Person vor der Tür gut verstehen konnte.

»Moment, ich muss lesen Name auf Karte.« Die Blumen raschelten vor dem Guckloch hin und her. »Sie sein von eine gewisse Kino.« Er sprach seinen Namen absichtlich falsch aus, da er die Erfahrung gemacht hatte, dass dieser in weiten Teilen Deutschlands und erst recht im Ausland nahezu unbekannt war und daher häufig nicht richtig ausgesprochen wurde. »Er sich will entschuldigen für Verspätung oder so. Ich nicht sein ganz sicher. Meine Deutsch ist nicht so gut.«

Mit den Augen rollend öffnete Fiona die Tür. »Wenigstens etwas«, sagte sie, hielt dann aber inne, als sie das wilde Gestrüpp aus Kunstblumen erkannte, das ihr der Bote direkt vor die Nase hielt. »Äh, dankeschön.« Mit einem verwunderten Gesichtsausdruck nahm sie dem Überbringer seine Lieferung aus der Hand. Doch als sie den Strauß gerade zu Boden sinken ließ, um sich bei dem Lieferboten zu bedanken und ihm ein kleines Trinkgeld zu überreichen, zuckte sie vor Schreck zusammen, kreischte laut auf und schlug ihrem Gegenüber das Gestrüpp mitten ins Gesicht.

Keno duckte sich, riss sich seine schaurige Clownsmaske vom Kopf und hielt sich seinen Arm schützend vor das Gesicht. Doch als Fiona erkannte, wer sich hinter der gruseligen Maske verbarg, wurde sie erst recht wütend. War der erste Schlag noch ein reiner Reflex gewesen, waren Nummer zwei und drei absolut gewollt. »Du oller Kindskopf!«, schrie sie ihn an. »Was machst du denn schon hier? Ich dachte, du nimmst erst die Fähre um 09:30 Uhr.«

»Ich wollte dich morgen nicht ohne Begleitschutz auf die Baustelle lassen. Männliche Handwerker können in Anwesenheit von hübschen Blondinen zwar durchaus sehr charmant sein, aber manchmal wird in ihnen dadurch auch das wilde Tier geweckt, das tief in ihnen schlummert.« Er richtete sich wieder auf, hielt aber zur Sicherheit immer noch eine Hand zwischen sich und den ramponierten Kunstblumenstrauß. Seine Worte hatten Fiona zwar ein wenig besänftigt, aber er sah ihr an, dass ihr Zorn noch nicht ganz verflogen war.

»In manchen Männern wohnt ja stattdessen auch ein kleiner, frecher Junge«, schnaufte Fiona mit einem sich zart andeutenden

Lächeln auf den Lippen. »Einer, der eine total nette Aktion dadurch torpediert, dass er sich dabei eine Horrormaske aufsetzt.«

»Da muss ich dich leider korrigieren«, sagte Hedda. »In allen Männern wohnt dieser kleine Junge. IN ALLEN!«

Fiona drehte sich zu ihrer Kollegin um. »Habt ihr davon gewusst?«

»Wir haben Keno vorhin zufällig getroffen«, gab Enno zu und zuckte dabei entschuldigend mit den Schultern. »Und ich kann meiner Frau nur zustimmen. Keno kann gar nichts dafür, es ist dieser kleine Junge, der ihn quasi zu solchen Aktionen zwingt.«

Kopfschüttelnd, aber mittlerweile breit schmunzelnd, schaute Fiona zunächst die beiden Männer und dann Hedda an. »Nun komm schon rein!« Sie trat zur Seite, damit Keno die gemeinsame Ferienwohnung betreten konnte. »Ich habe mir ungefragt das Bett im Schlafzimmer gesichert, da ich davon ausgegangen bin, dass tief …« Sie schaute ihren Teampartner provozierend an. »Dass sehr tief in dir auch ein kleiner Gentleman schlummert, der sicherlich gerne auf dem Klappsofa im Wohnzimmer übernachtet.«

Keno grinste, während er seinen Koffer direkt hinter der Wohnungstür abstellte. »Ich werde den fiesen kleinen Jungen mal auf die Suche schicken, ob er den gewünschten Kavalier irgendwo ausfindig machen kann.« Dann wurden seine Gesichtszüge plötzlich ernst. »Bist du eigentlich handwerklich geschickt?«, wandte er sich an Enno.

Verwundert legte der seine Stirn in Falten. »Es geht, wieso fragst du? Hat Fionas Angriff dich etwa so verängstigt, dass du dich jetzt nicht mehr traust, mit ihr zusammenzuarbeiten?« Lachend schaute Enno erst Keno und dann Fiona an. »Ein Spachtel kann in den Händen einer wütenden Frau schnell zu einer gefährlichen Waffe werden.«

»Damit würde ich schon zurechtkommen«, scherzte Keno, seine Gesichtszüge verrieten aber, dass er seinen Kollegen aus einem ernst gemeinten Grund nach seinen handwerklichen Fähigkeiten gefragt hatte. »Ich weiß nicht genau, wie ich es sagen soll. Ich will auf keinen Fall, dass einer von euch das jetzt falsch versteht.«

»Nun spann uns mal nicht so auf die Folter«, sagte Hedda. Sie hatte das Gefühl, als würde der ehemalige Animateur jeden Moment eine Bombe platzen lassen wollen.

»Okay«, seufzte Keno. »Dann eben freiheraus. Ich habe auf dem Hinflug über einiges nachgedacht und wollte euch daher einen Partnertausch vorschlagen.«

5. Kapitel

Partnertausch

18. November

»Wie meinst du das?«, platzte es aus Hedda heraus. Sie spürte, wie ihr die Wärme ins Gesicht schoss. Sofort gingen ihr die Bilder eines erotischen Traumes durch den Kopf, den sie erst vor einigen Wochen gehabt hatte und in dem sie tatsächlich mit Keno intim geworden war. Obwohl sie wusste, dass derartige Träume keineswegs ein unterdrücktes Verlangen nach ihrem älteren Teamkollegen bedeuteten, hatte sie sich damals so sehr dafür geschämt, dass sie nicht einmal Enno davon erzählt hatte.

»Nun ja. Jörg hat uns ja unsere Aufgaben genau zugeteilt, aber ich denke, dass es besser wäre, wenn ich in Kontakt mit den Jugendlichen trete«, blieb Keno sachlich, obwohl er Heddas innere Aufregung durchaus bemerkt hatte.

»Ach ja, und wieso denkst du das?«, fragte Enno, der sich ein wenig in seiner Ermittler-Ehre gekränkt fühlte. Auch wenn Keno gute zehn Jahre älter war als er, hatte er doch in Mordermittlungen die weitaus größeren Erfahrungen zu bieten.

»Ich denke, es gibt nur zwei Möglichkeiten«, ging Keno ruhig auf ihn ein. »Entweder haben Fietes Freunde ihn tatsächlich am Strand gefunden und sind dementsprechend wirklich davon ausgegangen, dass er in der Nordsee ertrunken ist, oder aber …«

»Sie lügen«, vervollständigte Fiona seinen Satz. Ihr wurde als Erste klar, worauf ihr Partner hinauswollte.

»Und wenn sie lügen, erkennst du es natürlich deutlich schneller als wir«, fiel jetzt auch bei Hedda der Groschen.

»Aber wie soll das gehen?«, fragte Enno. »Hedda und ich sind bereits für den Kurs angemeldet und der Vorarbeiter auf der Baustelle kennt doch mit Sicherheit auch eure Namen.«

»Wir müssten einfach nur so tun, als wären wir jeweils der andere«, präsentierte Keno seine pragmatische Lösung.

Enno verstummte, als ihm klar wurde, was das bedeutete. »Das heißt, ich schlage mit Fiona jeden Tag auf der Baustelle auf und du gehst mit Hedda zu dem Kursangebot für junge Leute«, fasste er zusammen, um sicherzugehen, dass er die Gedankengänge seines

Kollegen wirklich richtig verstanden hatte. Dabei fiel ihm jedoch ein, dass Keno wahrscheinlich nicht als Siebenundzwanzigjähriger durchgehen würde. Da dies jedoch die offizielle Altersgrenze für die angebotenen Aktivitäten war, stellte er dieses Problem zur Diskussion.

»Hedda und ich sagen einfach, dass wir beim Ausfüllen der Anmeldung ein wenig geschmiert haben und daher die Acht aus meinem Geburtsjahrzehnt wohl eher wie eine Neun aussah«, schlug Keno eine aus seiner Sicht logische Erklärung vor.

»Das war eine Online-Anmeldung«, wandte Enno grinsend ein.

»Ach, die werden mich wegen der paar Jahre schon nicht vom Kurs ausschließen.« Er stellte sich neben Hedda und legte seinen Arm um sie. »Schließlich ist meine Frau ja auch deutlich jünger als das angegebene Höchstalter und wir haben bereits im Voraus bezahlt. Und wenn das alles nicht hilft, spiele ich zur Not die Karte Altersdiskriminierung. In Zeiten von LGBTQIA+ dürfte das ja wohl hoffentlich auch den letzten Korinthenkacker zum Schweigen bringen.«

Bei diesem Anblick traf Enno eine weitere Erkenntnis. »Wir müssten dann ja nicht nur unsere Identitäten tauschen, sondern auch unsere Unterkünfte.« Unsicher schaute er Hedda an. Er hatte kein Problem damit, sich für einige Tage mit Fiona eine Ferienwohnung zu teilen. Aber er wusste nicht, wie seine Frau das finden würde.

Auch Hedda wurde erst jetzt klar, welche Ausmaße der von Keno präferierte Partnertausch mit sich brachte. Ihr Vertrauen zu Enno war mittlerweile unerschütterlich. Aber würde sie glaubhaft so tun können, als wäre sie mit Keno verheiratet? »Aber …«, begann sie leicht zu stottern. »In unserer Ferienwohnung gibt es kein Gästebett. Da gibt es nicht einmal ein Sofa. Wir haben lediglich zwei Sessel.«

»Die kann ich zusammenschieben«, gab sich der Mentalkünstler weiter lösungsorientiert. »Ich habe schon so einiges mitgemacht. Ich kann wirklich überall schlafen.«

»Das glaube ich dir«, kommentierte Fiona den Vorschlag ihres Partners grinsend. In ihrer Vorstellung tauchte ein Bild auf, das Keno schlafend unterhalb eines Bettes zeigte, während darüber ein Ehepaar friedlich schlummerte. Ihr Partner hatte ihr einmal davon erzählt, wie er zu seiner Zeit als Animateur mit einem weiblichen Gast auf deren Hotelzimmer verschwunden war. Die Frau war dabei fest davon überzeugt, dass ihr Göttergatte sich erst nach dem

Schlusspfiff von dem Länderspiel trennen könnte, das zur gleichen Zeit in der Hotelbar übertragen worden war. Doch die hormongesteuerten Turteltauben hatten nicht damit gerechnet, dass die gegnerische Mannschaft innerhalb von zehn Minuten gleich drei Tore schießen und dadurch nicht nur den Titeltraum der favorisierten Mannschaft des gehörnten Ehemannes platzen lassen würde. Dieser kam nämlich vollkommen frustriert in sein Hotelzimmer geplatzt, als Keno gerade so richtig zur Sache kommen wollte. Er hatte gerade noch genug Zeit, sich auf den Boden fallen zu lassen und unter das Bett zu rollen. Da der Ehemann aber durch das schlechte Länderspiel seiner Mannschaft und den übermäßigen Alkoholkonsum an der Bar noch sehr aufgekratzt war, dauerte es noch so lange, bis dieser endlich einschlafen konnte, dass dem Animateur selbst sogar noch vorher die Augen zufielen.

Hedda und Enno tauschten einen fragenden Blick, der Keno nicht verborgen blieb. Er konnte schließlich nicht nur Lügen anhand der Mimik seiner Gegenüber erkennen, sondern war selbstverständlich auch in der Lage, die Unsicherheit in den Gesichtern seiner Kollegen zu deuten.

»Was haltet ihr davon, wenn wir einen kleinen Spaziergang über die Insel machen und dabei in Ruhe über meinen Vorschlag nachdenken?«, schlug Keno daher vor.

Der Vorschlag wurde einstimmig angenommen. Gemeinsam spazierten sie Richtung Strand, liefen die Promenade in westlicher Richtung bis zu deren Ende entlang und beobachteten dabei, wie die Sonne im Meer unterzugehen schien. Dort trafen sie auch ihre endgültige Entscheidung, ehe sie in die Anton-Günther-Straße einbogen und schließlich der Straße Zum Westen folgten.

»Wenn wir hier weitergehen, kommen wir bis zum Leuchtturm«, sagte Fiona und zeigte auf einen entsprechenden Wegweiser am Straßenrand.

Enno erinnerte sich jedoch daran, wie sie mit der Inselbahn an dem Signalturm vorbeigefahren waren und wie lange die Fahrt insgesamt gedauert hatte. »Das schaffen wir zu Fuß heute nicht mehr«, sagte er und nickte Richtung Strand, um seine Kollegen an die bereits untergegangene Sonne zu erinnern.

»Schaut mal!«, rief Hedda und zeigte auf den Inselfriedhof, vor dem sie zufälligerweise zum Stehen gekommen waren. »Wollen wir vielleicht Fiete die letzte Ehre erweisen, bevor wir morgen mit den Ermittlungen beginnen?«

Nachdem alle ihrem Vorschlag zugestimmt hatten, betraten sie gemeinsam den Gottesacker. Trotz der Dämmerung erkannten sie schnell, wo sich die letzte Ruhestätte des Teenagers befinden musste. Fiete war vor elf Tagen verstorben und wegen der Obduktion erst vorgestern beigesetzt worden. Lediglich eines der Gräber war von einem großen Berg aus Blumenkränzen bedeckt. Es lag fast in der hintersten Ecke des Geländes.

Auf dem Weg dorthin kamen sie an einer Frau mittleren Alters vorbei, die auf dem Boden hockte und geistesabwesend mit einer kleinen Harke in dem vor ihr befindlichen Erdreich herumstocherte. Ihre Augen waren von ihren Tränen gerötet und sie schaute nicht einmal auf, als die Gruppe hinter ihr vorbeiging.

Hedda warf einen kurzen Blick auf den Grabstein. Der Inschrift nach zu urteilen, vermutete sie, dass hier die Eltern der Trauernden begraben liegen mussten. Der Vater war bereits seit fünf Jahren tot, seit dem Ableben der Mutter war etwas mehr als ein Jahr vergangen. *Sie muss ihre Eltern verdammt geliebt haben, wenn sie auch heute noch so traurig ist.* Hedda dachte an Ennos Mutter, die viel zu jung verstorben war. Sie griff nach der Hand ihres Mannes und drückte sie sanft. Sie fragte sich, ob er sich wohl gerade auch an seine Mama erinnerte.

Wenige Schritte später bogen sie in den Gang ein, der zum Grab von Fiete führte. Doch als sie die Person entdeckten, die im Schutz der Blumenkränze direkt vor seiner letzten Ruhestätte hockte, blieben sie alle ruckartig stehen und schauten einander verunsichert an. Sollten sie einfach weitergehen? Was sollten sie antworten, wenn die Unbekannte sie fragen würde, in welcher Beziehung sie zu dem Verstorbenen standen? Was hatten sie sich nur dabei gedacht, zu viert einfach so über den Friedhof zu marschieren? Ihr Undercover-Einsatz drohte zu scheitern, noch ehe ihre Ermittlungen überhaupt begonnen hatten.

Die zierliche Frau, die vor Fietes Grab hockte, erhob sich langsam. Sie schien noch nicht ganz volljährig zu sein. Trotz der schwachen Lichtverhältnisse war sie gut zu erkennen. Ihre Beschreibung passte jedoch nicht zu der einzigen weiblichen Person, die den Leichnam zusammen mit den anderen Freunden am Strand gefunden hatte. Sie war ausgesprochen hübsch, hatte schwarzes, glattes Haar und zudem sehr feine Gesichtszüge. Außerdem war unverkennbar, dass zumindest einer ihrer Vorfahren aus Asien stammen musste.

Doch als die Unbekannte die vier Friedhofsbesucher entdeckte, die unweit von ihr Wurzeln geschlagen hatten, schien auch sie unruhig zu werden. Hektisch verstaute sie etwas in ihrer Jackentasche und verließ nahezu fluchtartig ihre aktuelle Position. Dabei nahm sie allerdings nicht den kürzesten Weg zum Ausgang, sondern lief zunächst in die entgegengesetzte Richtung, um schließlich, nach einem deutlichen Umweg, den Gottesacker genau dort zu verlassen, wo die vier Ermittler ihn kurz zuvor betreten hatten.

6. Kapitel

Beziehungsalltag

19. November

Nach einer unruhigen Nacht erwachte Hedda viel zu früh im Bett ihrer Ferienwohnung. In den immer wiederkehrenden Wachphasen hatte sie entweder an die Unbekannte vom Friedhof gedacht oder darüber nachgegrübelt, ob es die richtige Entscheidung gewesen war, dem von Keno angeregten Partnertausch wirklich zuzustimmen. Dass sie zu allem Überfluss in dieser Nacht einen weiteren Sextraum gehabt hatte, in dem ihr Geheimeinheitskollege erneut eine pikante Rolle spielte, machte die Situation nicht gerade einfacher für sie. Dabei war er absolut nicht ihr Typ.

Ihre Blase drückte und sie warf einen prüfenden Blick auf den Radiowecker. *Keno schläft bestimmt noch*, war sie sich sicher und überlegte, ob sie ihren Toilettengang noch ein wenig hinauszögern konnte. Die Vorstellung, in ihrem Nachtgewand an ihrem Kollegen vorbeizuschleichen, um im nicht gerade schallisolierten Badezimmer ihr kleines Geschäft zu verrichten, war ihr sehr unangenehm. *Noch ein Vorteil einer langjährigen Beziehung*, seufzte sie innerlich und wünschte, sie könnte ihre Entscheidung vom Vorabend noch einmal rückgängig machen.

Doch sie hatten gemeinsam entschieden, dass es einfach nur logisch war, Keno auf Fietes Freunde anzusetzen. Denn wenn sie tatsächlich etwas mit dessen Tod zu tun hatten, dann logen sie – und zwar alle. Und dieses Lügengeflecht würde keiner von ihnen besser durchschauen können als der ehemalige Mentalkünstler in ihren Reihen.

Ob Enno und Fiona schon wach sind? Wieder einmal wunderte Hedda sich, dass ihre Eifersucht, die sie vor noch nicht allzu langer Zeit teilweise blind gemacht hatte, quasi mit Ennos Heiratsantrag nahezu vollständig verflogen war. Selbst die Gewissheit, dass ihr Mann eine ganze Nacht mit einer sehr attraktiven, alleinstehenden Frau in einer Ferienwohnung verbracht hatte, schien ihr nichts auszumachen.

Doch was im Gegensatz zu ihrer Eifersucht so ganz und gar nicht verschwinden wollte, war der Druck, der auf ihrer Blase lastete. Sie knipste die Nachttischlampe an, schwang ihre Füße aus dem Bett und schlich sich auf Zehenspitzen zur Schlafzimmertür. Behutsam presste sie die Türklinke herunter und öffnete sie einen Spaltbreit. Ein immer weiter anwachsender, schwacher Lichtkegel ergoss sich in das Wohnzimmer und fiel direkt auf Keno, der in Embryonalhaltung auf den beiden zusammengeschobenen Sesseln kauerte und tief und fest zu schlafen schien.

Hedda lehnte die Tür schnell wieder hinter sich an, damit das Licht der Nachttischlampe ihren Kollegen nicht doch noch aufwecken würde. Der schmale Lichtstrahl, der letztlich noch übrigblieb, erhellte den Raum jedoch ausreichend genug, damit sie unfallfrei zur Toilette navigieren konnte. *Der Arme*, dachte sie, während sie an ihrem vorübergehenden Partner vorbeischlich. Sie war sich sicher, in solch einer unbequemen Position niemals schlafen zu können.

So leise wie möglich schlüpfte sie durch die Badezimmertür und ließ diese wieder im Schloss einrasten. Da die Schließvorrichtung extrem laut war, verzichtete sie aus Rücksichtnahme auf ihren schlafenden Kollegen darauf, hinter sich abzuschließen. Auch das grelle Deckenlicht schaltete sie nicht ein, da sie befürchtete, ansonsten nicht wieder einschlafen zu können. Glücklicherweise war der Raum so klein, dass sie im Dunkeln problemlos nach dem Toilettendeckel tasten konnte. Sie klappte ihn hoch, schob ihren Slip herunter, der ansonsten unter einem überweiten T-Shirt verborgen lag, das eigentlich Enno gehörte, ihr aber schon seit Monaten als Nachthemd diente, und nahm auf der Klobrille Platz.

Sie hatte gerade dem Druck ihrer Blase nachgegeben, als sie aus dem Wohnzimmer verdächtige Geräusche hörte. War Keno etwa aufgewacht? Angespannt lauschte sie in die vor ihr liegende Dunkelheit und richtete ihren Blick dabei auf die Stelle des Raumes, in der sich die Tür befand. *Vielleicht hat er sich ja auch nur im Schlaf gewälzt*, hoffte Hedda. Doch bereits im nächsten Moment hörte sie das unverkennbare Geräusch der sich senkenden Türklinke.

***

Enno lag schon lange wach, als der Wecker seines Handys ihm das Signal zum Aufstehen gab. Auch er hatte sich immer wieder gefragt, ob die Entscheidung, so kurz vor Beginn der Ermittlungen den Platz mit Keno zu tauschen, richtig gewesen war. Er hatte seinem Vater und einigen Freunden zwar schon öfter beim Tapezieren geholfen, aber würden seine Fähigkeiten wirklich ausreichen, um die anderen Handwerker glauben zu lassen, dass sie es mit einem gelernten Fachmann zu tun hatten? Und dann war da ja auch noch Fiona, die ehrlich zugab, noch nie in ihrem Leben eine vergleichbare Tätigkeit ausgeübt zu haben. Würde er es schaffen, sie so anzuleiten, dass ihre Tarnung den anderen nicht auffiel?

Die Schlafzimmertür öffnete sich und Fiona betrat den Raum. Sie hatte sich einen weißen Bademantel übergeworfen, reckte sich und rang sich ein müdes Lächeln ab. »Guten Morgen. Wie hast du geschlafen? War das Gästesofa okay?«

»Ganz gut«, antwortete Enno, was zumindest hinsichtlich der Qualität des Schlafmöbels nicht gelogen war. Mit den Fingerkuppen versuchte er, sich die Müdigkeit aus den Augen zu massieren.

»Ist es okay, wenn ich zuerst ins Bad gehe? Ich wollte noch meine Haare waschen, bevor wir zur Baustelle müssen.« Sie wuschelte sich mit beiden Händen durch ihre langen, vom Schlaf zerzausten blonden Haare. »Föhnen kann ich die dann in meinem Zimmer, damit du dich auch fertig machen kannst.«

»Kein Problem, dann kümmere ich mich in der Zwischenzeit um das Frühstück.« Schwungvoll schlug Enno die Decke zur Seite und sprang voller Tatendrang aus dem Bett. Doch erst als er den überraschten Blick seiner Kollegin sah, der im Bruchteil einer Sekunde seinen gesamten Körper scannte, bemerkte er seinen Fehler. Denn selbst in der kühleren Jahreszeit schlief er in der Regel nur mit enganliegenden Boxershorts bekleidet.

Auch Fiona blieb der ertappte Gesichtsausdruck ihres vorübergehenden Mitbewohners nicht verborgen. Auch wenn sie definitiv nur einen guten Freund in ihm sah, musste sie zugeben, dass sein sportlicher Körperbau durchaus anziehend auf sie wirkte. Dementsprechend war es ihr auch unangenehm, dass er ihren prüfenden Blick bemerkt hatte, der eben auch seine intimsten Körperregionen nicht ausgespart hatte. »Wir sollten uns auf einen einheitlichen Klamottenstil einigen«, scherzte sie, um die unangenehme Situation ein wenig aufzulockern. Dann streifte sie sich ihren Bademantel ab. »Normalerweise trage ich so etwas nicht. Ich war mir nur irgendwie unsicher, in welchem Morgenlook ich mich dir zeigen darf.« Sie machte mit ihren Händen eine präsentierende Bewegung an ihrem Körper entlang und vollführte eine alberne Drehung, um ihm ihren zweiteiligen

Baumwollschlafanzug zu zeigen, der mit lustigen kleinen Eichhörnchen übersäht und dadurch alles andere als sexy war.

Enno lachte, schnappte sich sein T-Shirt, das er am Abend unachtsam über die Lehne eines Stuhles geworfen hatte, und zog es sich über den Kopf. »Ich weiß nicht, wie Hedda das findet, wenn du hier in Dessous vor mir auf und ab tanzt«, scherzte er. Dann ging er in die Küche, stellte den Wasserkocher an und deckte den Frühstückstisch.

7. Kapitel

Der erste Hinweis

19. November

Pünktlich um 07:55 Uhr erschienen Fiona und Enno auf der Baustelle. Neben ihnen waren noch drei weitere Männer gekommen, die sich alle in der Altersgruppe Fünfzig plus befanden.

Theo, ein kräftig gebauter Typ von durchschnittlicher Körpergröße, stellte sich ihnen als Bauleiter vor. Unter seiner knubbeligen Nase trug er einen ungepflegten Schnauzbart. Sein verbliebenes Haupthaar hatte er so lang wachsen lassen, dass er es im Nacken zu einem kleinen Pferdeschwanz zusammenbinden konnte. »Ihr müsst die beiden Neuen sein, die für Günther und Jaroslav eingesprungen sind.« Er musterte die vor ihm stehenden jungen Leute skeptisch, wobei seine Aufmerksamkeit deutlich erkennbar eher Fiona galt. Dabei hatten es die beiden Ermittler auch der ablenkenden Attraktivität der ehemaligen Polizistin zu verdanken, dass dem Bauleiter überhaupt nicht auffiel, dass der neue männliche Kollege deutlich jünger wirkte, als er laut Beschreibung seines Chefs eigentlich sein müsste.

»Jo«, antwortete Enno betont lässig. »Das ist Fiona …«, er nickte in die Richtung seiner Begleiterin. »… und ich heiße Keno.« Beinahe hätte er aus Versehen seinen echten Vornamen genannt. *Da musst du dich in den kommenden Tagen echt konzentrieren*, beschwor er sich daher selbst.

»Ich bin Manni«, stellte sich der andere Handwerker kurz vor. Er war fast genauso groß wie Enno und von eher schlaksiger Statur. Sein Lächeln wirkte offen und ehrlich.

»Toni«, brummte der Letzte im Bunde wortkarg. Er war der Kleinste in der Runde, schien von diesem vermeintlichen Makel jedoch mit übermäßigem Krafttraining und etlichen Tattoos ablenken zu wollen. Da er die ganze Zeit über noch nicht einmal Blickkontakt zu Enno oder Fiona aufgenommen hatte, gingen die beiden davon aus, dass er nicht besonders gesprächig war.

»Ich habe die anstehenden Arbeiten aufgeteilt, damit wir uns nicht gegenseitig auf den Füßen stehen«, verbreitete Theo Aufbruchsstimmung. Er drückte jedem ein Klemmbrett in die Hand. Die darauf fixierten Blätter trugen als dick gedruckte Überschrift alle die Bezeichnung eines bestimmten Raumes. Darunter befand sich eine Auflistung der zu erledigenden Arbeiten, die man bei Bedarf in einem leeren Kästchen, welches sich direkt vor der jeweiligen Aufgabe befand, abhaken konnte.

Fiona und Enno stellten sich dicht nebeneinander und betrachteten die Arbeitsanweisungen. Sie sollten im Büro des länglichen Flachbaus damit beginnen, die alten Tapeten von den Wänden zu kratzen, und hinterher die neue Wanddekoration anbringen. Dass der Bauleiter die Handwerker nach Räumen eingeteilt hatte, kam ihnen sehr entgegen. So konnten sie sich in Ruhe in dem ein oder anderen Zimmer umsehen, ohne von den anderen dabei beobachtet zu werden.

»Manni ist unser Elektriker«, wandte Theo sich in einem bestimmenden Tonfall an die Gruppe. »Sobald ihr bei euren Arbeiten nur in die Nähe einer Stromleitung kommt, werdet ihr ihn um Hilfe bitten.« Vorwurfsvoll schaute er Toni an. »Das gilt auch, wenn der Gas-Wasser-Scheiße-Profi in seinem Privatleben schon so manches Elektrokabel irgendwo angeklemmt hat.«

Toni brummte etwas Unverständliches vor sich hin. Es war ihm anzusehen, dass ihm der Kommentar seines Vorarbeiters nicht gefiel.

»Das gilt auch für euch!« Streng schaute Theo die beiden vermeintlich eingesprungenen Mitarbeiter an. »Wenn ihr die Zimmerdecken tapezieren wollt und dafür eine Leuchte abhängen müsst, bittet ihr Manni um Hilfe.«

Enno überlegte, wie ein echter Maler auf solch eine Anweisung reagieren würde, und nahm sich schließlich Tonis Reaktion zum Vorbild. »Ist das dein Ernst?«, fragte er augenrollend.

»Keine Widerrede!«, wurde Theo deutlich. »Nach dem unangenehmen Vorfall, den wir erst letztens in der Firma hatten, hat die Geschäftsführung ganz klare Vorgaben gemacht. Und ich habe keinen Bock, meinen Job zu verlieren, nur weil ihr Möchtegern-Allrounder euch für die Größten haltet.«

An den rauen Ton auf so einer Baustelle muss man sich echt gewöhnen, dachte Fiona. Zum Glück hatte sie als ehemalige Polizistin schon so ihre Erfahrungen gemacht. Der Umgangston mancher Bürger gegenüber den Staatsdienern ließ schließlich auch oft zu wünschen übrig.

»Ach ja.« Theo klang so, als wäre ihm gerade noch etwas Wichtiges eingefallen. »Das Zimmer dort ist für alle tabu!« Er zeigte auf eine Tür, die sich am Ende des Flures befand.

»Warum?«, wollte Toni wissen.

»Weil ich es sage, DARUM«, entgegnete der Bauleiter genervt.

»Das ist bestimmt das Zimmer von dem Jungen. Du weißt schon, der erst vor Kurzem ertrunken ist«, half Manni seinem Kollegen auf die Sprünge.

»Ganz genau«, stimmte Theo ihm zu, auch wenn es ihm generell nicht gefiel, wenn man seine Anweisungen hinterfragte. »Entgegen den ursprünglichen Planungen sollen in diesem Raum keinerlei Veränderungen vorgenommen werden. Ich denke, jeder, der Kinder hat, kann das nachvollziehen.« Er schaute Enno und Fiona skeptisch an, unterdrückte aber aufgrund des sehr jungen Alters der beiden eingesprungenen Mitarbeiter dann doch seine Nachfrage nach einem möglicherweise bereits vorhandenen Nachwuchs. »Noch Fragen?« Mit eisiger Miene ließ er seinen Blick durch die Runde wandern. Da niemand mehr etwas sagte, gab er schließlich den Befehl, sich an die Arbeit zu machen.

Manni verschwand in der Küche, Toni im Bad und Theo selbst ging ins Wohnzimmer, um sich dort um den neuen Fußbodenbelag zu kümmern. Fiona und Enno gingen den Flur entlang zum Büro, das direkt gegenüber von Fietes Zimmer lag. Am Ende des langen, schmalen Gangs blieb Fiona kurz stehen, drehte den Kopf über die Schulter und warf Enno einen fragenden Blick zu. »Sollen wir so tun, als hätten wir uns in der Tür geirrt?«, flüsterte sie ihm zu.

Energisch schüttelte dieser mit dem Kopf. »Nach der deutlichen Ansage wäre das viel zu auffällig«, antwortete er leise und drängte seine Kollegin zum Weitergehen. Er war sich sicher, dass sich irgendwann schon noch eine passendere Gelegenheit ergeben würde.

Das Büro war ein etwa zwölf Quadratmeter großer Raum, in dem sich neben einem abgenutzten Schreibtisch in Buche-Optik und einer alten Kieferkommode nur noch ein großes schwarzes Bücherregal sowie ein Schreibtischstuhl mit Kunstlederüberzug befanden, der jedoch bereits an mehreren Stellen abblätterte. Die Wände waren mit einer weißen Tapete beklebt, deren verblichenes grünes Muster aus einer Zeit stammen musste, in der sowohl Fiona als auch Enno noch nicht gelebt hatten.

»Dieser Raum hat eine Renovierung wirklich bitter nötig«, seufzte Fiona, stemmte ihre Hände auf die Hüften und ließ noch einmal ihren Blick durch das komplette Zimmer wandern.

Enno warf einen Blick auf ihre To-do-Liste. »Bring mal den Schreibtischstuhl nach draußen und schmeiß ihn in den Container, der auf der Auffahrt steht«, wies er Fiona an. »Ich fange schon mal an den Schreibtisch auseinanderzubauen. Der soll nämlich auch auf den Müll. Das Bücherregal soll bleiben und die Kommode soll später einen neuen Platz im Flur bekommen.«

Während Fiona tat wie geheißen, untersuchte Enno den Schreibtisch. Zu seinem Leidwesen stand auf der Arbeitsplatte kein Computer und in den Schubladen befanden sich lediglich Büroutensilien wie Briefumschläge, Klarsichthüllen und Heftklammern. *Wahrscheinlich nutzt die Familie einen Laptop*, war er enttäuscht. Er hatte gehofft, auf dem Gerät eventuell Hinweise zu finden, die den mysteriösen Tod des Sohnes erklären könnten.

Als Fiona zurück in das Büro kam, war Enno noch immer mit dem Auseinanderschrauben des Schreibtisches beschäftigt. »Wir müssen das Bücherregal auch auseinandernehmen. Das ist zu groß, um es einfach so in die Mitte des Raumes zu rücken. Magst du mal die Regale leerräumen? Die Bücher und Ordner kannst du einfach auf dem Fußboden aufeinanderstapeln. Die decken wir später mit Folie ab.« Er zwinkerte ihr vielsagend zu, aber Fiona verstand auch so, dass sie beim Ausräumen auch einen vorsichtigen Blick in die Ordner riskieren sollte.

Sie fand Unterlagen zu den Geschäften der Familie. Fietes Eltern hatten auf Wangerooge nämlich erst in diesem Jahr einen Hüpfburgenpark eröffnet, nachdem sie ihr Café, das sie mehrere Jahre lang gepachtet hatten, im vergangenen Winter aufgegeben hatten. Neugierig blätterte sie sich durch die Unterlagen und durchforstete die Zahlen, Belege, Quittungen und Schreiben nach Anhaltspunkten. »Das Café ist wohl nicht besonders gut gelaufen«, sagte sie, nachdem sie die Steuerunterlagen der letzten Jahre in die Finger bekommen hatte.

»Wahrscheinlich haben sie es deshalb auch aufgegeben«, mutmaßte Enno, der sich gleichzeitig mit einer hartnäckigen Schraube abmühte, die sich einfach nicht lösen lassen wollte.

»Drehst du auch in die richtige Richtung?«, fragte Fiona ihn, nachdem sie gesehen hatte, dass sich bereits Schweißtropfen auf seiner Stirn gebildet hatten.

Schlagartig stellte Enno die Arbeit ein und schaute seine Kollegin empört an. Er regte sich weniger über die Frage an sich, sondern viel mehr über die Ernsthaftigkeit auf, mit der sie gestellt worden war. »Willst du es probieren?«, fragte er genervt und streckte ihr den Schraubenzieher entgegen.

Doch genau in diesem Moment hatte Fiona etwas in einem anderen Ordner entdeckt, was so etwas wie eine erste heiße Spur sein konnte. »Schau dir das mal an!«, sagte sie und legte den aufgeschlagenen Ordner auf der Arbeitsplatte des widerspenstigen Schreibtisches ab.

8. Kapitel

Wahrheit oder nicht?

19. November

Nachdem Hedda ihren vorübergehenden Mitbewohner durch einen schrillen Aufschrei gerade noch rechtzeitig davon abhalten konnte, in die Toilette zu stürmen und das Licht anzuknipsen, war an Schlaf überhaupt nicht mehr zu denken gewesen. Auch Keno hatte sich so sehr erschrocken, dass sein schlagartig angestiegener Adrenalinspiegel ihm ein erneutes Einschlafen sehr unwahrscheinlich erscheinen ließ. Daher hatten beide sich dafür entschieden, den Tag ungeplant früh mit einem Becher Kaffee und einem freundschaftlichen Gespräch zu beginnen.

Direkt unterhalb des Meerwasser-Erlebnisbades ›Oase‹ befand sich die Tennisanlage, die aus drei Außenplätzen und einem Hallenplatz bestand. Gegen 10:00 Uhr fand hier das erste Treffen der Teilnehmer statt, die sich für den Kurs angemeldet hatten. Aufgrund des unbeständigen Wetters zu dieser späten Jahreszeit hatte sich die Gruppenleitung entschieden, das erste Event vorsichtshalber unter einem schützenden Hallendach stattfinden zu lassen.

»Moin zusammen«, begrüßte ein sportlich aussehender junger Mann die Anwesenden. Seine glatten blonden Haare waren durch einen mittig sitzenden Scheitel voneinander getrennt und so lang, dass er sie beim Sprechen immer wieder aus der Stirn wischen musste. Obwohl ihre Namen in großen Buchstaben auf den Aufklebern standen, die sie auf ihren Oberteilen angebracht hatten, stellte er sich und seine weibliche Begleiterin namentlich vor. »Das ist Arnke und ich bin Dieke.«

»Wir wollen euch in den kommenden sechs Tagen jeweils vormittags und nachmittags ein Unterhaltungsangebot machen, an dem ihr gerne teilnehmen dürft, aber selbstverständlich nicht müsst«, ergriff Arnke das Wort. Auch sie schien sehr sportlich zu sein. Ihr rotblondes Haar hatte sie zu einem Pferdeschwanz zusammengebunden. Auf ihrem Nasenrücken, unterhalb ihrer grünen Augen sowie auf den Armen hatten sich auffällig viele Sommersprossen niedergelassen.

»Dabei wollen wir euch gar nicht alles vorgeben. Wir haben zwar genügend Aktivitäten für die gesamte Zeit geplant, sind aber gerne auch flexibel, wenn aus der Gruppe Vorschläge kommen, die bei einer großen Mehrheit Anklang finden.« Dieke nahm ein Klemmbrett zur Hand, das vor ihm auf dem Tisch lag, und las die darauf befindlichen Namen durch. »Wir haben insgesamt achtzehn Anmeldungen.« Er blickte wieder auf und begann, mit einem Stift in der Hand, die vor ihm befindlichen Personen abzuzählen. »Davon scheinen gerade einmal zwölf anwesend zu sein.«

Arnke stellte sich neben ihn und warf ebenfalls einen Blick auf den Zettel. »Von den sechs, die noch fehlen, sind aber wiederum vier Insulaner. Und warum die nicht da sind, kann ich mir gut vorstellen.« Sie grinste zunächst Dieke und dann die übrigen Teilnehmer an. »Für den heutigen Auftakt haben wir uns nämlich für eine eher sportliche Veranstaltung entschieden.«

Eine Mischung aus heiterem Gelächter und angestrengtem Stöhnen ertönte aus der Runde der Teilnehmer. Nicht alle schienen sich auf die körperliche Ertüchtigung zu freuen und wären daher offensichtlich – ebenso wie die wissenden Insulaner – lieber noch ein wenig länger in ihren Betten geblieben.

Da aktuell keine Ferienzeit war, bestand die Gruppe ausschließlich aus jungen Menschen, die ihre Schulpflicht bereits hinter sich gelassen hatten. Die Teilnehmer vom Festland nutzten dabei die Zeit außerhalb der Schulferien, um einen vergleichsweise günstigen und ruhigen Urlaub auf Wangerooge zu verbringen, während die jungen Insulaner die Zeit, in der ihre Insel nicht so überlaufen war und sie daher nicht rund um die Uhr in ihren Jobs gebraucht wurden, nutzten, um sich selbst mal ein wenig wie ein Tourist zu fühlen.

Nachdem Dieke und Arnke darum gebeten hatten, stellte sich jeder von ihnen kurz vor. Dabei unterschlug Keno nicht nur seinen wahren Namen, sondern bewusst auch sein aktuelles Alter, auch wenn ihm der ein oder andere skeptische Blick der deutlich jüngeren Teilnehmer bereits aufgefallen war. Anschließend klebten auch sie sich jeweils ein Namensschild auf die Brust.

»Alles klar! Da wir – uns eingenommen – heute vierzehn Leute sind und wir zwei Teams benötigen, würden wir bei der Zusammenstellung gerne darauf achten, dass wir hinterher jeweils eine bunte Mischung aus den hier heimischen Insulanern und unseren Übernachtungsgästen in beiden Mannschaften haben.« Ohne groß Anlauf zu nehmen, sprang Dieke über das Netz, das den Tennisplatz in zwei

Hälften teilte. »Darum werden Arnke und ich einfach abwechselnd einen von euch auswählen.«

Der Reihe nach wählten die beiden Gruppenleiter ihre Teams zusammen. Dabei landete Hedda in Arnkes Gruppe, während Keno alias Enno von Dieke aufgerufen wurde. Als die Mannschaften feststanden, erklärte Arnke allen das Spiel. Sie holte einen bunten Ball aus ihrem Rucksack und ditschte ihn mehrfach auf dem Boden auf. Er war leicht, gleichzeitig aber so stark mit Luft befüllt, dass er auf dem Untergrund gut aufsprang. Das Sportgerät durfte mit allen Körperteilen über das Netz auf die gegnerische Seite befördert werden. Berührte der Ball jedoch mehr als zwei Mal den Boden, ohne vorher wieder auf der anderen Hälfte des Spielfeldes gewesen zu sein, gab es einen Punkt für die jeweils andere Mannschaft.

Nachdem alle glaubten, die Regeln verstanden zu haben, verteilten sich die Teilnehmer auf dem Platz. Während die Mitglieder aus Arnkes Team sich vollkommen frei ihre Positionen aussuchen durften, nahm Dieke seine Rolle als Mannschaftskapitän deutlich genauer. Er rief seine Mitspieler an der Grundlinie zusammen und befragte jeden nach seinen sportlichen Erfahrungen sowie nach dem individuellen Ballgefühl.

Nach einer halben Stunde, in der viel gelacht, aber auch erbittert um jeden Punkt gekämpft worden war, gab es eine erste Verschnaufpause. Am Rand der Halle war ein kleiner Tisch aufgebaut, auf dem Wasser, Tee und ein paar Kekse für die Freizeitsportler bereitstanden. Hedda und Keno wollten diese Gelegenheit unbedingt nutzen, um mit Arnke und Dieke das Gespräch zu suchen. Dass die beiden beim Auffinden von Fietes Leiche dabei gewesen waren, wussten sie bereits. Jetzt mussten sie nur noch herausfinden, ob dies auch für einen der übrigen Insulaner galt, die heute ebenfalls anwesend waren.

Keno ging mit jeweils einem Becher Wasser in der Hand auf Dieke zu. »Das ist anstrengender, als es aussieht«, sagte er und reichte ihm eines der Trinkgefäße.

Der junge Gruppenleiter nahm das Getränk entgegen und musterte sein Gegenüber mit einem prüfenden Blick. »Finden Sie?«, sagte er leicht abschätzig und nippte kurz an seinem Wasser.

Keno ignorierte den unangemessenen Tonfall. In seiner Zeit als Animateur hatte er es oft mit jungen Erwachsenen zu tun gehabt, die nicht selten an Selbstüberschätzung litten. Er ging davon aus, dass die Natur diese Form der Überheblichkeit wahrscheinlich für evolutionär wichtig hielt und sie daher entsprechend bei der Persönlichkeitsentwicklung dieser Altersgruppe fest einprogrammiert hatte. »Du darfst gerne ›Du‹ zu mir sagen. Ich bin gar nicht so alt, wie ich aussehe«, entschied er sich jetzt doch, bei diesem Thema für Klarheit zu sorgen.

»Ach ja? Wie alt bist DU denn?«

»Ich bin sechsunddreißig«, antwortete Keno ehrlich. Als er jedoch die nachdenklichen Falten entdeckte, die sich kurz darauf auf dem Gesicht seines Gesprächspartners bildeten, schob er schnell noch eine Information hinterher, die ihn etwas ablenken sollte. »Aber meine Frau ist erst dreiundzwanzig.« Er zwinkerte ihm verschwörerisch zu. »Das hält jung.«

Dieke schaute zu Hedda hinüber. »Ist das Ihre … Ich meine, ist das da deine Frau?« Anhand der Anmeldeliste wusste er zwar, dass sich auch ein paar Ehe- beziehungsweise Geschwisterpaare unter den Teilnehmern befanden, aber mit einem großen Altersunterschied hatte er aufgrund der vorgegebenen Altersgrenze natürlich nicht gerechnet.

Mit einem breiten Lächeln auf den Lippen nickte Keno ihm zu. Auch wenn Hedda nicht wirklich seine Angetraute war, machte es ihn irgendwie stolz, dass der junge Mann ihm seine Lüge bedenkenlos abzukaufen schien.

»Respekt!« Dieke nickte und schob dabei anerkennend die Unterlippe ein wenig vor. Dass sein Gesprächspartner neun Jahre zu alt für den Kurs war, war ab diesem Moment kein Thema mehr für ihn.

Keno entschied sich für einen Themenwechsel, der gleichzeitig dazu dienen sollte, ihn bei der Ermittlungsarbeit ein wenig voranzubringen. »Und?«, fragte er kumpelhaft. »Ist das Leben auf der Insel so aufregend, wie es sich die meisten vorstellen, oder kann es hier manchmal auch echt öde sein?«

Dieke nippte ein weiteres Mal an seinem Wasser. An den Pupillen seines Gegenübers konnte der ehemalige Mentalkünstler genau erkennen, dass er dies nur tat, um sich währenddessen über eine passende Antwort Gedanken zu machen.

»Ich meine, für uns Touristen ist es hier der Wahnsinn, weil wir nur einmal im Jahr das Meer sehen und weil wir den ganzen lieben Tag nichts Besseres zu tun haben, als unsere Freizeit so zu gestalten, wie wir es gerade wollen. Aber wenn man das ganze Jahr auf diesem

Eiland verbringen muss, wünscht man sich doch manchmal bestimmt auch, in einer Großstadt zu leben, oder?«, konkretisierte Keno seine vorherige Frage. »Ich meine, da gibt es jede Menge Clubs, Bars und tolle Frauen«, schlug er erneut einen kumpelhaften Ton an. »Klar, die Kriminalität ist natürlich höher als hier. Aber es ist ja auch nicht so, als würde da jeden Tag irgendwo eine Leiche gefunden werden.« Er lachte, beobachtete dabei aber ganz genau die Mimik seines jungen Gesprächspartners. Dabei musste er gar kein ehemaliger Mentalkünstler sein, um zu erkennen, dass seine Anspielung etwas in dem jungen Mann ausgelöst hatte.

»Seid ihr alle bereit für die zweite Halbzeit?«, rief Arnke plötzlich in die Runde und verschaffte Dieke somit ungewollt die Möglichkeit, Kenos Frage unbeantwortet im Raum stehen zu lassen.

Alle Kursteilnehmer kehrten auf ihre Hälfte des Tennisplatzes zurück und verteilten sich wieder auf der zur Verfügung stehenden Fläche.

»Im zweiten Durchgang erhöhen wir das Schwierigkeitslevel«, rief Arnke grinsend, ging zu einem grünen Behälter, der von einer gleichfarbigen Plane bedeckt war, zog diese ein wenig zur Seite und beförderte einen weiteren bunten Ball zutage. »Jetzt spielen wir mit zwei Bällen gleichzeitig!« Sie warf Dieke das Spielgerät zu und begab sich zurück auf ihre Position.

Doch als sie gerade die zweite Halbzeit eröffnen wollte, öffnete sich die Tür zur Tennishalle und eine Person trat ein. »Hier steckt ihr!«, rief sie laut. »Und ich habe gedacht, wir würden uns vor dem Hallenbad treffen.«

Alle drehten sich zu dem verirrten Neuankömmling um. Doch als Hedda und Keno erkannten, wer neu zu der Gruppe dazugestoßen war, konnten sie es zunächst gar nicht glauben.

9. Kapitel

Das Undenkbare

19. November

»Ist das ein Kontoauszug?«, fragte Enno und betrachtete den Zettel, den Fiona in dem Ordner gefunden hatte.

»Ja. Schau dir mal diese Buchung an.« Die junge Ermittlerin tippte auf eine Zahl, die relativ weit unten auf dem Blatt stand.

Mit leicht zusammengekniffenen Augen betrachtete Enno zunächst den Gutschriftsbetrag und dann das Datum, das links daneben stand. »Das war ja erst vor zwei Tagen«, stellte er überrascht fest. »Wann sind Fietes Eltern nochmal abgereist?«

Feentje und Theelko Schluff, die Eltern des verstorbenen Teenagers, hatten sich entschieden, Wangerooge für die Dauer der Renovierungsarbeiten zu verlassen, um bei der auf dem Festland lebenden Mutter von Feentje ein wenig Abstand zu gewinnen.

»Soweit ich weiß, sind die erst gestern gefahren«, antwortete Fiona. »Anscheinend waren die vorher noch einmal zur Bank, um sich die aktuellen Kontoauszüge ausdrucken zu lassen.«

»Muss ihnen ja verdammt wichtig gewesen sein«, brummte Enno nachdenklich und warf einen erneuten Blick auf den Kontoauszug. »25.000 Euro. Ostfriesland-Versicherung. Todesfallkapital Versicherungsnummer 1634-165.671.675«, las er den gutgeschriebenen Betrag, den Absender sowie den Verwendungszweck laut vor.

»Der eigene Sohn ist noch keine zwei Wochen tot und die haben schon das Geld auf dem Konto«, kommentierte Fiona die Gutschrift skeptisch. »Wenn mein Kind verstorben wäre, hätte ich zunächst einmal sicher andere Dinge im Kopf, als gleich bei meiner Versicherung die Auszahlung zu beantragen.«

»Da gebe ich dir recht«, sagte Enno nachdenklich. »Aber glaubst du wirklich, dass die Versicherungssumme als Motiv ausreichend ist? Wer tötet denn bitteschön seinen Sohn und dann auch noch für läppische 25.000 Euro?«

»Wer sagt denn, dass sie ihn getötet haben«, dachte Fiona einen Schritt weiter. »Vielleicht ist er ja auf natürlichem Wege ertrunken. Und als seine Eltern ihn gefunden haben, haben sie ihn zum Strand geschleppt, weil …« Sie stockte, da sie selber nicht wusste, wie sie ihren Satz logisch fortsetzen sollte.

»Weil es für die Auszahlung der Versicherungsleistung wichtig war, dass er in der Nordsee ertrunken ist«, versuchte Enno stattdessen ihre Worte zu vervollständigen. An seinem Tonfall war jedoch eindeutig zu erkennen, dass er diesen Ansatz mehr als unwahrscheinlich fand. »Eine Lebensversicherung zahlt bei Tod. Da ist es doch vollkommen egal, ob jemand im Süß- oder Salzwasser ertrunken ist.«

»Vielleicht war es ja keine Lebensversicherung«, gab Fiona zu bedenken.

»Sondern? Eine Nordsee-Ertrinkungstod-Versicherung?« Ennos Mundwinkel verzogen sich zu einem sarkastischen Grinsen.

»Vielleicht war es ja eine Unfallversicherung.« Fiona erinnerte sich daran, dass ihr Vater bereits kurz nach ihrer Geburt eine entsprechende Absicherung für die ganze Familie getroffen hatte. Er hatte ihr davon erzählt, kurz nachdem sie aus dem elterlichen Zuhause ausgezogen war und er sie deshalb aus dem gemeinsamen Vertrag streichen ließ. Sie sollte fortan selbst entscheiden, welche Lebensrisiken sie finanziell absichern wollte. Sie war sich sicher, dass eine solche Versicherung einen einmaligen Geldbetrag auszahlte, wenn dies so vertraglich vereinbart worden und der Geschädigte durch die Folgen eines Unfalls verstorben war.

»Du meinst, Fietes Eltern mussten es wie einen Unfall aussehen lassen, um an das Geld von der Ostfriesland-Versicherung zu kommen?« Diese Erläuterung schien dem ehemaligen Polizisten schon deutlich schlüssiger. »Dann dürfte der eigentliche Ertrinkungstod aber kein Unfall gewesen sein«, kombinierte er weiter. Sofort kehrten die Zweifel an dieser Theorie wieder zurück. »Aber wie ertrinkt man denn dann?«

Auch Fiona dachte darüber nach, wie jemand ertrinken konnte, ohne dass man hinterher von einem tragischen Unfall sprechen musste. »Vielleicht sollten wir erst einmal herausfinden, wie genau ein Unfall definiert ist.« Sie griff nach ihrem Handy und bemühte die auf dem Gerät installierte Suchmaschine. »Ein Unfall ist ein plötzliches, zeitlich und örtlich bestimmbares und von außen einwirkendes Ereignis, bei dem eine natürliche Person unfreiwillig einen Körperschaden – bis hin zum Tod – erleidet.«

»Klingt nach kompliziertem Versicherungsdeutsch«, stöhnte Enno.

»Habe ich so bei Wikipedia gefunden.« Unschuldig zuckte Fiona mit den Schultern. »Ich kann mir bei der Definition trotzdem kein Ertrinken vorstellen, das nicht gleichzeitig auch ein Unfall ist.«

»Ich auch nicht«, stimmte Enno ihr zu. »Wäre demnach denn ein Mord nicht auch ein von außen einwirkendes Ereignis?« Fragend schaute er seine Partnerin an. »Für einen kurzen Moment habe ich darüber nachgedacht, ob Fietes Eltern ihren Sohn im Streit ertränkt haben könnten. Dann hätten sie sogar gleich zwei Gründe gehabt, um ihn hinterher an den Strand zu schleppen. Zum einen, um die Tat zu verschleiern, und zum anderen, um auf jeden Fall die Versicherungssumme zu kassieren.«

Ohne zu klopfen oder sich auf irgendeine andere Art bemerkbar zu machen, riss Theo die Bürotür auf und stürmte ins Zimmer. Vor Schreck erstarrten Fiona und Enno für einen Moment. Die junge Ermittlerin hielt noch immer den aufgeschlagenen Ordner mit den Kontoauszügen in den Händen.

»Ihr sollt arbeiten und nicht die Sachen unserer Auftraggeber durchwühlen«, wütete der Bauleiter gleich los.

»Ich … ich habe nicht …«, stotterte Fiona verlegen.

»Beim Aussortieren des Bücherregals ist ihr ein Ordner aus der Hand gefallen und einige Zettel haben sich gelöst«, kam Enno ihr zu Hilfe. »Wir haben die Blätter nur gemeinsam wieder in die richtige Reihenfolge gebracht und einsortiert.« Obwohl sein Herz vor Aufregung wie wild gegen seinen Brustkorb hämmerte, schaffte er es, äußerlich ruhig und souverän zu wirken.

Missmutig schaute Theo die beiden an. »Unter meiner Aufsicht wird gearbeitet und nichts anderes«, brummte er schließlich. Dann ging er wieder hinaus, ließ die Zimmertür aber absichtlich offen stehen.

Enno wartete ein paar Sekunden, dann schlich auch er zum Türrahmen und spähte vorsichtig in den Flur. Als dort niemand zu sehen war, schloss er die Bürotür so leise wie möglich. »Wir müssen jederzeit damit rechnen, dass der Alte wieder reingeplatzt kommt«, ermahnte er seine Kollegin.

Fiona nickte. Der Schreck steckte ihr noch immer in den Gliedern. Dann versuchte sie, den Gesprächsfaden wieder aufzunehmen, den Theo so abrupt zerschnitten hatte. »Ich glaube nicht, dass die Versicherung in deinem Beispiel die vereinbarte Leistung an einen Mörder auszahlen würde, nur weil dieser zufälligerweise auch als

Begünstigter in der Versicherungspolice genannt ist. Da gibt es in den seitenlangen Bedingungen bestimmt einen Paragrafen, der dies ausschließt. Ansonsten müssten die ja auch zahlen, wenn sich jemand mit Absicht den Daumen in der Häckselmaschine zerfetzen lässt.«

Bei der Vorstellung verzog Enno schmerzverzerrt das Gesicht. »Okay, den Einwand verstehe ich«, sagte er. »Also mal angenommen, Fietes Eltern hätten ihren Sohn wirklich ertränkt.« Er machte eine kurze Pause, um seine Gedanken zu sortieren. »Dann würde ich davon ausgehen, dass sie ihn primär deshalb zum Strand geschleppt haben, um ihre Tat zu verschleiern. Die Auszahlung der Unfallversicherung wäre in diesem Gedankenszenario dann nur ein positiver Nebeneffekt.«

»Oder aber Fietes Eltern haben ihren Sohn leblos aufgefunden und ihn deshalb in die Nordsee geworfen, weil sie die genaue Definition eines Unfalls nicht kannten«, schlug Fiona ein weiteres Szenario vor.

Seufzend massierte sich Enno die Stirn. »So oder so kann und will ich nicht glauben, dass die Auszahlung der Versicherungssumme das Motiv für einen Mord oder die nachträgliche Verschleppung der Leiche war. Dafür ist der Betrag einfach viel zu niedrig. Ich meine, seine Eltern schienen ja nicht einmal finanzielle Probleme gehabt zu haben.« Er tippte auf den Kontostand, der ganz unten auf dem Auszug stand. »Selbst wenn man die 25.000 Euro abzieht, bleibt da immer noch ein Restguthaben.«

»Aber nur ein kleines«, wollte Fiona ihre Theorie noch nicht vollständig aufgeben. »Manchmal muss man auch die undenkbaren Szenarien in die Ermittlungen mit einbeziehen.« Sie schaute ihrem vorübergehenden Partner prüfend in die Augen und bemerkte dabei, dass er immer noch große Schwierigkeiten damit hatte, sich mit diesem abscheulichen Motiv anzufreunden. »Vielleicht sollten wir zunächst einmal herausfinden, ob es überhaupt eine Unfallversicherung war«, schlug sie daher vor. Sie wandte ihren Blick ab und ließ ihn über die Ordner schweifen, die sich noch im Regal befanden. Viele von ihnen waren sorgfältig beschriftet worden, sodass ihr der Aufkleber mit der Aufschrift ›Versicherungen‹ sofort ins Auge fiel. Sie zog den Ordner heraus und blätterte sich durch die Trennseiten, um die jeweiligen Versicherungsnummern mit der aus dem Verwendungszweck der hohen Kontogutschrift abzugleichen.

Auch Enno widmete jetzt seine ganze Aufmerksamkeit dem Bücherregal. *Was haben wir denn hier?*, dachte er, als er einen schmalen Ordner entdeckte, der statt einer Beschriftung ein aufgedrucktes Symbol enthielt. Es zeigte eine gezeichnete Hand aus der seitlichen Perspektive, sodass nur der Daumen und der Zeigefinger gut erkennbar waren. Auf der Innenfläche befand sich ein Haus mit einem €-Zeichen. Neugierig nahm er den Ordner zur Hand und schlug ihn auf.

Er brauchte nur ein paar Minuten, um den wesentlichen Inhalt zu erfassen. Ein paar Minuten, die ihn plötzlich das Undenkbare wieder möglich erscheinen ließen.

10. Kapitel

Ein schnelles Wiedersehen

19. November

Über das Tennisnetz hinweg stellte Hedda Augenkontakt mit Keno her. Sie war sich zunächst nicht hundertprozentig sicher gewesen, aber der Blick ihres Partners, der auf seiner Seite des Tennisplatzes deutlich näher an dem Neuankömmling stand, sprach Bände.

»Du kannst bei uns mitspielen«, rief Arnke der jungen Frau zu. »Wir liegen ziemlich weit zurück und können daher deine Unterstützung gut gebrauchen.«

Lächelnd kam die Unbekannte näher. Im Gehen zog sie ihre Jacke aus und legte sie auf eine der langen Holzbänke, die am Rande der Turnhalle standen. Dann joggte sie auf den Tennisplatz und nahm ihre Position ein. »Moin zusammen«, begrüßte sie ihre neuen Teammitglieder. »An alle, die mich noch nicht kennen: Mein Name ist Haika!«, rief sie in die Runde.

Jetzt, wo die junge Frau direkt neben ihr stand, war auch Heddas letzter Zweifel verschwunden. *Das ist die Frau, die vor Fietes Grab gekniet hat*, war sie sich sicher. Gleichzeitig fragte sie sich, ob Haika ein ostfriesischer oder ein asiatischer Name war. So oder so, stand er jedenfalls nicht auf der Namensliste der Freunde, die Fiete am Strand gefunden hatten.

Wie kann ich nur mit ihr ins Gespräch kommen? Ob sie uns auch wiedererkannt hat? Während der gesamten zweiten Spielhälfte kreisten die Gedanken der jungen Ermittlerin um diese Fragen. Dadurch war sie allerdings so abgelenkt, dass sie den Ball, der direkt auf ihr Gesicht zugeflogen kam, nicht rechtzeitig bemerkte. Sie stand dicht am Netz, als die bunte Kugel, die von Dieke per Seitfallzieher mit dem Fuß abgefeuert worden war, direkt auf ihrer Nase einschlug. Ein lauter Schmerzensschrei entfuhr ihr und sie ließ sich geschockt auf den Hosenboden fallen.

»Spinnst du!«, schrie Keno den Gruppenleiter an. »Das war viel zu doll.« Während er den Übeltäter wütend anstarrte, ging er auf das Netz zu, um seiner Partnerin zu helfen. Doch als er bemerkte, was sich auf der anderen Spielhälfte tat, wurde er zunächst langsamer und bremste dann komplett ab.

Haika hatte sich neben Hedda auf den Boden gekniet und half ihr beim Aufstehen. Als sie das Blut entdeckte, das aus der Nase ihrer Mitspielerin quoll, bedachte auch sie Dieke mit einem strafenden Blick.

»Sie muss den Kopf in den Nacken legen«, gab dieser aus der Entfernung heraus Ratschläge. Auch wenn er sich große Mühe gab, es sich nicht anmerken zu lassen, war doch zu erkennen, dass ihm die Folgen seiner übermütigen Fußballeinlage leidtaten.

»Nein«, widersprach Haika entschlossen. »Dann gelangt das Blut über die Speiseröhre in den Magen.« Sie führte Hedda behutsam vom Feld. »Ich weiß, was zu tun ist. Ich kümmere mich um sie.«

»Hier!« Arnke war inzwischen zu ihrem Rucksack geeilt, hatte ein Paket Taschentücher geholt und reichte es ihrer neuen Mitspielerin. »Damit kannst du die Blutung stillen.«

Wortlos nahm Haika das Päckchen entgegen und führte ihre Patientin zu einer der hölzernen Bänke, die alle am Rande der Halle standen. »Setz dich«, sagte sie, ohne dabei ihren unterstützenden Griff zu lockern. Erst nachdem Hedda Platz genommen hatte, ließ sie locker und setzte sich direkt neben sie. Sie zog ein Taschentuch aus der Verpackung und reichte es ihr. »Du musst aufrecht sitzen, den Kopf nach vorne neigen und mit dem Taschentuch die Nasenflügel fest zusammendrücken. Ich schaue derweil kurz nach, ob ich einen Kühlakku für deinen Nacken auftreiben kann.« Sie sprang wieder auf, um sich auf die Suche zu begeben. »Auf keinen Fall das Taschentuch in die Nasenlöcher stopfen«, mahnte sie noch. »Sonst kann die Wunde beim Entfernen wieder aufreißen.« Dann war sie verschwunden.

Es dauerte jedoch nicht lange und die zierliche junge Frau kehrte mit einem Kühlakku zurück. Sie setzte sich wieder direkt neben ihre Patientin und drückte ihr den eiskalten Gegenstand in den Nacken.

»Danke!« Hedda klang, als würde sie sich mit Absicht die Nasenlöcher zuhalten, um ihre Stimme zu verstellen. Auch ihr zaghaftes Lächeln wirkte durch die Hand und das blutgefärbte Taschentuch in ihrem Gesicht eher gequält.

Mit zusammengepressten Lippen und einem leichten Kopfnicken gab Haika ihr zu verstehen, dass es keinen Grund gab, um sich zu bedanken.

Einige Minuten später schien die Blutung endlich gestoppt. Die junge Ermittlerin tupfte noch ein paar Male vorsichtig ihre Nasenspitze mit einem neuen Taschentuch ab, ehe sie ihre Kopfhaltung wieder normalisierte. »Danke«, wiederholte sie sich. »Du scheinst echt Ahnung von so etwas zu haben. Arbeitest du im medizinischen Bereich?«

»Mein Papa ist Allgemeinmediziner. Er hat eine Praxis hier auf der Insel. Ich helfe ab und zu am Empfang aus.«

»Darf ich fragen, wie alt du bist?«

»Die Frage höre ich leider oft.« Haikas Mundwinkel verzogen sich zu einem bitteren Lächeln. »Ich weiß, ich sehe nicht so aus, aber ich bin fast zwanzig«, sagte sie. »Ich habe im Sommer mein Abitur gemacht und gönne mir jetzt ein Jahr, um darüber nachzudenken, was ich den Rest meines Lebens tun möchte.«

»Sorry, ich wollte nicht …«, stotterte Hedda. Auch sie hätte darauf gewettet, dass ihre Gesprächspartnerin deutlich jünger war. Älter geschätzt zu werden, gefiel wohl keiner Frau, aber in diesem jungen Alter war es sicherlich auch andersherum nicht schön. Als Teenager war es ihr besonders wichtig gewesen, als Frau wahrgenommen zu werden. Sie schätzte, dass es ihrer Ersthelferin und all den anderen heranwachsenden Mädchen ähnlich ging.

»Schon gut«, beruhigte Haika sie. »Ich bin es gewöhnt, dass man mich für deutlich jünger hält. Hat sicher auch seine Vorteile … irgendwann.« Ihre freundlichen Gesichtszüge verfinsterten sich leicht. Sie wandte ihren Kopf ab und schaute dem Treiben der anderen auf dem Tennisplatz zu.

»Hattest du schon mal Probleme, weil du jünger geschätzt wurdest?«, hakte Hedda nach. Sie wollte das Gespräch am Laufen halten, bis sie einen Weg gefunden hatte, um scheinbar beiläufig mit ihr über Fietes Tod zu sprechen.

Haika schaute Hedda wieder an. »Das Übliche. Nicht der Rede wert«, sagte sie, machte eine wegwerfende Handbewegung und schaute wieder auf den Tennisplatz. »Ich glaube, ohne uns ist unser Team ziemlich chancenlos. Meinst du, wir können wieder mitspielen?«

Auf gar keinen Fall, dachte Hedda. So einfach durfte sie diese Gelegenheit nicht verstreichen lassen. Sie entschied sich daher, jetzt doch direkt auf den Punkt zu kommen. Während des Gespräches würde ihr schon noch ein plausibler Grund einfallen, warum sie und die anderen sich auf dem Gottesacker herumgetrieben hatten. »Kann es sein, dass ich dich gestern auf dem Friedhof gesehen habe?«, ignorierte sie daher Haikas Frage und stellte ihrerseits eine eigene.

Doch was Hedda konnte, konnte Haika schon lange. Sie tat einfach so, als habe sie die Frage überhaupt nicht gehört, und lief, ohne noch einmal zurückzuschauen, auf das Spielfeld zurück.

Mist, dachte Hedda. *Darüber will sie wohl nicht mit mir reden.* Die junge Ermittlerin überlegte, ebenfalls auf den Tennisplatz zurückzukehren, doch dann fiel ihr im Augenwinkel die Jacke auf, die Haika bei ihrer Ankunft auf der Bank abgelegt hatte. *Ob das die gleiche ist, die sie auf dem Friedhof angehabt hat?* Sie versuchte, sich die Szene ins Gedächtnis zu rufen, konnte sich aber weder an die Farbe noch an die Art erinnern. Sie wusste aber noch genau, dass ihre Trägerin sich etwas in die Tasche gesteckt hatte, kurz bevor sie den Friedhof fluchtartig verlassen hatte. *Ob es noch immer da drin ist?* Sie fixierte das Kleidungsstück. Wie sollte sie es nur untersuchen, ohne dass es ihrer Besitzerin auffiel?

Hilfesuchend probierte sie einen Augenkontakt mit Keno herzustellen, doch ihr vorübergehender Partner war viel zu sehr auf den umherspringenden Ball fixiert. Erst als die bunte Kugel mal wieder im Seitenaus landete, schaffte sie es, seinen Blick einzufangen und ihn mit einem leichten Kopfnicken in Richtung der Jacke in ihr Vorhaben einzuweihen.

Keno nickte ihr verständig zu, dann hob er den Ball auf und ging zurück aufs Spielfeld. Im ersten Moment hatte er darüber nachgedacht, Haika genauso abzuschießen, wie es Dieke bei Hedda getan hatte. Doch diesen Einfall verwarf er schnell wieder. Wie ein Volleyballer beim Aufschlag warf er den Ball hoch in die Luft, nahm einen Schritt Anlauf, sprang ab und schmetterte ihn mit voller Kraft in Haikas Richtung. In seinen vielen Jahren an den Mittelmeerküsten Europas hatte er oft Beachvolleyball gespielt und beherrschte diese komplizierte Technik daher recht gut.

»Da hat wohl jemand ordentlich gefrühstückt«, scherzte Dieke, nachdem Kenos Ball weit außerhalb der gegnerischen Spielhälfte gelandet war.

»Scheint so«, lachte der Ermittler und warf Hedda schnell einen auffordernden Blick zu.

Die kapierte sofort, was hinter dem viel zu kraftvoll, aber sehr platziert geschlagenen Aufschlag steckte. Und während Haika noch langsam in die Richtung joggte, in die auch der Ball gekullert war, sprang die junge Ermittlerin blitzschnell von der Bank auf, schnappte sich im Vorbeigehen die begehrte Jacke und eilte damit nach draußen.

Kaum stand sie vor der Halle, warf sie sich das etwas zu kleine Kleidungsstück über die Schultern und durchsuchte die Jackentaschen. *Bingo*, triumphierte sie, als sie darin einen kleinen zusammengefalteten Zettel entdeckte. Hastig zog sie das handbeschriebene Papier heraus, entfaltete es und begann zu lesen.

11. Kapitel

Haiangriff

19. November

Aufgeregt zeigte Enno seiner Partnerin seinen Fund. »Von wegen die Schluffs haben keine finanziellen Probleme. In diesem Ordner finden sich gleich mehrere Briefe von Banken, die eine Kreditanfrage der Eheleute abgelehnt haben.«

Fiona blätterte sich durch die sorgfältig abgehefteten Schreiben und überflog dabei deren Inhalt. »Anscheinend war den Banken die finanzielle Zukunft der Familie zu ungewiss, da der Hüpfburgenpark als neue wirtschaftliche Grundlage noch keine belastbaren Ergebnisse vorweisen konnte.«

Enno runzelte die Stirn. »Hätten die Banken denn nicht die bestehenden Hüpfburgen als Sicherheit akzeptieren können?«

»Ich habe mal einen Fernsehbericht über einen Mann gesehen, der auf einer kanarischen Insel ein ähnliches Business gestartet hat. Wenn ich mich richtig erinnere, hat der die Hüpfburgen von der Herstellerfirma als Kreditkauf bezogen. Wenn das bei Fietes Eltern auch so war, gehören ihnen die Dinger noch gar nicht.« Fiona zuckte mit den Achseln.

»Aber wofür brauchten die Schluffs dann einen Kredit?«

Fiona breitete die Arme aus und wies ihren Partner so auf das Chaos hin, das bereits im Büro herrschte. »Wahrscheinlich für die Renovierung des Hauses.«

»Du meinst, nachdem die Banken ihnen das Geld nicht geben wollten, haben sie lieber ihren Sohn umgebracht und die Versicherungssumme kassiert, anstatt den Auftrag einfach zu stornieren?« Fassungslos schaute Enno seine Kollegin an.

Doch die war plötzlich in einen Ordner vertieft, den sie inzwischen an sich genommen hatte und akribisch durchblätterte. »Ich glaube, da kann ich dich beruhigen«, murmelte sie schließlich nach einer Weile.

Enno stellte sich wieder dicht neben sie und warf einen Blick auf das aufgeschlagene Blatt. »Ein Kreditvertrag über 25.000 Euro«, stellte er überrascht fest. »Anscheinend haben sie doch noch eine

Bank gefunden, die an die Hüpfburgen-Vision der Familie geglaubt hat.«

»Mit Glauben hat das wohl weniger zu tun«, entgegnete Fiona spöttisch und tippte dabei auf die Passage des Kreditvertrages, in dem die Verzinsung geregelt war.

Ennos Augen weiteten sich, als er die Zahl las. »Das ist doch viel zu teuer!«

»Scheint so, als wären sie in ihrer Not an einen Kredithai geraten.« Fiona seufzte mitfühlend.

Kopfschüttelnd versuchte sich Enno in die Lage der Eheleute zu versetzen. »Aber war denn die Renovierung so notwendig, dass man sie nicht aufschieben konnte?«

»Das Haus hat es schon nötig«, kommentierte Fiona das bisher Gesehene. Sie war zwar wahrlich nicht vom Fach, aber selbst ihr war aufgefallen, dass es in dem Gebäude viele altersbedingte Abnutzungen gab. »Vielleicht haben sie geglaubt, die unverschämt hohen Raten trotzdem bezahlen zu können.«

»Und als sie es doch nicht konnten, hat der Kredithai Druck gemacht, um zu zeigen, wie unangenehm er werden kann, wenn er sein Geld nicht zurückbekommt«, kombinierte Enno weiter. Ihm war plötzlich eine neue, viel schlüssigere Theorie eingefallen. »Vielleicht wollte der Kreditgeber die Familie nur ein wenig einschüchtern und ist dabei versehentlich zu weit gegangen. Vielleicht wollte er dem Sohn nur Angst machen und hat ihn dabei unabsichtlich ertränkt.«

Fiona legte ihre Stirn in Falten. »Denkbar wäre es. Ich prüfe mal in den Kontoauszügen, ob die vereinbarten monatlichen Kreditraten abgebucht wurden.« Sie legte den aktuellen Ordner zur Seite und ging auf die Mappe zu, die sie als Allererstes in den Händen gehalten hatte.

»Warte!« Enno versperrte ihr mit der Hand den Weg. »Ich glaube, da kommt schon wieder jemand.« Blitzschnell schnappte er sich den Schraubenzieher und ließ sich neben dem Schreibtisch auf die Knie fallen.

Gleichzeitig schnappte sich Fiona einen Schwung Ostfrieslandkrimis, die ebenfalls im Bücherregal standen. Kaum war sie damit auf den Stapel zugelaufen, der bereits in der Mitte des Raumes lag, schwang die Tür auf.

Theo betrat den Raum und verschaffte sich schnell einen Überblick über die Situation. »Gemäß Zeitplan sollt ihr heute noch mit dem Abkratzen der alten Tapete fertig werden«, grummelte er.

»Kein Problem«, schnaufte Enno, der seinen Bauleiter keines Blickes würdigte und sich stattdessen voll auf die festsitzende Schraube konzentrierte. Die Wut, die sich in seinem Bauch über den kontrollsüchtigen Aufseher gebildet hatte, gab ihm zum Glück die notwendige Kraft, um diesen ungleichen Kampf endlich für sich zu entscheiden.

Ohne ein weiteres Wort zog Theo wieder ab, ließ die Tür aber demonstrativ erneut offen stehen.

Enno zeigte auf eine Ecke des Raumes, die von der Tür aus nur schwer einsehbar war. »Setz du dich da hin und durchsuche die Ordner nach weiteren Hinweisen«, sagte er leise zu Fiona. »Ich arbeite derweil weiter, damit unser Möchtegern-Boss auch Fortschritte sieht, wenn er das nächste Mal hier hereinplatzt.«

Fiona schnappte sich einen Schraubenzieher aus dem Werkzeugkasten, ging zur Tür und schloss diese wieder. »Und wenn er kommt, dann tue ich einfach so, als würde ich auch mit irgendeiner widerspenstigen Schraube kämpfen.« Sie zwinkerte ihrem Partner zu und setzte sich mit dem aufgeschlagenen Ordner auf den Fußboden.

»Dann räume ich erst einmal die ganzen Romane aus und baue das Bücherregal auseinander«, änderte Enno spontan seinen Plan, damit Fiona im Fall des Falles wirklich so tun konnte, als würde auch sie mit dem Schreibtisch kämpfen. Doch als er gerade den ersten Schwung aus dem Regal nehmen wollte, fiel ihm etwas ins Auge. »Was ist das denn?«, sagte er überrascht.

»Hast du etwas entdeckt?« Hoffnungsvoll schaute Fiona zu ihm auf.

Enno lächelte. »Nur ein Buch, das ich selbst total gerne gelesen habe.« Er streckte ihr das Cover entgegen, sodass sie den Namen der Autorin lesen konnte.

»Hedda Müller«, las Fiona ihn laut vor. Sie brauchte einen Moment, bis ihr wieder einfiel, dass Ennos Frau unter diesem Pseudonym für den Krimens-Verlag schrieb. »Das ist ja toll«, freute sie sich. »Davon solltest du ihr unbedingt ein Foto schicken.«

»Gute Idee!« Enno holte sein Handy hervor, lichtete das Buch ab und schickte die Bilddatei an seine Ehefrau weiter. Es dauerte nicht lange, bis er eine Antwort erhielt, die ihn schmunzeln ließ.

»Was hat sie geantwortet?«, wollte Fiona wissen.

»Wer so einen guten Buchgeschmack hat, muss einfach unschuldig sein«, las Enno die Antwort seiner Frau laut vor.

Nachdem beide kurz gelacht hatten, machten sie sich wieder an ihre jeweilige Arbeit. Enno leerte das komplette Bücherregal aus und stapelte die Romane zu einem beachtlichen Turm in der Zimmermitte auf. Nur die Ordner, deren Inhalt nicht auf den ersten Blick offensichtlich war, stellte er so ab, dass Fiona sie sich problemlos greifen konnte.

Die ehemalige Polizistin blätterte sich durch alle Ordner, die in irgendeiner Form mit Finanzen zu tun hatten. Immer wenn sie dabei etwas Relevantes entdeckt hatte, informierte sie Enno. So fand sie als Erstes heraus, dass das Konto der Eheleute Schluff regelmäßig mit den Raten für den Kredit mit den Wucherzinsen belastet worden war und sie daher ihre Theorie vom rachsüchtigen Kredithai wahrscheinlich schon wieder verwerfen mussten.

»Ich habe noch etwas entdeckt«, sagte Fiona, nachdem sie eine Zeit lang schweigend einige Ordner gesichtet hatte.

»Was denn?«, fragte Enno und lehnte das Bücherbord, das er gerade in den Händen hielt, an die Wand.

»Ich habe mir noch einmal die Unfallversicherung in dem Versicherungsordner angesehen und dabei etwas entdeckt, was Fietes Eltern noch weiter entlasten dürfte.« Sie räusperte sich, dann las sie den entsprechenden Absatz aus der Police vor. »Das vereinbarte Todesfallkapital wird gezahlt, wenn die versicherte Person innerhalb eines Jahres an den Folgen des Unfalls verstirbt. Das Ableben muss innerhalb von 48 Stunden angezeigt werden. Der Versicherung steht das Recht zu, vor der Auszahlung der vereinbarten Todesfallleistung eine Obduktion des verstorbenen Versicherungsnehmers zu verlangen.«

»Ist so eine Klausel denn erlaubt?«, reagierte Enno ungläubig und zugleich verständnislos. »Wer denkt denn in den ersten zwei Tagen nach dem Tod eines geliebten Menschen schon daran, sich bei der Versicherung zu melden?«

Fiona legte die Stirn in Falten und versuchte, sich an das Gespräch mit dem Versicherungsmakler zu erinnern. Sie hatte sich mit dem Fachmann getroffen, kurz nachdem ihr Vater ihr geraten hatte, sich zukünftig selbst um ihren Versicherungsschutz zu kümmern. »Das ist wegen der Obduktion«, glaubte sie sich zu erinnern. »Die

Versicherung kann eine Autopsie des Leichnams verlangen, um einwandfrei feststellen zu können, ob der Unfall ursächlich für das Ableben des Versicherten war.«

»Und wenn die Trauernden die Frist versäumen, verweigert die liebe Versicherung die Auszahlung, oder was?«

Fiona zuckte mit den Schultern. »Ich glaube, mein Versicherungsberater hat mir damals gesagt, dass die Versicherung in den meisten Fällen die Auszahlung nicht vermindern oder verweigern wird. Die Klausel wird wohl nur dann gezogen, wenn es große Zweifel daran gibt, ob der Unfall wirklich zum Tod geführt hat. Stell dir vor, das Ableben wird der Versicherung erst nach der Einäscherung gemeldet. Da wäre eine Obduktion ja nicht mehr möglich.«

Dieses Beispiel leuchtete Enno ein. Dafür kam ihm plötzlich eine neue Frage in den Sinn. »Ist es eigentlich egal, wie viel Zeit zwischen Unfall und Tod liegt? Manche Menschen versterben ja auch wegen der Spätfolgen erst deutlich nach dem eigentlichen Unglück.«

Fiona musste lächeln. Auf diese Frage konnte sie ihrem Partner wirklich eine eindeutige Antwort geben, weil sie sich diesen Aspekt während ihrer eigenen Versicherungsberatung genau gemerkt hatte. »Das vereinbarte Todesfallkapital wird nur gezahlt, wenn der Versicherte innerhalb von zwölf Monaten an den Folgen des Unfalls verstirbt. Nach dieser Frist erhält man stattdessen die sogenannte Invaliditätsleistung, die, je nach Vereinbarung und Grad der körperlichen Einschränkung, deutlich höher sein kann.«

»Du kennst dich ja echt gut aus.« Enno nickte anerkennend. Dann dachte er darüber nach, ob die 48-Stunden-Klausel aus dem Versicherungsvertrag das Verhalten der Eheleute Schluff nachvollziehbarer machte. »Dann waren Fietes Eltern also mehr oder weniger gezwungen, den vermeintlichen Unfalltod ihres Sohnes so zeitnah zu melden.«

»Auf jeden Fall können wir ihnen nicht vorwerfen, so kurz nach dem schrecklichen Ereignis nur an das Geld gedacht zu haben. Sie waren ja mehr oder weniger dazu genötigt, die Versicherung zeitnah zu informieren.«

»Oder aber der Versicherungsmakler hat sie daran erinnert. Wenn er auch hier auf Wangerooge lebt, hat er ja mit Sicherheit von dem tragischen Unglück gehört.« Enno überprüfte in seinem Smartphone, ob es eine Agentur der Ostfriesland-Versicherung auf Wangerooge gab. Nachdem er die Bestätigung hatte, rief er Jörg an, um ihn um eine Überprüfung seiner Theorie zu bitten.

Doch als er dem Geheimdienstleiter erklärt hatte, wie sie an die Informationen gelangt waren, war dieser alles andere als erfreut. »WAS HABT IHR GEMACHT?«, schrie er so laut in den Hörer, das selbst Fiona es verstehen konnte, obwohl sie noch immer in der anderen Ecke des Raumes auf dem Fußboden saß.

12. Kapitel

Hummeln können fliegen

19. November

Lieber Fiete, begann Hedda den Zettel zu lesen, den sie in Haikas Jacke gefunden hatte. *Ich schreibe dir diesen Brief, weil Hummeln fliegen können, obwohl es ihnen physikalisch eigentlich nicht möglich sein dürfte. Aber sie tun es dennoch!*

Ich weiß, dass du mich eigentlich nicht lieben kannst, weil du eben auf Frauen stehst, die nach Mitternacht schon lange nicht mehr ihren Ausweis vorzeigen müssen, wenn sie noch in eine Diskothek wollen. Aber wenn Hummeln fliegen können, kannst du ja vielleicht trotzdem auch in mich verliebt sein?

»Gib sofort meine Jacke wieder her!«

Erschrocken wirbelte Hedda herum. Vor ihr stand Haika, deren zierlicher kleiner Körper vor Wut zu beben schien. Das Gesicht der Insulanerin war zu einer zornigen Fratze verzerrt, während sie erbost auf die Hände der jungen Ermittlerin starrte.

»Hast du den etwa gelesen?« Haika zeigte auf den auseinandergefalteten Zettel.

»Ich …« Krampfhaft überlegte Hedda, wie sie sich Zeit verschaffen könnte, um sich eine gute Ausrede dafür einfallen zu lassen, warum sie den Brief nicht nur in den Händen hielt, sondern ihn auch noch auseinandergefaltet hatte. Sie beschloss daher, einen Schritt früher zu beginnen und zunächst einmal mit dem Vorwand zu starten, den sie sich im Vorfeld für das Mitnehmen der fremden Jacke überlegt hatte. »Ich hatte plötzlich wieder so ein brennendes Gefühl in der Nase und mir ist total schwindelig geworden. Da dachte ich, ein wenig kühle Nordseeluft könnte mir vielleicht guttun. Ich wollte schnell raus, bevor mir zu komisch wird. Du musst wissen, ich bin früher schon ab und zu mal ohnmächtig geworden. Seit ich aber immer gleich an die frische Luft gehe, wenn dieses Gefühl wieder in mir hochkommt, ist es zum Glück noch nicht wieder passiert.« Mitleidsuchend schaute sie ihre Gesprächspartnerin an.

»Und warum hast du dann meine Jacke genommen und nicht deine eigene?«, wollte Haika wissen. Sie hatte die Hände in die Seiten gestemmt und sah immer noch verärgert aus.

Aber immerhin hört sie mir zu, dachte Hedda und setzte ihre Erklärung fort. »Meine Jacke hing in der Umkleidekabine. Da hätte ich erst in die entgegengesetzte Richtung gemusst, bevor ich dann zurück zum Ausgang gekonnt hätte. Die Strecke wäre mindestens drei Mal so lang gewesen. Ich hatte einfach Angst, da drinnen …«, sie nickte Richtung Tennishalle, »… vor all den Leuten umzufallen. Weißt du, wie peinlich das ist, wenn du die Augen wieder aufschlägst und über dir schweben viele besorgte, aber eben auch relativ fremde Gesichter?« Wieder stellte sie einen Augenkontakt her und setzte ihren mitleidsuchenden Blick auf.

Die Verärgerung in Haikas Gesicht wich nach und nach einer nachdenklichen Skepsis. »Das mit der Jacke verstehe ich jetzt«, sagte sie schließlich, nachdem sie einige Sekunden intensiv nachgedacht hatte. »Aber warum hast du meinen Brief gelesen?« Schlagartig übernahm die wütende Zornesfratze wieder den dominanten Anteil ihrer Mimik.

»Das Brennen in meiner Nase wurde plötzlich stärker«, log Hedda. »Darum habe ich panisch nach einem Taschentuch gesucht. Dabei habe ich dann diesen Brief gefunden.« Reumütig streckte sie der jungen Frau das Schriftstück entgegen.

Haika nahm es ihr aus den Händen und steckte es in die Gesäßtasche ihrer Jeans. »Und jetzt soll ich dir glauben, dass du es für ein Taschentuch gehalten und es nur deshalb auseinandergefaltet hast, um dich darin schnäuzen zu können? Für wie blöd hältst du mich eigentlich?« Sie machte auf der Stelle kehrt und steuerte auf den Eingang der Halle zu.

Mit wenigen schnellen Schritten hatte Hedda sie eingeholt und packte sie vorsichtig am Oberarm. »Ich halte dich nicht für dumm«, sagte sie mit reumütiger Stimme. »Nachdem ich erkannt habe, was ich da in den Händen halte, war meine Neugierde einfach größer als mein Anstand.« Sie ließ den Kopf auf die Brust sinken und schaute beschämt auf ihre Schuhe. Dann streifte sie sich die Jacke von den Schultern und reichte sie Haika. »Das war nicht richtig von mir und ich kann dich für mein beschämendes Verhalten nur um Verzeihung bitten. Ich weiß nicht, ob es dir hilft, aber ich habe wirklich nur die ersten beiden Absätze gelesen, und ich kann nur sagen, dass du das sehr schön geschrieben hast. Ich wünsche dir, dass dieser Fiete erkennt, welch tolle Frau du bist.«

Mit gesenktem Kopf wartete Hedda darauf, dass Haika davonstürmen oder sie beschimpfen würde. Sie konnte gut nachempfinden, wie die junge Frau sich fühlen musste. Sie litt offensichtlich sehr unter ihrem jugendlichen Aussehen. Diese Gefühle in einem persönlichen Brief niederzuschreiben musste schon sehr schwer gewesen sein. Eine wildfremde Person diese Zeilen lesen zu sehen, musste sich hingegen unerträglich anfühlen. Gleichzeitig hoffte sie, dass Haika sie nach ihrer ersten Begegnung und ihrer anschließenden Flucht vom Friedhofsgelände nicht heimlich beobachtet hatte. Andernfalls wüsste die junge Insulanerin ja bereits, dass Hedda und ihre Begleiter vor Fietes Grab gestanden und demzufolge längst Kenntnis von seinem Tod hatten.

Doch Haika sagte nichts und rannte auch nicht davon. Stattdessen vernahm die junge Ermittlerin plötzlich ein leises Schluchzen, das in kurzer Zeit immer lauter wurde. Besorgt blickte Hedda zu ihrer Gesprächspartnerin auf. Tränen rannen die Wangen der zierlichen jungen Frau hinab, während ihr Blick starr ins Leere gerichtet war.

Einer inneren Eingebung folgend nahm Hedda sie in den Arm. »Hast du ihm den Brief schon gezeigt?«, versuchte sie, die Situation für ihre Ermittlungen zu nutzen, fühlte sich gleichzeitig aber auch ein wenig schlecht dabei. Sie würde sich wohl daran gewöhnen müssen, dass sie manchmal das Vertrauen anderer ein wenig ausnutzen musste, um mit ihrer Arbeit voranzukommen. Immerhin diente ihr Verhalten ausschließlich einem guten Zweck. Schließlich wollte sie einen eventuell noch unerkannten Mörder seiner gerechten Strafe zuführen.

»Er … er ist …«, schluchzte Haika. »Er ist vor ungefähr zwei Wochen ertrunken.« Kraftlos sackte sie in sich zusammen.

Hedda kniete sich neben sie und tätschelte ihr beruhigend den Rücken. »Das ist ja schrecklich. Das tut mir so leid für dich.«

»Ich … ich hatte den Brief an demselben Tag geschrieben, an dem man später auch seine … seine Leiche gefunden hat.« Sie musste nach Luft schnappen, bevor sie weitersprechen konnte. »Ich hatte mir fest vorgenommen, ihm mein Geständnis am nächsten Tag zu geben. Ich konnte doch nicht …« Wieder brachen die Tränen aus ihr heraus.

»So etwas ahnt doch niemand«, versuchte Hedda sie zu trösten. »Warst du deshalb auf dem Friedhof? Wolltest du ihm den Brief vorlesen?«

Haika schaute zu ihr auf, schluchzte und nickte kaum wahrnehmbar. »Ich weiß selber nicht, warum …« Wieder schnappte sie nach Luft und zog die Nase hoch. »Ich glaube, er hat nicht einmal geahnt, was ich für ihn empfinde.«

»Hast du gewusst, dass es sechzig Jahre gedauert hat, bis Forscher endlich einen stichfesten Beweis dafür hatten, dass Hummeln keineswegs den bekannten Gesetzen der Aerodynamik widerstreben? Erst gegen Ende des letzten Jahrtausends fanden sie heraus, dass das besondere Material ihrer Flügel es ihnen ermöglicht, ihren relativ massigen Körper in die Lüfte zu erheben«, versuchte Hedda sie mit dem Wissen abzulenken, das sie sich selbst erst vor einigen Wochen beim Anschauen einer Quizshow angeeignet hatte.

Mit zusammengekniffenen und vom Weinen geröteten Augen schaute Haika sie fragend an. »Ich dachte immer, sie tun es einfach, weil sie ja nicht wissen, dass sie es eigentlich nicht können.« Die Aufklärung dieses weit verbreiteten Irrglaubens schien sie zusätzlich zu bedrücken.

»So ist es leider nicht, auch wenn die Vorstellung, alles zu können, wenn man es nur möchte, natürlich sehr schön ist«, entgegnete Hedda. »Aber ein Mann soll sich doch auch nicht in dich verlieben, nur weil er nicht weiß, dass er es eigentlich nicht kann«, versuchte sie nun, das Hummel-Beispiel auf die Situation der jungen Frau anzuwenden. »Er kann sich in dich verlieben, weil du liebenswert bist.« Sie packte sie an beiden Schultern, so als ob sie sie wachrütteln wollte.

Einen Moment lang schaute Haika die junge Ermittlerin nur nachdenklich an. Dann, wie aus dem Nichts, schlang sie ihre Arme um sie und presste sie ganz fest an sich. »Danke«, flüsterte sie ihr schluchzend ins Ohr. »Vielen lieben Dank!« Die ehrliche Wärme, die diese Worte ausstrahlten, trieb auch Hedda die Tränen in die Augen.

Die beiden jungen Frauen saßen noch eine Zeit lang schweigend beieinander. Erst als ihre Tränen getrocknet und die Augen nicht mehr allzu sehr gerötet waren, entschieden sie, zu den anderen in die Tennishalle zurückzukehren.

Doch als sie das Spielfeld wieder erreichten, verkündete Dieke gerade das Endergebnis. »Damit hat mein Team haushoch gewonnen.« Ein arrogantes Siegerlächeln erstrahlte auf seinem Gesicht.

»Aber alle Verlierer müssen nicht traurig sein«, rief Arnke ihrem Team zu. »Heute Nachmittag haben wir beim Wattschlickrennen bereits die Chance, unsere schändliche Niederlage auszumerzen.«

Unter lautem Gelächter und dem Austausch von nicht ganz ernst gemeinten Provokationen verabschiedeten sich alle voneinander. Während Hedda und Keno zurück zu ihrer Ferienwohnung liefen, berichtete die junge Ermittlerin ihrem vorübergehenden Partner, was in seiner Abwesenheit geschehen war.

»Also glaubst du, dass Haika nichts mit Fietes Ableben zu tun hat?«, fragte Keno schließlich.

»Da bin ich mir ziemlich sicher«, antwortete Hedda. »Ich habe einfach das Gefühl, dass sie absolut ehrlich zu mir war.« Etwas verunsichert schaute sie ihren Kollegen an. Schließlich war er derjenige, der Lügner besonders gut entlarven konnte.

»Soweit ich das gehört habe, ist dein ›Gefühl‹ …«, er setzte das Wort symbolträchtig in Gänsefüßchen, »… mindestens genauso zuverlässig wie meine antrainierte Fähigkeit.«

Hat der jetzt etwa meine Gedanken gelesen?, fragte Hedda sich. Die Vorstellung fand sie schon ein wenig gruselig. Gab es nicht auch Mentalkünstler, die mit solchen Programmen auftraten? Trotzdem lächelte sie ihn dankbar an. Denn sie spürte, dass seine Worte ehrlich und lieb gemeint waren.

Keno berichtete ihr von seinem Gespräch, das er während der Halbzeitpause mit Dieke geführt hatte. »Leider habe ich von ihm nicht viel erfahren. Aber abgesehen davon, dass ich ihn nicht besonders mag, hat er merkwürdig reagiert, als ich ganz allgemein von aufgefundenen Leichen gesprochen habe. Den Typen sollten wir auf jeden Fall noch im Auge behalten.« Er griff sich mit einer Hand in den Nacken und verzog schmerzverzerrt das Gesicht. In der letzten Nacht hatte er sich ein wenig den Hals verrenkt. »Konntest du während der Spielunterbrechung eigentlich mit Arnke sprechen?«

Erst jetzt fiel Hedda auf, dass sie ihrem Kollegen noch gar nicht darüber berichtet hatte. Die Erlebnisse mit Haika hatten sie alles andere einfach vergessen lassen. »Ist ähnlich gelaufen wie bei dir und Dieke, wenn man davon absieht, dass ich ihren ersten Eindruck ganz sympathisch fand. Aber viel rausgefunden habe ich in der kurzen Zeit leider nicht.« Sie versuchte, sich an den genauen Ablauf der Unterhaltung zu erinnern. »Nur ganz zum Schluss, da hat sie so einen merkwürdigen Satz gesagt.«

13. Kapitel

Das Wattschlickrennen

19. November

»Was hat sie denn gesagt?«, wollte Keno wissen.

Hedda gab ihm einen kurzen Überblick über das größtenteils belanglose Gespräch, das zwischen ihr und Arnke stattgefunden hatte. »Dann habe ich sie gefragt, ob es auf so einer kleinen Insel nicht auch manchmal furchtbar langweilig sein kann«, beendete sie ihre Zusammenfassung.

»Fast genauso habe ich auch versucht mit Dieke auf das entscheidende Thema zu kommen.« Keno grinste. »Und, was hat sie nun geantwortet?«

»Sie sagte, dass sie schon selbst für Aufregung sorgen könnten, wenn es ihnen einmal zu langweilig werden würde.« Hedda zuckte die Achseln. »Keine Ahnung, was sie damit gemeint hat. Aber die Art, wie sie es gesagt hat, lässt mich glauben, dass sie damit keine abgewandelten Tennisspiele oder Wattschlickrennen gemeint hat.«

Nachdenklich knetete Keno seine Unterlippe. »Fietes Freunde haben auf jeden Fall ein Geheimnis. Die Frage ist nur, ob es etwas mit seinem Tod zu tun hat.«

Da sie von der sportlichen Betätigung Hunger bekommen hatten, beschlossen die beiden Ermittler, irgendwo eine Kleinigkeit zu essen, um gestärkt am nachmittäglichen Wattschlickrennen teilnehmen zu können. Sie gingen die Elisabeth-Anna-Straße entlang und bogen schließlich in die Zedeliusstraße ein. Am Ende dieser Straße thronte auf einer rundlichen Erhöhung das Café Pudding, ein kreisförmiges, fast vollständig verglastes Gebäude.

»Das sieht ja toll aus«, staunte Hedda. »Wollen wir da unser Glück versuchen?«

Keno stimmte ihrem Vorschlag zu und die beiden erklommen die steilen Steinstufen, die auf die Erhebung hinaufführten. Sie hatten Glück, dass das Café aufgrund der Nebensaison nicht voll besucht war, und konnten sogar zwei der begehrten Plätze ergattern, von denen aus man direkt auf den vorgelagerten Strand und die dahinterliegende Nordsee schauen konnte.

Während Hedda den Ausblick genoss, blätterte Keno bereits in der Karte. Doch anstatt bei den köstlichen Kuchen und Torten zu stöbern, fiel ihm eine ganz andere Seite ins Auge. Hier hatten die Betreiber einige interessante Details zu der Historie des Gebäudes und seines Namens zusammengefasst.

»Weißt du eigentlich, warum das hier Café Pudding heißt?«, fragte Keno seine Partnerin, nachdem er den Bericht zu Ende gelesen hatte.

Hedda löste sich von der wunderschönen Aussicht und wandte sich wieder ihrem Kollegen zu. »Ich hoffe nicht, weil es hier nur Pudding zu essen gibt«, wagte sie einen nicht ganz ernst gemeinten Rateversuch.

»Zum Glück nicht. Es gibt auch Kuchen und Torte«, scherzte Keno. »Hast du schon mal den Ausdruck ›Um den Pudding gehen‹ gehört?«

Die junge Ermittlerin nickte. Der Ausdruck war ihr durchaus geläufig. »Mein Vater hat das oft gesagt, wenn er sich abends noch kurz ein wenig die Beine vertreten wollte.«

»Das trifft es ziemlich genau«, sagte Keno. »Wenn man auf Wangerooge früher nochmal kurz frische Luft schnappen wollte, dann ist man oft – so wie wir gerade auch – die Zedeliusstraße entlangmarschiert, hat eine Runde um die Düne gedreht, auf der wir uns gerade befinden, hat kurz aufs Meer geblickt und ist dann wieder nach Hause zurückgekehrt. Im Zweiten Weltkrieg wurde hier dann ein Bunker gebaut. Nach Kriegsende wurden alle Bunker der Insel, die nicht gesprengt werden konnten, als Lagerräume verpachtet. Nur diesen Bunker hier wollte zunächst niemand haben.«

Hedda, die sich beim Zuhören erneut der Nordsee zugewandt hatte, schüttelte ungläubig den Kopf. Sie hätte das Objekt allein schon wegen seiner Aussicht genommen.

»1948 wurde der Bunker zunächst in einen Kiosk umgewandelt, dann schließlich umgebaut und nur ein Jahr später als Café wiedereröffnet. Und nach zahlreichen weiteren Umbauten und Modernisierungen ist daraus dieses Schmuckstück geworden.« Staunend schaute Keno sich in dem Objekt um. »Ich sag es ja immer: Visionen muss man haben.«

Nachdem sie jeder einen Cappuccino getrunken und ein leckeres Stück Torte gegessen hatten, gingen sie zurück zu ihrer Ferienwohnung, um sich noch ein wenig auszuruhen und für den Nachmittag umzuziehen. Dieke und Arnke hatten den Teilnehmern nämlich geraten, möglichst alte Kleidung zu tragen und unbedingt ein Handtuch, Wechselklamotten sowie eine leere Tasche dabeizuhaben.

Gegen 15:00 Uhr traf sich die Gruppe am Strand. Im Wesentlichen war es die gleiche Truppe wie vor wenigen Stunden, nur dass sich für diese Veranstaltung zwei der Touristen abgemeldet hatten, die beim ungewöhnlichen Tennismatch noch an Heddas Seite um Punkte gekämpft hatten. Dafür waren jedoch zwei der Insulaner, die am Vormittag nicht erschienen waren, neu von der Partie. Die beiden Ermittler hofften, dass es sich bei ihnen ebenfalls um Freunde handelte, die beim Fund von Fietes Leiche dabei gewesen waren.

Arnke richtete das Wort an die Gruppe. »Ich würde vorschlagen, dass wir die Teams unverändert lassen. Da aus meiner Mannschaft zwei Mitglieder fehlen, kommen Wimar und Lüder zu uns. Ein wenig Heimvorteil wird uns guttun, nachdem wir heute Morgen doch recht deutlich verloren haben.«

Wimar und Lüder, dachte Hedda. *Das sind zwei weitere Namen, die auf der Liste derer stehen, die Fietes Leiche gefunden haben.*

»Das wird euch auch nichts helfen!«, spottete Dieke und schwor seine Mannschaft ein, sich auch den nächsten Sieg zu sichern.

Insgesamt waren für den Nachmittag im Watt drei Wettkämpfe geplant. Das Team, das als Erstes zwei der drei Kräftemessen gewann, sicherte sich den nächsten Punkt. Zunächst einmal stand ein einfaches Wettrennen auf dem Programm. Nachdem eine Strecke von einhundert Metern abgemessen war, positionierte sich Arnke an der provisorischen Startlinie, die sie mit dem Fuß in das feuchte Watt gezeichnet hatte. Dieke hatte sich währenddessen am Ziel positioniert. Auf Kommando sprinteten die Läufer los. Dabei traten die Vertreter des jeweiligen Teams im Zweikampf gegeneinander an.

Das Zuschauen stellte sich für die beiden Ermittler noch als sehr amüsant heraus. Denn immer wieder stolperten einige Teilnehmer und flogen der Länge nach ins matschige Watt. Der weiche, nasse Untergrund, auf dem man manchmal problemlos laufen, aber auch von einem auf den anderen Schritt knöcheltief versinken konnte, war für alle Teilnehmer eine wahre Herausforderung. Der Tipp, Wechselklamotten mitzubringen, kam daher wohl nicht von ungefähr.

Doch als sie selbst an der Reihe waren, verwandelte sich ihre heitere Stimmung schlagartig in eine unangenehme Anspannung. Denn Hedda und Keno waren aus ihren Teams die jeweils letzten

Teilnehmer, und wie es das Schicksal eben wollte, stand es zu diesem Zeitpunkt Unentschieden.

»Der Sieger dieses Rennens entscheidet über den ersten Punkt für sein Team«, fasste Dieke die Situation noch einmal für alle zusammen. Für diesen Satz war er extra von der Ziellinie aus zum Start gejoggt und kehrte anschließend sofort wieder auf seine Position zurück. Dabei war er sich ziemlich sicher, dass der sportlich aussehende Mann, den er fälschlicherweise für Enno hielt, den Wettlauf gegen seine vermeintliche Ehefrau spielend für sich entscheiden sollte.

Hedda und Keno positionierten sich an der Startlinie.

»Auf die Plätze … fertig … los!« Beim letzten Wort klatschte Arnke zudem lautstark in die Hände.

So schnell sie konnte, rannte Hedda los. Auch wenn sie wirklich nicht unsportlich war, brannten ihr bereits nach der Hälfte der Strecke die Beine. Der weiche, unebene Untergrund, in den sie bei jedem Schritt tiefer einzusinken glaubte, verlangte ihr alles ab. Nach Luft schnappend warf sie einen Blick zur Seite. Keno hatte ihr bereits gute zehn Meter abgenommen. Ein Sieg schien aussichtslos, aber Aufgeben war für sie noch nie eine Option gewesen.

Doch als Keno nur noch gute zehn Meter von seinem Sieg trennten, tat er so, als würde er das Gleichgewicht verlieren und ließ sich, steif wie ein Brett, der Länge nach ins schlammige Watt fallen. Scheinbar regungslos blieb er dort für einige Sekunden liegen, ehe er sich wieder aufrappelte und sich mit beiden Händen den Matsch aus dem Gesicht wischte. Dabei ließ er sich eben so viel Zeit, wie Hedda brauchte, um ihren Rückstand aufzuholen und vor ihm die Ziellinie zu überqueren.

Während die junge Ermittlerin von ihrer Mannschaft frenetisch gefeiert wurde, stellte sich Dieke als schlechter Verlierer heraus. »Wenn wir die nächsten beiden Spiele gewinnen, bringt ihnen dieser läppische Punkt überhaupt nichts«, meckerte er nicht gerade leise vor sich hin.

Nachdem die erste Euphorie bei den Siegern etwas nachgelassen hatte, kehrte Ruhe ein und alle verbrachten die Pause damit, etwas zu trinken oder sich zu unterhalten. Dabei fiel Hedda sofort auf, dass Wimar, Lüder und Arnke dicht beieinanderstanden. Entschlossen ging sie auf die Gruppe zu.

»Da kommt ja unsere Matchwinnerin«, wurde sie von Arnke freundlich empfangen. Die Kursleiterin machte einen Schritt zur Seite, sodass der Gesprächskreis von drei auf vier Personen anwachsen konnte.

»Kennt ihr euch schon lange?«, kam Hedda gleich zum Punkt. Sie musste sichergehen, dass es sich bei den beiden Neuen wirklich um Fietes Freunde handelte. Und nach der Erfahrung beim Tennis wollte sie keine Zeit verschwenden. Denn auch diese Pause dauerte sicher nicht ewig.

Die drei Wangerooger tauschten fragende Blicke, dann ergriff Wimar das Wort. »Wir leben alle seit unserer Geburt auf dieser Insel«, antwortete er.

»Auf dieser sehr kleinen Insel«, ergänzte Lüder.

»Aber um deine Frage zu beantworten«, setzte jetzt auch Arnke ein, »wir gehören der gleichen Freundesclique an.« Sie lächelte die beiden jungen Männer an. Aber irgendwie schien sie dabei auch ein wenig traurig zu sein.

Dann wären das Nummer drei und vier, war Hedda sich jetzt ganz sicher. Auch wenn sie nicht wirklich damit gerechnet hatte, dass die alten ostfriesischen Vornamen mehrfach auf der Insel vertreten waren, musste sie auch den letzten Restzweifel beseitigen.

»Bist du bereit für das nächste Matsch?«, fragte Arnke lachend. Sie hatte das englische Wort bewusst falsch ausgesprochen und erntete hierfür die Lacher ihrer Freunde.

Doch nicht jetzt schon, dachte Hedda verzweifelt, sagte aber stattdessen: »Aber sowas von!«

Im Mittelpunkt der nächsten Disziplin stand ein Wattschlitten. Mit diesem hölzernen Gefährt, das ein wenig an einen normalen Schlitten erinnerte, fuhren die Fischer früher raus ins Watt, um ihre Reusen zu leeren und die gefangenen Fische zurückzutransportieren. Die Teilnehmer durften maximal fünf Meter Anlauf nehmen und mussten sich dann bäuchlings auf den Schlitten werfen. Die Weite, die man danach schlitternd auf dem Watt zurücklegte, wurde gemessen und notiert. Das Team, das am Ende in der Addition die höchste Gesamtstrecke für sich verbuchen konnte, bekam den nächsten Punkt.

Bei diesem Spiel behaupteten sich wieder Dieke und sein Team und konnten dadurch den Ausgleich erzielen. Für Hedda war die Niederlage belanglos. Sie musste unbedingt wieder mit Arnke, Wimar und Lüder ins Gespräch kommen. Doch als sie sich gerade auf den Weg zu den dreien machen wollte, gingen diese ihrerseits geschlossen zu Dieke hinüber.

Verunsichert trottete Hedda stattdessen zu Keno.

»Wolltest du dich bedanken?«, begrüßte sie dieser augenzwinkernd.

»Bedanken?« Hedda war perplex. Sie wusste nicht, wofür sie ihm einen Dank schulden sollte.

»Na, weil ich dich beim ersten Rennen habe gewinnen lassen. Ich dachte mir, als große Siegerin würdest du sicher leichter mit unseren Zielpersonen ins Gespräch kommen.«

»Vielen Dank«, grinste Hedda. »Das war tatsächlich hilfreich. Du kannst nicht zufällig auch Lippen lesen?« Kaum merklich nickte sie zu Dieke, Arnke und den anderen hinüber.

»Das nicht, aber ich kann sehr gut hören.« Er hakte sich bei ihr unter und schlenderte mit ihr ein paar Meter durch das Watt. Dann schob er sie vor seinen Bauch, legte seine Arme um sie und hauchte ihr etwas ins Ohr. »Vor allem dann, wenn der Wind günstig steht.«

Wie ein verliebtes Pärchen, das seinen Blick über die weite Wattlandschaft gleiten ließ, standen die beiden Ermittler etwa zwei Meter von Fietes Freunden entfernt und hatten ihnen den Rücken zugedreht. Der Wind stand dabei aber tatsächlich so günstig, dass sie fast jedes Wort verstehen konnten, das die befreundeten Insulaner miteinander zu besprechen hatten.

Nachdem die Gruppe das Gespräch beendet hatte, drehte sich Hedda zu Keno um, schlang ihre Hände um seinen Nacken und tat so, als würde sie ihn verliebt ansehen. »Hast du das Gleiche verstanden wie ich?«, fragte sie ungläubig.

»Ich denke schon«, flüsterte er zurück. »Und wenn wir uns beide nicht verhört haben, dann haben wir vielleicht schon in weniger als dreißig Stunden unseren Fall gelöst.«

14. Kapitel

Der Schatzsucher

19. November

Im Schutz der abendlichen Dunkelheit holte Hedda ihren Mann vor dessen Ferienwohnung ab. Sie wollten sich zwar nicht unnötig zusammen zeigen, um ihre Tarnung nicht auffliegen zu lassen, aber ganz ohne persönlichen Kontakt hielten es die beiden eben auch nicht aus. Abgesehen davon wollten und mussten sie sich natürlich ohnehin auch über die jeweiligen Ermittlungsergebnisse austauschen.

Um auf Nummer sicher zu gehen, hatten beide sich eine Kopfbedeckung aufgesetzt und sich jeweils einen Schal um den Hals geschlungen, unter dem sie im Ernstfall ihr Gesicht bis zur Nasenspitze verbergen konnten. Das Wetter war zwar nicht besonders winterlich, aber es war kühl und windig genug, um mit dem wärmenden Accessoire nicht negativ aufzufallen.

Sie gingen die Siedlerstraße entlang, vorbei am Flughafen, dem danebenliegenden Sportplatz und der Villa Kunterbunt, einer Kurklinik, in der Mütter mit ihren Kindern daran arbeiten konnten, die Familiengesundheit wiederherzustellen. Als sie auch das Café Neudeich hinter sich ließen, hatten sie schon fast das östliche Ende der Insel erreicht.

Mit zunehmender Abgeschiedenheit wurde es um sie herum immer dunkler und sie überlegten schon, wieder umzukehren, als ihnen plötzlich ein Lichtkegel auffiel, der etwa fünfzig Meter von ihnen entfernt durch die Luft zu tanzen schien.

»Ob sich da jemand verlaufen hat?«, fragte Hedda ihren Mann.

Enno beobachtete das scheinbar wahllos durch die Luft schwankende Lämpchen. »Das glaube ich nicht«, sagte er schließlich. »Wenn es ein Fußgänger wäre, würde er sich entweder von uns entfernen oder aber auf uns zulaufen. Lass uns lieber mal nachsehen, vielleicht benötigt die Person unsere Hilfe.«

Das junge Ehepaar beschleunigte seinen Schritt und beide aktivierten das Licht ihrer Handykameras, um sich in der Dunkelheit besser orientieren zu können. Da sie den befestigten Weg verlassen mussten, um sich dem Unbekannten zu nähern, wäre alles andere auch zu gefährlich gewesen. Als sie ihr Ziel fast erreicht hatten, bemerkten sie, dass die Lampe sich nicht mehr wild hin und her bewegte, sondern stattdessen jetzt starr auf sie gerichtet war. Der Besitzer schien sie also auch bemerkt zu haben.

»Moin!«, rief Enno der unbekannten Gestalt entgegen. Da ihn der Lichtkegel blendete, musste er sich eine Hand schützend vor die Augen halten. »Geht es Ihnen gut?«

»Moin!«, antwortete ihnen eine dunkle, raue Männerstimme. Ihr Besitzer klang so, als hätte er jahrzehntelang geraucht und regelmäßig mit Whiskey, Wodka oder einem anderen alkoholischen Getränk gegurgelt. »Alles bestens!« Er machte ein paar Schritte auf seine unerwarteten Besucher zu. Als er die schützenden Hände vor ihren Gesichtern bemerkte, fasste er sich an die Stirn und senkte das dort befindliche flexible Licht, sodass es teilweise auch sein Gesicht erhellte.

Erst jetzt konnten Hedda und Enno erkennen, dass es sich nicht um eine Taschenlampe, sondern um eine Stirnlampe handelte. In der Hand trug der bärtige Mann, der seine schulterlangen lockigen Haare ebenfalls mit einer Schirmmütze bedeckt hatte, ein seltsam aussehendes Gerät. Er lispelte ein wenig, was Hedda auf seinen fehlenden Schneidezahn zurückführte.

»Was ist das?«, wollte Hedda wissen und zeigte auf das Ding, das sie ein wenig an einen Rasentrimmer erinnerte.

»Ach das.« Der Fremde neigte seinen Kopf so, dass die Stirnlampe es direkt anleuchtete. »Das ist ein Metalldetektor.« Er hob den Kopf wieder an, schaute aber absichtlich leicht schräg an den beiden Ermittlern vorbei, um sie nicht erneut zu blenden. »Ich heiße Dedo«, sagte er und streckte zunächst Hedda und dann Enno seine freie Hand entgegen. »Ich suche nach Bombensplittern.«

»Bombensplitter?«, wiederholte Hedda ängstlich, hakte sich bei ihrem Mann unter und machte unbewusst einen halben Schritt zur Seite.

»Vorsicht!«, schrie Dedo und streckte seinen Arm aus, sodass die beiden nicht weitergehen konnten.

Heddas Hände umklammerten den Oberarm ihres Mannes noch fester. »Lass uns lieber wieder zurückgehen.«

»Keine Sorge«, beruhigte Dedo sie. »Auf Wangerooge gibt es viele Bombentrichter, die sich über die Zeit mit Wasser gefüllt haben. So wie dieser hier.« Er leuchtete mit seiner Lampe auf eine Stelle, die nur etwa einen halben Meter neben ihnen lag. In der Dunkelheit hatten sie das stille Wasser von dem grasigen Untergrund überhaupt nicht unterscheiden können.

Enno bedankte sich, nachdem ihm klar geworden war, dass der Mann seine Frau wenigstens vor ein paar nassen Füßen bewahrt hatte.

»Das ist doch selbstverständlich«, winkte Dedo ab. »Die meisten Bombenkrater befinden sich in den Salzwiesen, viele wurden aber auch schon längst beseitigt, um die Touristen nicht an das Grauen des Krieges zu erinnern. Sie sind längst vom Sand überweht oder von Unkraut überwuchert worden. Dieser hier ist aber nicht nur wegen seiner abgelegenen Lage etwas Besonderes. Er wurde von den Insulanern als Schwimmteich erhalten. Hier können ihre Kinder auch planschen, wenn die Strömung der Nordsee zu stark oder ihr Wellengang zu rau ist.«

Hedda traute sich gar nicht zu fragen, da sie befürchtete, im Geschichtsunterricht einfach nicht gut genug aufgepasst zu haben. Aber ihre Neugierde war am Ende doch stärker. »Wieso gab es hier denn so viele Bombeneinschläge?«

»Die stammen aus dem großen Angriff von 1945«, klärte Dedo sie auf. »An der Ostseite der Insel führte damals eine Schifffahrtsrinne zum Reichkriegshafen in Wilhelmshaven. Dementsprechend war Wangerooge militärisch nicht unbedeutend und zur Zeit des Zweiten Weltkrieges waren teilweise bis zu fünftausend Soldaten hier stationiert, um gegnerische Flugzeuge und Schiffe zu bekämpfen. Im April 1945 griffen dann ungefähr fünfhundert britische, französische und kanadische Bomber die Insel an. Ihr Auftrag war es, die Seezielgeschütze zu zerstören, die sich auf der Insel befanden. Zu diesem Zweck wurden in drei Angriffswellen mehr als sechstausend Sprengbomben abgeworfen.«

»Wie schrecklich!« Entsetzt schlug Hedda sich die Hände vor das Gesicht. Sie mochte sich gar nicht vorstellen, wie viel Angst die Insulaner an diesem Tag gehabt haben mussten.

Betroffen nickend stimmte Dedo ihr zu. »An diesem Tag hatte Wangerooge ungefähr dreihundert Tote zu betrauern.«

»Bleibt nur zu hoffen, dass wir aus unserer Geschichte gelernt haben und es nie wieder so weit kommen lassen«, sagte Enno. »Und Sie sammeln also Bombensplitter aus dieser Zeit?«

Dedo lachte. »Ich habe mir diesen Metalldetektor hier …«, er leuchtete auf das Gerät, das Hedda an einen Kantenschneider erinnert hatte, »… ursprünglich gekauft, um nach Gold zu suchen. Gefunden habe ich aber nie etwas. Darum bin ich auf Bombensplitter umgestiegen. Da sind die Erfolgschancen größer.«

Jetzt musste auch das Ermittlerehepaar schmunzeln.

»Nur leider sind Bombensplitter nicht so wertvoll wie Gold«, lachte Enno.

In diesem Moment vibrierte Heddas Diensthandy. »Entschuldigen Sie bitte, da muss ich rangehen«, sagte sie, während sie gleichzeitig das Gerät aus der engen Hosentasche fummelte und sich ein paar Schritte entfernte.

»Viel Erfolg noch bei der Suche«, verabschiedete sich auch Enno hastig von Dedo, da ihm genau in diesem Moment einfiel, dass er seiner Frau noch nichts von dem unangenehmen Telefonat erzählt hatte, welches er am Vormittag mit Jörg geführt hatte.

»Moin Jörg«, begrüßte Hedda ihren Chef. Sie hatte inzwischen den befestigten Weg erreicht, ging aber dennoch weiter, um den Abstand zu Dedo zu vergrößern. Er sollte auf keinen Fall mitbekommen, was sie mit dem Leiter ihrer Geheimeinheit zu besprechen hatte.

Enno hatte seine Frau mit schnellen Schritten eingeholt und lief jetzt direkt neben ihr. Dabei versuchte er sie mit wilden Handzeichen, die Hedda jedoch nicht verstand, vorzuwarnen.

»Ja, Enno ist auch hier«, sagte die junge Ermittlerin. »Aber ich kann dich im Moment noch nicht auf laut stellen.« Sie warf einen Blick über die Schulter. Der durch die Dunkelheit zuckende Lichtkegel schien weit entfernt, aber sie wollte dennoch kein Risiko eingehen. Schließlich hatte sie am Nachmittag im Watt selbst gemerkt, über welch große Distanzen der Wind die Worte tragen konnte, wenn er günstig stand.

»Nein, er hat deinen Anruf nicht ignoriert. Er hat nur sein Diensthandy in seiner Unterkunft vergessen … Wie meinst du das, du hast ein Hühnchen mit uns beiden zu rupfen?«, wiederholte sie die letzten Worte ihres Vorgesetzten fragend und schaute dabei ihren Mann besorgt an.

Enno presste die Zähne aufeinander, lächelte verbissen und zuckte entschuldigend mit den Schultern. Er hörte, wie Jörgs Stimme am Ende der Leitung immer lauter wurde. Erst nach einigen Minuten, in denen auch Hedda versucht hatte, ihrem Chef zu erklären, warum sie sich für den Partnertausch entschieden hatte, wurde er wieder etwas ruhiger.

»Das ist ja interessant«, sagte Hedda schließlich, nachdem sie einige Minuten lang nur zugehört und allenfalls zustimmend gebrummt hatte. »Ich werde es Enno sagen.« Dann beendete sie das Telefonat.

15. Kapitel

Wie man sich bettet

19. November

»Sorry!« Ennos Gesicht schien wie eingefroren. Noch immer lächelte er seine Frau mit aufeinandergepressten Kiefern verkrampft an. »Ich wollte dir noch erzählen, dass Jörg hinter unseren Partnertausch gekommen ist und darüber nicht gerade erfreut war.«

»Das hast du aber sehr nett formuliert«, entgegnete Hedda. »Der war ja regelrecht sauer. So habe ich ihn noch nie erlebt! Ich glaube, wenn wir ihn das nächste Mal sehen, können wir uns auf etwas gefasst machen.«

»Der kriegt sich schon wieder ein«, übte sich Enno in Zweckoptimismus. »Er müsste uns doch so langsam wirklich kennen. Außerdem sind wir doch Mitglieder seiner Einheit, um bei den Ermittlungen unkonventionelle Wege zu gehen. Da muss er mit solchen spontanen Aktionen halt leben.« Sein Lächeln entkrampfte sich ein wenig.

»Das stimmt schon. Aber ein wenig kann ich ihn auch verstehen. Er ist der Einsatzleiter und trägt die Verantwortung. Wenn durch unsere nicht abgesprochene Entscheidung etwas schiefgeht, muss er sich dafür rechtfertigen.«

»Dann müssen wir halt dafür sorgen, dass nichts schiefgeht, und diesen Fall schnell lösen«, sagte Enno. »Also, was solltest du mir ausrichten?«

Hedda seufzte. Sie hoffte, dass ihr Mann mit seiner optimistischen Einstellung richtigliegen würde. »Jörg hat herausgefunden, dass der Versicherungsvertreter, bei dem Fietes Eltern die Unfallversicherung abgeschlossen haben, ein Freund der Familie ist. Er lebt selber auf Wangerooge und hat die Eheleute Schluff, gleich nachdem er von dem Unglück erfahren hat, von der 48-Stunden-Klausel unterrichtet.«

»Wie hat Jörg das alles herausgefunden?«, wollte Enno wissen.

»Er hat wohl Karsten den E-Mail-Verkehr des Mannes überprüfen lassen. Dabei hat unser IT-Profi aber auch noch mehr herausgefunden«, antwortete Hedda.

»Spann mich doch nicht so auf die Folter.«

»Der Versicherungsvertreter hat sich wohl sehr für eine zügige Auszahlung der Todesfallleistung eingesetzt. Er kannte nämlich nicht nur die finanziell angespannte Situation der Familie, sondern wusste dem Schriftverkehr zufolge auch von dem hochverzinsten Kredit, den die Familie aufgenommen hat.«

Enno runzelte die Stirn. »Und das alles stand in den E-Mails?« Gleichzeitig fragte er sich, ob der Versicherungsvertreter auch dann auf die Auszahlung gedrängt hätte, wenn er das wahre Ergebnis der Obduktion gekannt hätte. Dieses wurde nämlich bisher noch – auch vor der örtlichen Polizei – geheim gehalten, um so die Ermittlungen der Geheimeinheit nicht zu erschweren. Alle Beteiligten, sofern sie Fiete weder ermordet noch seine Leiche verschleppt hatten, sollten weiterhin davon ausgehen, dass der Teenager in der Nordsee ertrunken war.

Hedda nickte. »Er hat mit einem Kollegen geschrieben, der in der Auricher Zentrale der Ostfriesland-Versicherung für die Auszahlungen zuständig ist. Die beiden müssen sich gut kennen, da die gegenseitigen Nachrichten sehr viele Informationen enthielten, die für die Abwicklung nicht wirklich erforderlich waren.«

»Aha«, brummte Enno nachdenklich. »Und war da noch mehr dabei, was für uns von Interesse sein könnte?«

»Der Sachbearbeiter hat sich wohl nach der finanziellen Lage der Familie erkundigt. Immerhin würde nach Abzug der Beerdigungskosten von der Todesfallleistung nicht allzu viel übrig bleiben. Er hatte sich wohl Sorgen gemacht, dass Fietes Eltern nach dem persönlichen Schicksalsschlag auch noch der finanzielle K.-o.-Schlag drohen könnte.«

»Und, was meinte der Versicherungsfuzzi?«

»Er meinte, da müsste er sich keine Sorgen machen. Die Eheleute hätten genug Vermögen, um den Kredit abzubezahlen.«

»Wie bitte?«, fiel Enno seiner Frau ins Wort. Er wirkte sichtlich verwirrt. »Wie kommt er denn bitte darauf?«

»Gemäß einer seiner E-Mails müssen Fietes Eltern ein Wertpapier besitzen, an das sie wohl nur noch nicht herankönnen, weil das Laufzeitende noch nicht erreicht ist«, versuchte Hedda sich in einer Erklärung. Da sie aber selbst nicht genau verstand, wie das sein konnte, zuckte sie gleichzeitig die Achseln.

»Fiona hat in den Finanzordnern der Familie keine derartigen Unterlagen gefunden«, entgegnete Enno skeptisch. »Aber wenn das stimmt, dann waren die Finanzen definitiv nicht das Motiv.«

»Vielleicht kennt der Versicherungsmakler ja auch nicht den aktuellsten Stand oder aber Fietes Eltern haben ihn angelogen. Ich meine, wer gibt schon gerne zu, dass es ihm finanziell so schlecht geht, dass ein Kredithai die vermeintlich letzte Lösung ist«, formulierte Hedda eine mögliche Erklärung für die fehlenden Depotunterlagen.

Enno nahm sich fest vor, gemeinsam mit Fiona am kommenden Tag noch einmal nach Hinweisen für ein mögliches Wertpapiervermögen Ausschau zu halten. Während sie Hand in Hand zurück zum Ortskern schlenderten, erzählte Hedda ihrem Mann noch von den Ereignissen des Tages, die nicht im direkten Zusammenhang mit den Ermittlungen standen. So erfuhr er nicht nur von ihrer blutigen Nase, sondern auch von der nicht ganz freiwilligen Gesichtsmaske, die Keno sich im Wattenmeer gegönnt hatte.

Beim Stichwort ›Gesichtsmaske‹ fiel Enno ein witziges Video ein, das er vor ein paar Tagen auf einer Social-Media-Plattform im Internet gesehen hatte. Da er es Hedda gerne zeigen wollte, bat er sie um ihr Handy, da er sein eigenes ja in der Ferienwohnung vergessen hatte. Nachdem er ihr den witzigen Clip gezeigt hatte, steckte er das Diensthandy seiner Frau, das baugleich mit seinem eigenen Modell war, gedankenverloren einfach ein.

Diesen Fehler bemerkte er jedoch erst, als er in seine Unterkunft zurückkehrte und das Gerät genau an der Stelle ablegen wollte, an der bereits sein Diensthandy lag. Da es ihm wichtig war, seine Frau jederzeit erreichen zu können und ebenso für sie erreichbar zu sein, machte er sich zu später Stunde noch einmal auf den Weg zu der Ferienwohnung von Keno und Hedda.

Die Wohnung der beiden befand sich in einem Komplex, in dem noch weitere Touristen untergebracht waren. Sie lag zwar im Erdgeschoss, aber Enno wollte trotzdem nicht das Risiko eingehen, von anderen Urlaubern hier gesehen zu werden. Daher entschied er sich auf Nummer sicher zu gehen, ging um das Gebäude herum und gelangte so auf die Terrasse, die zu Heddas Wohnung gehörte.

Die Terrasse war sowohl mit dem Wohnzimmer als auch mit dem Schlafzimmer über eine verglaste Tür verbunden. Auf beiden Seiten waren die Gardinen jedoch zugezogen, sodass Enno keinen direkten Blick ins Innere werfen konnte.

Komisch, sie scheinen nicht einmal Licht anzuhaben, wunderte Enno sich. Er warf einen Blick auf seine Uhr. *So spät ist es doch noch gar nicht. Die werden doch nicht etwa schon schlafen?*

Dann bemerkte er, dass eines der Fenster auf Kipp stand. Vorsichtig schlich er näher, um zu lauschen, ob er Stimmen hören konnte. Sollten seine Frau und sein Kollege nämlich tatsächlich schon schlafen, wollte er sie keinesfalls wecken. Zur Not würde er morgen extra früh aufstehen, um Hedda das Smartphone noch vor seinem Arbeitsbeginn auf der Baustelle zukommen zu lassen.

Oder sollte er das Gerät einfach durch den Fensterschlitz in die Wohnung werfen? Würde es den Sturz überstehen, und falls ja, würde seine Frau es dann überhaupt finden? Oder sollte er doch einfach klingeln? Im Schutz der Dunkelheit war es sicherlich unwahrscheinlicher, einem anderen Menschen zu begegnen, als bei Anbruch des Tages. Und ohnehin war die Geheimnistuerei ja wahrscheinlich ohnehin total übertrieben. Es wäre ja schon ein verdammter Zufall, wenn ihn jemand entdecken würde, der sowohl ihn als auch Hedda erkennen und gleichzeitig auch Bestandteil der Ermittlungen sein würde.

Während ihm tausend Gedanken durch den Kopf schossen, drang plötzlich eine Stimme aus dem Inneren an sein Ohr. Er erkannte ihren Besitzer sofort. Aber wie konnte das sein? Er hielt den Atem an und lauschte weiter. Doch als er hörte, was die Stimme als Nächstes sagte, trommelte er mit den Fäusten so fest gegen die Scheibe, dass das Glas unter seinen wütenden Schlägen zu schwingen begann.

16. Kapitel

Zwei Schlafzimmergeheimnisse

19. November

Zunächst hatte Enno nur Kenos Stimme vernommen, diese allein aber noch nicht als Warnhinweis gedeutet. Doch als dieser plötzlich auch noch mit amüsierter Stimme ›Achtung, ich mach mich jetzt nackig‹ gesagt hatte, waren bei dem jungen Ehemann sofort alle Alarmsirenen angegangen. Wie ein Wilder hatte er gegen das Fenster getrommelt und dabei den Namen seiner Frau geschrien.

In diesem Moment dachte er nicht für eine Sekunde darüber nach, ob andere Leute ihn sehen und sich vielleicht fragen könnten, in welcher Verbindung er zu der jungen Frau stand, die mit ihrem älteren vermeintlichen Ehemann Urlaub auf Wangerooge machte. Auch mögliche negative Konsequenzen für die weiteren Ermittlungen hatte er in diesem Augenblick nicht bedacht. Er musste einfach nur wissen, was in diesem Schlafzimmer vor sich ging, und das sofort.

Es dauerte nicht lange, bis Hedda den Vorhang zur Seite riss und ihren Mann durch die Fensterscheibe entgeistert anstarrte. »Was machst du denn hier?«, fragte sie ihn verwundert.

»Das sollte ich ja wohl lieber dich fragen«, entgegnete Enno wütend und warf dabei Keno, der seitlich neben dem Bett stand und sich gerade ein T-Shirt über den Kopf streifte, grimmig an.

Erst jetzt bemerkte Hedda, was ihren Mann derart in Rage versetzt haben konnte. Sie öffnete die Terrassentür, ließ ihn hinein und schloss die Gardinen wieder. Dann begann sie, die Situation zu erklären: »Keno hat den ganzen Tag über Nackenschmerzen geklagt, weil er auf den beiden zusammengeschobenen Sesseln nicht richtig schlafen konnte. Ich habe ihm deshalb angeboten, dass wir uns das Bett teilen können. Es ist wirklich groß genug.«

Enno warf einen prüfenden Blick auf das Schlafmöbel. Die Reihe aus dicken Sofakissen, die die Besucherritze entlang platziert worden waren, beruhigten sein Gemüt ein wenig. »Und warum hat er gerade angekündigt, dass er sich nackig machen wollte?« Wieder schaute er seinen männlichen Kollegen strafend an.

»Ich …«, begann Keno sich zu erklären, brach aber sofort ab, nachdem ihm klar geworden war, dass er wohl besser weiter schweigen sollte.

»Sein T-Shirt, das er bereits letzte Nacht getragen hat, roch ziemlich streng«, übernahm Hedda wieder das Wort.

»Ziemlich streng?«, fragte Keno entsetzt nach. »Zu mir meintest du, es wäre nur ein kaum wahrnehmbarer Geruch, aber du hättest nun mal ein sehr empfindliches Näschen.«

Hedda schaute ihren vorübergehenden WG-Partner entschuldigend an. »Sorry, war eine lieb gemeinte Notlüge. Hätte ich etwa sagen sollen, du stinkst wie ein räudiger Puma?«

Über so viel Ehrlichkeit musste Keno schmunzeln und selbst Enno konnte ein leichtes Zucken seiner Mundwinkel nicht unterdrücken.

»Ich werde wieder auf dem Sessel schlafen«, bot Keno an, um den Frieden wieder vollständig herzustellen. »Die Schmerzen waren sicher nur der ungewohnten Situation geschuldet. Das wird mit jeder weiteren Nacht sicher besser werden.« Er zog sein Bettzeug von der Matratze und knüllte es so zusammen, dass er es mit einem Arm halten konnte.

»Das musst du nicht!«, wollte Hedda ihn aufhalten und schaute dabei ihren Mann Unterstützung suchend an.

»Nein, das musst du wirklich nicht. Ich habe etwas überreagiert. Tut mir leid«, lenkte Enno ein. Einerseits war ihm sein Auftritt ein wenig peinlich, andererseits konnte er, bei allem Verständnis für die Situation, nicht leugnen, dass es ihn störte, seine Frau im gleichen Bett mit seinem neuen Kollegen zu wissen. Auch wenn er Hedda bedingungslos vertraute, verursachte Kenos ehemaliger Ruf als Womanizer doch ein ungutes Gefühl in seiner Magengrube.

***** 20.November *****

Bevor sich Fiona und Enno auf den Weg zur Baustelle machten, nahmen sie sich noch die Zeit für ein kleines gemeinsames Frühstück.

Während Fiona jedoch ausgeschlafen, motiviert und frisch wirkte, schien Enno nicht besonders gut geschlafen zu haben. Geistesabwesend saß der ehemalige Polizist mit verknittertem Gesicht und abstehenden Haaren an dem kleinen Frühstückstisch, pustete immer wieder auf seinen dampfenden Tee und nippte hin und wieder daran.

»Es ist ganz normal, eifersüchtig zu sein«, sagte Fiona mitfühlend und biss von ihrem Käsetoast ab.

Enno schaute sie an, als habe er jetzt erst bemerkt, dass er nicht alleine am Tisch saß. »Ich bin nicht eifersüchtig«, entgegnete er etwas zu barsch, um dabei glaubhaft rüberzukommen. In seinen Gedanken reiste er einige Stunden zurück und stand wieder vor dem gekippten Schlafzimmerfenster seiner Frau.

»Wenn du es sagst«, erwiderte Fiona augenrollend. Nachdem Enno ihr am gestrigen Abend von dem Vorfall berichtet hatte, hatte sie sofort Verständnis für die spürbare Eifersucht ihres Kollegen gehabt. Aus der Perspektive eines Paares heraus gesehen, war die ungewöhnliche Schlafsituation, die sich aus dem Partnertausch der Ermittler ergeben hatte, wirklich eine Herausforderung. Zum Glück war sie Single. Ihr hätte es schon nicht gefallen, wenn eine andere Frau ihren Freund lediglich in Boxershorts bekleidet gesehen hätte. Wenn sie dann auch noch gewusst hätte, dass sich die beiden zudem auch noch das Bett teilten, wäre sie vor Eifersucht wahrscheinlich durchgedreht.

Zwanzig Minuten später betraten sie gemeinsam die Baustelle. Für heute stand eigentlich das Tapezieren des Büros an, doch Theo stellte sich ihnen bereits im Flur in den Weg und unterrichtete sie von den notwendigen Planänderungen, da bestellte Waren nicht wie vereinbart mit der Fähre geliefert worden waren.

»Ihr werdet stattdessen heute das Schlafzimmer vorbereiten, genauso wie ihr es gestern im Büro gemacht habt«, bestimmte der kräftig gebaute Bauleiter. »Manni hat noch in der Küche zu tun, Toni ist im Bad lange noch nicht fertig und ich werde weiter im Wohnzimmer arbeiten. Wir stehen uns also auch so nicht auf den Füßen herum.«

Fiona und Enno stimmten ihm zu und lobten den Bauleiter für seine flexible Planung. Dennoch waren sie nicht glücklich mit der Verschiebung der Arbeitsabläufe, da sie doch eigentlich noch einmal in den Unterlagen nach dem Wertpapierbestand suchen wollten, den Fietes Eltern gemäß der Aussage des Versicherungsvertreters angeblich besitzen sollten.

Als sie das Schlafzimmer betraten, schauten sie sich suchend um. Außer einem Doppelbett, zwei Nachttischen und einem großen Kleiderschrank, der zudem auch noch vollkommen leergeräumt war, hatte der Raum absolut nichts zu bieten.

Hier werden wir nichts finden, war Enno sich sicher.

Auch Fiona sah enttäuscht aus.

»Kannst du die Nachtschränke ins Büro tragen, dann baue ich in der Zeit das Bett auseinander«, schlug Enno vor.

»Okay«, willigte Fiona ein. »Und danach wagen wir uns gemeinsam an das Ungetüm von Kleiderschrank.« Ehrfürchtig ließ sie den Blick über das zimmerhohe Möbelstück gleiten. *Hoffentlich fällt das Ding nicht auf mich drauf*, dachte sie, öffnete die Schublade des ersten Nachtschränkchens, griff mit einer Hand unter die Tischplatte und umklammerte mit der anderen die überstehende Kante auf der Rückseite. Dann ging sie leicht in die Knie und hob es mit einem Ruck an. Dabei entfuhr ihr ein leichtes Ächzen. Der kleine Schrank war schwerer, als er aussah.

»Brauchst du Hilfe?«, fragte Enno, der neben dem Bett kniete und die ersten Schrauben löste.

»Geht schon«, schnaufte Fiona und machte einen ersten Schritt auf die Schlafzimmertür zu. Unter keinen Umständen wollte sie sich gegenüber ihrem männlichen Kollegen als schwaches Mädchen präsentieren. Doch noch bevor sie den Türrahmen erreicht hatte, musste sie das gewichtige Möbelstück abstellen. »Ist nur rutschig«, versuchte sie es mit einer Ausrede.

Enno musste grinsen, stand auf, legte den Inbusschlüssel zur Seite und ging auf seine Kollegin zu. »Ich helfe dir«, sagte er und hielt seine Gliedmaßen dabei absichtlich so abgespreizt, dass man glauben müsste, er hätte unter den Armen und den Oberschenkeln spitze Messer versteckt.

»Was würde unser schwaches Geschlecht nur ohne euch starken Ritter machen?« Theatralisch legte Fiona den Kopf in den Nacken und hielt sich den Handrücken vor die Stirn, als ob sie der Anblick des zur Rettung eilenden Adonis an den Rand einer Ohnmacht bringen würde.

»Zu Ihren Diensten, Mylady!« Enno verbeugte sich so weit, dass er mit der Stirn fast den Boden berührte. Als er sich wieder aufrichtete, konnte er einen flüchtigen Blick in die offen stehende Schublade werfen. »Da ist ja noch was drin«, stellte er lachend fest.

»Oh nein! Deshalb war das Ding so schwer«, stöhnte Fiona auf. Da der Kleiderschrank vollkommen leer war, war sie nicht einmal auf die Idee gekommen, dass sich in der Schublade irgendetwas befinden konnte. Während sie Enno dabei zuschaute, wie ihr Partner den Inhalt der Schublade genauer in Augenschein nahm, hoffte sie gleichzeitig, dass er nicht nur einen Slip oder einen Schal darin entdeckt hatte.

»Das könnte interessant sein.« Enno reichte Fiona einen schwarzen Ordner, in dem sich einige abgeheftete Schriftstücke befanden. Insgesamt war er aber nicht einmal zu einem Viertel gefüllt. »Was hältst du davon, wenn ich alle Möbel übernehme und du prüfst, was es mit diesen Unterlagen auf sich hat?«

Dankbar lächelnd nahm Fiona ihm den Ordner aus der Hand. Sie war froh, wenn sie nicht noch weitere schwere Möbelstücke durch die Gegend schleppen musste. Sie wollte sich gerade ein schwer einsehbares Plätzchen suchen, um mit der Auswertung zu beginnen, als Enno sie zurückbeorderte.

»Moment!«, sagte er. »Da ist noch etwas drin.«

17. Kapitel

Pultstockspringen

20. November

Wie auch am ersten Tag fand für Hedda und Keno auch heute das morgendliche Treffen um zehn Uhr statt. Sie waren extra früh gekommen, um bereits die Wartezeit für ihre heimlichen Befragungen nutzen zu können. Allerdings ergab sich für die beiden nicht die Gelegenheit, einen entscheidenden Schritt voranzukommen.

Zum ersten Mal war die Gruppe vollzählig. Denn sowohl die beiden Urlauber, die am ersten Tag noch den gemeinsamen Aktivitäten ferngeblieben waren, als auch der letzte Insulaner, der bisher noch nicht dabei gewesen war, erschienen dieses Mal pünktlich am Treffpunkt.

Wie erhofft handelte es sich bei Letzterem um Folkmer. Gemeinsam mit den anderen Freunden der Clique hatte er Fietes leblosen Körper am Strand gefunden. Er war relativ klein, hatte dunkelblonde, lockige Haare und für seine jungen Jahre leider auch schon ein beachtliches Doppelkinn.

Als die Gruppe vollständig war, forderte Arnke die Anwesenden auf, ihr zu folgen. Sie ging voraus, dicht gefolgt von Dieke und Lüder, die einen etwa zwei Meter langen, stabil aussehenden Holzstab trugen.

Als die Gruppe die befestigte Straße verließ und über einen weichen, von Gras und Moos bewachsenen Untergrund weiterging, kam Hedda bereits ein erster Verdacht, wofür die beiden jungen Männer den sperrigen hölzernen Gegenstand mit sich herumschleppten.

»Da wären wir!«, verkündete Arnke, woraufhin Dieke und Lüder den Stab auf dem Boden ablegten. »Heute werden wir Pultstock springen. Hat irgendjemand von euch schon einmal davon gehört?«

Die Arme sämtlicher Insulaner reckten sich in die Höhe. Dabei machten alle ein Gesicht, als sei die Antwort so einfach wie eine Rechenaufgabe aus der Grundschule. Auch Hedda streckte für einen kurzen Moment die Hand empor, zog sie dann aber doch schnell wieder zurück, nachdem sie bemerkt hatte, dass sich alle anderen Touristen nur fragend anschauten.

Doch Arnke hatte ihr kurzes Aufzeigen trotzdem bemerkt. »Willst du einen Tipp abgeben?«, wandte sie sich an die vermeintliche Urlauberin.

Die junge Ermittlerin zögerte kurz. »Springt man da nicht mittels eines langen Stockes über einen Kanal oder so?« Sie formulierte ihre Antwort absichtlich so unsicher, dass sie eher als Gegenfrage verstanden werden konnte.

»Ja, da bist du schon sehr dicht dran«, entgegnete Arnke. »Abseits der Wege befinden sich in Ostfriesland viele Entwässerungsgräben. Wenn man früher auf eben so einen stieß und sich zufällig keine Brücke in der Nähe befand, hatte man ein Problem. Darum haben sich die Menschen der vergangenen Jahrhunderte eine praktische Lösung einfallen lassen, von der heute nur noch eine regionale Sportart übriggeblieben ist.«

»Unser Stab ist dabei vergleichsweise winzig«, übernahm Dieke das Wort. »Normalerweise sind sie nämlich drei bis vier Meter lang.« Er bückte sich, hob das Ende des Stabes an, das direkt neben seinen Füßen lag, und reckte es so weit über seinen Kopf, dass alle es sehen konnten. »Seht ihr die kleine Scheibe?« Er wartete kurz ab, bis alle mehr oder weniger deutlich genickt hatten. »Sie soll das Versinken des Stabes im schlammigen Untergrund des Gewässers verhindern. Ihr holt also Schwung, stoßt mit dieser Seite in die Mitte des vor euch liegenden Gewässers und setzt dann mithilfe des Stabes auf die andere Seite über.«

»Man nennt den Sport in anderen Regionen auch Pullstock- oder Paddstockspringen. In den Niederlanden heißt es Fierljeppen«, warf Lüder sein Wissen über die regionale Tradition ein.

Eine zierliche Touristin reckte ihren Arm in die Höhe, um zu signalisieren, dass sie eine Frage hatte. »Wie weit kann man damit denn springen?«

»Profis klettern während des Sprungs den Stab empor, um so die Sprungweite zu erhöhen. Sie erreichen mit dieser Technik Weiten von bis zu zehn Metern«, übernahm wieder Lüder das Antworten.

Ungläubiges Staunen machte sich auf den Gesichtern der Touristen breit.

»Keine Sorge«, beruhigte Arnke die Ortsfremden. »Wir werden es heute mit deutlich schmaleren Gräben zu tun haben.« Sie zeigte auf einen aalförmigen Wasserlauf, der ungefähr eine Breite von zweieinhalb Metern hatte. »Dieke wird euch jetzt einmal demonstrieren, wie es geht.«

Auf Kommando nahm der sportliche junge Mann den Stock wieder auf, wischte sich die Haare aus der Stirn, umgriff das Holz fest mit beiden Händen, holte Schwung, platzierte das Ende mit der Scheibe genau in der Mitte des Grabens und setzte scheinbar mühelos ans andere Ufer über.

Die Gruppe klatschte Applaus. Während einige sich sicher waren, das auch zu können, waren andere davon überzeugt, ihren Sprung keinesfalls trockenen Fußes zu überstehen.

»Und jetzt zeigt euch Folkmer, wie es nicht geht«, verkündete Arnke und grinste ihren übergewichtigen Freund schief an.

»Warum denn immer ich?«, jammerte er.

»Weil es bei dir einfach am süßesten aussieht.« Arnke lächelte ihn auffordernd an.

»Immer auf die kleinen Dicken.« Mit trotzig vorgeschobener Unterlippe trottete der Auserwählte auf Dieke zu, der inzwischen wieder auf die andere Seite zurückgesprungen war. Unzufrieden dreinblickend nahm er ihm den Stock aus der Hand. »Nur damit das allen klar ist, ich kann das auch richtig«, wandte er sich noch schnell an die Gruppe, ehe er Schwung holte, seine Füße vom Boden abhoben, er Richtung Mitte schwang, letztendlich aber kurz vor dem Erreichen des Scheitelpunktes wieder zurückkippte und mit den Füßen im Wasser landete.

»Habt ihr gesehen, was Folkmer falsch gemacht hat?«, fragte Arnke in die Runde.

»Absichtlich falsch gemacht hat«, betonte Folkmer, während er sich die nassen Schuhe auszog.

»Er hat nicht genug Schwung geholt«, wagte ein männlicher Tourist einen Versuch.

Arnke und Folkmer schüttelten den Kopf.

»Er hat den Stab nicht mittig platziert, sondern ist damit zu nahe an das Zielufer gekommen. Darum war sein Schwung letztendlich nicht ausreichend, um den Scheitelpunkt passieren zu können«, rief Keno laut.

»Ganz genau«, stimmte Lüder ihm zu. »Ihr benötigt ausreichend viel Schwung, aber auch die Treffsicherheit des Stabträgers ist extrem wichtig.«

Während alle Teilnehmer der Gruppe nach und nach probierten, die richtige Kombination aus Schwung und Technik hinzubekommen, näherten sich Hedda und Keno möglichst unauffällig Lüder an. Sie hatten sich ihn ausgeguckt, da er offensichtlich am meisten über das Pultstockspringen wusste und sie dadurch einen leichten Gesprächsansatz haben würden.

»Dein Sprung war bisher mit Abstand der beste«, lobte ihn Keno aus dem Nichts heraus und klopfte ihm anerkennend auf die Schulter.

»Und zudem scheinst du ja auch total viel über diesen Sport und seine Geschichte zu wissen. Interessierst du dich schon lange dafür?«, stieg auch Hedda in das Gespräch mit ein.

Lüder, der bis vorhin noch dabei zugesehen hatte, wie eine der zierlichen Touristinnen immer wieder Schwung geholt, aber kurz vor dem Absprung dann doch jedes Mal abgebrochen hatte, wandte sich den beiden Ermittlern zu.

»Mein Vater hat das viele Jahre lang gemacht. Der hatte schon immer so komische Hobbys. Früher hat er mich oft mitgenommen. Da ist halt einiges hängengeblieben.«

An der Stimmlage erkannte Keno sofort, dass es Lüder schwerfiel, über seinen Erzeuger zu sprechen. Er wusste noch nicht, inwiefern ihm das bei der Ermittlung helfen konnte, entschied sich aber dennoch dafür, ein wenig in der Wunde zu bohren. »Ist dein Vater denn jetzt nicht mehr aktiv?«

»Ich glaube nicht.« Lüder wandte seinen Kopf wieder dem Graben zu. Die junge Frau war noch immer nicht abgesprungen.

»Du glaubst nicht?«, fragte Hedda nach. Auch sie hatte das Gefühl, dass es um das Verhältnis zwischen Lüder und seinem Vater nicht zum Besten stand.

»Ich kriege ihn aktuell kaum zu Gesicht. Ich glaube aber, er ist erst vor Kurzem wieder zu seinem alten Hobby zurückgekehrt und vertreibt sich jetzt seine Zeit wieder als Schatzsucher.« Lüder schüttelte den Kopf, als würde er ernsthaft am Geisteszustand seines Vaters zweifeln.

Ob Dedo sein Vater ist? Keno musste an Heddas Worte denken. Sie hatte ihm alles über das zufällige Treffen mit dem Mann berichtet, der vom Goldsucher zum Bombensplitter-Entdecker mutiert war. Der Kontakt zwischen Vater und Sohn musste wirklich schlecht sein, wenn er das noch nicht einmal wusste. Gleichzeitig musste er an Luca und Eva denken. Seine beiden unehelichen Kinder, deren

Mütter er in den Urlaubsregionen kennengelernt hatte, in denen er zum jeweiligen Zeitpunkt gerade beschäftigt war, hatten ihn auch schon länger nicht mehr gesehen. Die beiden waren zwar noch ziemlich klein, aber letztendlich war er ihnen kein guter Vater. Er nahm sich fest vor, dies in Zukunft zu ändern.

Hedda bemerkte, dass ihr Partner mit seinen Gedanken abgedriftet zu sein schien. Daher übernahm sie die schwierige Aufgabe, das Gespräch irgendwie auf Fiete zu lenken. »Dann springst du also auch nicht mehr regelmäßig?«

»Nein!« Lüder schüttelte den Kopf. »Höchstens mal aus Blödsinn mit meinen Freunden, wenn wir zu viel getrunken haben und nicht wissen, was wir ansonsten anstellen könnten.«

Keno, der sich mittlerweile wieder voll auf das Gespräch konzentrierte, erkannte die Gelegenheit und packte sie beim Schopf. »Passt bloß auf«, sagte er mit fester Stimme. »Alkoholkonsum und Wasser sind eine gefährliche Mischung. Vor einigen Jahren ist ein Freund von mir mal ertrunken, als er vollkommen besoffen nach Hause getorkelt ist. Er wollte eine Abkürzung über eine Kuhweide nehmen. Dabei ist ihm eine gerade mal dreißig Zentimeter tiefe Pfütze zum Verhängnis geworden.« Er schnappte nach Luft, so als müsse er um Fassung ringen. »Ich werde nie vergessen, wie ich ihn am nächsten Tag gefunden habe. Sein Gesicht lag im Wasser, sein restlicher Körper auf der halbwegs trockenen Wiese. Der Anblick wird mich mein Leben lang verfolgen.« Von der traurigen Erinnerung scheinbar mitgenommen, senkte Keno den Blick, beobachtete dabei aber dennoch die Mimik seines Gesprächspartners aus dem Augenwinkel.

Lüders Mienenspiel sprach Bände, aber leider kommentierte er Kenos erfundene Geschichte mit keinem einzigen Wort.

Darum entschied Hedda sich, noch ein wenig nachzulegen. »Ist hier auf der Insel nicht vor einiger Zeit auch ein junger Mann ertrunken?«

Lüders Augen weiteten sich. »Ja«, antwortete er. Wenn man genau hinhörte, nahm man das leichte Vibrieren seiner Stimme wahr. »Aber der hatte keinen Alkohol getrunken.«

»Nein?«, fasste Hedda nach. »Ich hatte gehört, er wäre unter Alkoholeinfluss mitten in der Nacht surfen gegangen«, flunkerte sie weiter.

Lüder wirkte nachdenklich. Dann sagte er: »Keine Ahnung. Ich kannte ihn nicht besonders gut.«

18. Kapitel

Fahnenflucht

20. November

»Was denn?«, fragte Fiona neugierig. Sie wollte mit eigenen Augen sehen, was ihr Partner in dem kleinen Nachttischschrank gefunden hatte.

»Ich glaube, es ist eine Flagge.« Enno nahm das dünne Stück Stoff, ging hinüber zum Bett, faltete es auseinander und breitete es auf der Matratze aus. Die obere Hälfte war blau, die untere rot. In der Mitte war das bekannte Wappen Ostfrieslands zu sehen, welches die Elemente der sechs wichtigsten ostfriesischen Häuptlingsgeschlechter vereinte. Als geborener Ostfriese erkannte Enno das natürlich sofort.

Auch Fiona, die, abgesehen von ihrer Ausbildungszeit bei der Polizei, ihr Leben lang in Ostfriesland gelebt hatte, erkannte den inneren Teil der Flagge. Die Hintergrundfarben kamen ihr aber merkwürdig vor. »Da fehlt doch eine Farbe«, sagte sie nachdenklich und tippte auf die Trennlinie zwischen Blau und Rot.

»Du hast recht«, stimmte Enno ihr zu. »Und die beiden Farben sind außerdem auch noch falsch herum.«

»Stimmt!«, fiel es der ehemaligen Polizistin wie Schuppen von den Augen. »Ganz oben fehlt das Schwarz, die Mitte müsste rot und das untere Drittel blau sein.« Sie legte die Stirn in Falten und schaute ihren Kollegen irritiert an. »Was soll das denn bitteschön für eine komische Ostfriesland-Flagge sein?«

»Warte mal«, murmelte Enno nachdenklich. Er hatte plötzlich eine Idee, woher ihm die Fahne bekannt vorkam. Er zog sein Smartphone aus der Hosentasche und ließ die Suchmaschine nach der Flagge der Insel Wangerooge suchen. »Wusste ich es doch«, triumphierte er und zeigte seiner Partnerin das Display.

»Das ist der gleiche Hintergrund«, stellte Fiona fest. Nur der innere Teil, der in diesem Fall aus einer roten Burg mit blauem Dach bestand und zudem einen gelben Löwen auf blauem Untergrund zeigte, war durch das Wappen Ostfrieslands ersetzt worden. »Das ist doch das Wappen des Landkreises Friesland, oder?« Sie tippte auf die aufrecht stehende Wildkatze. »Gehört Wangerooge denn nicht zu Ostfriesland?«

Enno schmunzelte. Tatsächlich hatte aber auch er nicht gewusst, dass Wangerooge die einzige Ostfriesische Insel war, die eben nicht zu Ostfriesland, sondern zum benachbarten Friesland gehörte. Erst Jörg hatte ihn darüber aufgeklärt, und eigentlich war er davon ausgegangen, dass der Geheimdienstleiter auch Fiona und Keno darüber informiert hatte. »Das ist doch der Grund, warum wir hier gemeinsam ermitteln«, sagte er schließlich.

Verunsichert schaute Fiona ihn an, erst dann fiel auch bei ihr der Groschen. »Dann ermitteln wir also auf einer Ostfriesischen Insel, die streng genommen gar keine ist?«

»Könnte man so sagen.« Enno schaute erneut auf die Flagge. »Aber was hat es mit dieser ungewöhnlichen Kombination nur auf sich?« Mit seinem Handy machte er ein Foto, faltete das Stück Stoff wieder zusammen und legte es zurück an den Platz, an dem er es gefunden hatte. In der Hoffnung, dass Hedda vielleicht etwas dazu herausfinden konnte, schickte er die Bilddatei mit ein paar erklärenden Zeilen an seine Frau und steckte sein Smartphone zurück in seine Hosentasche. »Ich sollte jetzt ein wenig arbeiten, sonst fliegt unsere Tarnung noch auf«, sagte er und machte sich an einer der beiden Matratzen zu schaffen.

»Warte, ich helfe dir!«, sagte Fiona und packte mit an.

»Das schaffe ich schon«, entgegnete Enno und stemmte die klobige Schlafunterlage empor. »Schau du dir lieber diesen Ordner an. Vielleicht finden wir ja darin etwas, was uns weiterbringt.«

Während Enno fleißig die Schlafzimmermöbel demontierte, blätterte sich Fiona durch die abgehefteten Unterlagen. Demnach führten die Eheleute Schluff einen Rechtsstreit mit ihrer Bank wegen angeblicher Falschberatung. Die junge Ermittlerin verstand zwar nicht viel von dem betroffenen Anlagegeschäft, bemerkte aber schnell, dass der Streitwert nicht unerheblich war. Aus Sicht des Anwalts hatte das Kreditinstitut Fietes Eltern nicht ausreichend auf die Risiken des empfohlenen Wertpapiergeschäftes hingewiesen.

Fiona fragte sich, ob es sich bei diesem Wertpapier um die Geldanlage handelte, von der auch der Versicherungsmakler der Familie gesprochen hatte. Der Mitarbeiter der Ostfriesland-Versicherung hatte in einem internen Austausch mit seinem Kollegen geschrieben, dass die Schluffs ein Wertpapier im Depotbestand hätten, welches ihren finanziellen Kollaps verhindern würde, an das sie allerdings aktuell nicht herankönnten.

Ich muss eine Depotübersicht oder so etwas Ähnliches finden, dachte Fiona. Hektisch überblätterte sie die nächsten Seiten, bei denen es sich ausschließlich um die schriftliche Korrespondenz zwischen der Bank und dem Juristen zu handeln schien.

Dann entdeckte sie endlich den gesuchten Überblick über den Wertpapierbestand von Fietes Eltern. Dabei stellte sie fest, dass sich tatsächlich nur eine einzige Geldanlage im Depot der Eheleute befand. *Wenn sie nicht noch ein weiteres Depot bei einer anderen Bank besitzen, muss der Versicherungsvertreter dieses Wertpapier gemeint haben*, kombinierte Fiona. Mit zusammengekniffenen Augen versuchte sie, die weiteren Informationen auf dem vor ihr liegenden Dokument zu entschlüsseln.

»Alles okay?« Enno blieb, mit einem Lattenrost in den Händen, neben seiner Partnerin stehen. Der verwirrte Blick seiner Kollegin war ihm nicht entgangen.

»Ich glaube, ich habe das Wertpapier gefunden, von dem dieser Versicherungsheini gesprochen hat. Aber ich verstehe noch nicht ganz, wie diese Geldanlage den Schluffs finanziell helfen soll«, erklärte Fiona und hielt den aufgeschlagenen Ordner so, dass auch ihr Partner einen Blick auf den Depotauszug werfen konnte.

Nachdenklich ließ auch Enno seine Augen über die Zahlen auf dem Dokument schweifen. »Der Wert ist ja wirklich nicht besonders groß.« Er zeigte auf eine dickgedruckte Zahl, die den Gesamtwert des Depotkontos anzeigte.

»Das meine ich ja«, stimmte Fiona ihm zu. Dann informierte sie ihren Partner über den juristischen Streit, der im Hintergrund bereits geführt wurde. »Ich kann mir nur vorstellen, dass Fietes Eltern davon ausgehen, den Rechtsstreit zu gewinnen und dann die komplette Anlagesumme zurückgezahlt zu bekommen.«

»Wie hoch war denn die ursprüngliche Summe?«, fragte Enno.

Fiona tippte auf die Stelle des Auszugs, an der die bisherige Wertentwicklung des Depots abgelesen werden konnte.

»Minus fünfundsiebzig Prozent?« Ennos Stimme wurde einige Oktaven höher und zudem auch deutlich lauter. »Was ist das denn für eine beschissene Geldanlage?« Da die Bezeichnung des Wertpapieres durch seine vielen Abkürzungen für ihn nicht aussagekräftig war, griff er erneut zu seinem Smartphone und gab die Wertpapierkennnummer in die Suchleiste seines Browsers ein. Als ihm das

Ergebnis auf dem Display angezeigt wurde, musste er jedoch irritiert die Augen zusammenkneifen.

»Was ist?«, wollte dieses Mal Fiona wissen.

Enno hielt das Display so, dass seine Kollegin mit draufschauen konnte.

»Ist das wirklich dasselbe Wertpapier?«, fragte sie verwundert.

Ennos Augen wanderten einige Male zwischen Display und Depotauszug hin und her. Dann entdeckte er endlich das entscheidende Detail, das ihm bisher verborgen geblieben war. »Der Ausdruck ist vom Ende des letzten Quartals.« Er tippte auf den abgedruckten Hinweis, der sich in der oberen Hälfte des Dokumentes befand.

»Aber kann sich der Wert denn innerhalb weniger Wochen so stark verändern?«

Enno zuckte mit den Schultern. »Anscheinend schon.«

19. Kapitel

Krieg der Flaggen

20. November

Hedda und Keno standen etwas abseits der übrigen Teilnehmer.

»Wieso hat Lüder behauptet, er hätte Fiete nicht so gut gekannt? Dabei war er doch Teil seiner Clique und war sogar dabei, als sein Leichnam am Strand gefunden wurde.« Hedda schaute ihren Partner fragend an.

»Er hat definitiv gelogen«, sagte Keno. »Seine Körpersprache war absolut eindeutig. Die Frage ist nur …«

»Warum?«, vollendete Hedda den Satz. In diesem Moment vibrierte ihr Handy. Sie nahm das Gerät zur Hand und deaktivierte die Bildschirmsperre.

»Noch eine Nachricht von deinem Mann?«, fragte Keno.

Hedda nickte geistesabwesend, während sie gleichzeitig die Textnachricht las.

»Hat er selbst herausgefunden, was es mit der komischen Flagge auf sich hat?«

Dieses Mal schüttelte die junge Ermittlerin den Kopf. »Nein. Sie haben im Schlafzimmer von Fietes Eltern einen Depotauszug gefunden und verstehen nicht, warum sich der Wert des einzigen Wertpapieres, das sich im Bestand befand, innerhalb weniger Wochen verdreifacht hat.«

»Ich wusste gar nicht, dass du dich so gut mit Aktien und so Zeugs auskennst.« Anerkennend nickte Keno seiner jüngeren Kollegin zu. Um Geldanlagen hatte er sich noch nie besonders intensiv gekümmert, was aber auch daran lag, dass man nicht besonders viel sparen konnte, wenn man für zwei uneheliche Kinder den Unterhalt zahlen musste.

»Tu ich auch nicht«, antwortete Hedda, während ihre Finger gleichzeitig über das Display flogen. »Aber mein Vater ist in leitender Funktion bei einer Bremer Privatbank tätig. Ich soll die Wertpapierkennnummer an ihn weiterleiten, damit er uns die extremen Kursschwankungen erklären kann.«

»Wird er nicht wissen wollen, warum du dich ausgerechnet für dieses Wertpapier interessierst?«

Hedda schaute kurz von ihrem Smartphone auf und stellte das Tippen für einen Moment ein. »Ich erfinde gerade die Story von der Mutter einer Freundin, der diese Anlage von ihrem Banker angedreht worden ist.«

»Gut, dass du als Autorin geübt darin bist, dir Geschichten auszudenken.« Keno zwinkerte ihr verschwörerisch zu. Als Mitglied der Geheimeinheit wusste er selbstverständlich von der Tarntätigkeit seiner Kollegin. Obwohl er nicht besonders viel las, hatte er sich den ersten Kriminalroman seiner vorübergehenden Ermittlungspartnerin gekauft. Und auch wenn er nicht gerade viele Vergleichsmöglichkeiten hatte, fand er, dass sie durchaus talentiert war.

»Fertig!« Demonstrativ ließ Hedda ihren Zeigefinger auf den Absende-Button sinken. Dann schaute sie Keno auffordernd an. »Den Flow sollte ich nutzen«, sagte sie, packte ihn am Arm und zog ihn mit sich.

Noch bevor Keno fragen konnte, wohin sie wollte, blieb Hedda direkt neben Dieke stehen.

»Dieke!«, sprach sie ihn von der Seite an.

Der arrogant wirkende junge Mann drehte sich zu den beiden um und wischte sich die Haare aus der Stirn. »Was ist?«

»Du wohnst doch schon dein ganzes Leben auf Wangerooge, oder?«

Dieke quittierte die aus seiner Sicht vollkommen unnötige Frage mit einem Gesichtsausdruck, als habe er gerade auf eine Zitrone gebissen. »Ja, warum?«

»Hast du das hier schon einmal gesehen?« Hedda streckte ihm ihr Handy entgegen, auf dem sie kurz zuvor die Bilddatei von der Flagge geöffnet hatte, die Enno und Fiona im Haus von Fietes Eltern gefunden hatten.

Die Augen des sportlichen Mannes weiteten sich. »Woher hast du das?«

»Ich habe zuerst gefragt«, entgegnete Hedda gelassen. Sie spürte, dass die Fotografie ihren Gesprächspartner unruhig machte.

»Wenn ich dir verrate, was das ist, versprichst du mir dann, mir zu sagen, woher du das Foto hast?«

Hedda nickte. Sie wusste zwar noch nicht, welche Story sie Dieke präsentieren würde, aber solange er ihr etwas über die Hintergründe erzählte, würde ihr bestimmt noch eine glaubhafte Geschichte einfallen.

»Wir machen ›quid pro quo‹. Ich fange auch an«, änderte Dieke plötzlich die Bedingungen.

Hedda kannte den Rechtsgrundsatz vor allem aus dem Filmklassiker ›Das Schweigen der Lämmer‹ aus dem Jahr 1991. Die gleiche Bedingung hatte der kannibalistische Serienmörder Hannibal Lecter der angehenden FBI-Agentin Clarice Starling gestellt, um ihr bei der Aufklärung einer Mordserie zu helfen.

Nickend erklärte sie ihr Einverständnis.

»Die Fahne ist eine Kombination aus der Flagge Wangerooges und des gräflichen Wappens von Ostfriesland«, begann Dieke.

Diese Information war für Hedda nichts Neues, da Enno ihr in seiner Nachricht auch geschrieben hatte, was er und Fiona bereits herausgefunden hatten. Da sie aber nicht wollte, dass der Insulaner erfuhr, dass sie eigentlich auch aus der näheren Umgebung stammten, tat sie stattdessen überrascht. »Deshalb kam uns die Fahne so bekannt vor.«

»Jetzt bist du an der Reihe!« Mit neugierigem Blick fixierte Dieke seine Gesprächspartnerin.

»Wir haben die Fahne im Müll gefunden«, kam Keno seiner Partnerin zur Hilfe, nachdem er bemerkt hatte, dass sie nicht sofort etwas sagen konnte.

»Im Müll?« Die Skepsis war Dieke regelrecht ins Gesicht geschrieben. Dennoch hielt er sich an den verabredeten Ablauf und rückte seinerseits mit einer weiteren Information heraus. Er wandte sich an den Mann, den er fälschlicherweise für Heddas Lebenspartner hielt. »Du heißt Enno, stimmt's?«

Keno nickte. Es war wirklich nicht einfach, ohne eine Miene zu verziehen, immer wieder auf einen falschen Namen zu reagieren.

»Dein Name klingt fast genauso wie Keno.«

Ungewollt zuckte der Ermittler leicht zusammen, als er seinen echten Namen hörte. Ob Dieke etwa herausgefunden hatte, wer er wirklich war?

»So hieß nämlich einer der Häuptlinge, der hier einmal das Sagen hatte.«

Okay, wenn du nur kryptische Hinweise geben möchtest, das kann ich auch, dachte Hedda und gab auch ihrerseits einen verschlüsselten Hinweis. »Die Mülltonne, in der wir die Fahne gefunden haben, steht irgendwo auf dieser Insel.«

»Hey, das ist kein neuer Hinweis«, protestierte Dieke.

»War deiner auch nicht«, hielt Keno dagegen. Er konnte seinem Gegenüber ansehen, dass er einerseits unbedingt wissen wollte, woher die beiden das Foto der ungewöhnlichen Flagge hatten, auf der anderen Seite aber tunlichst vermied, zu viele Informationen über deren Hintergründe zu liefern.

Dementsprechend zögerlich offenbarte Dieke seinen nächsten Tipp. »Wenn ihr genau hinseht, erkennt ihr zwischen den einzelnen Symbolen der sechs ostfriesischen Häuptlingsgeschlechter eine goldene Linie.«

Hedda nahm erneut ihr Handy zur Hand, öffnete das Foto der Flagge und zoomte den benannten Bereich heran. »Er hat recht«, sagte sie zu Keno, ohne dabei zu wissen, was genau Dieke damit andeuten wollte.

»Der Müllcontainer befindet sich in relativer Nähe des Flugplatzes«, übernahm Keno den nächsten Hinweis. Er hatte sich überlegt, am Ende relativ nahe bei der Wahrheit zu bleiben und einfach zu behaupten, dass sie die Flagge in einem der Schuttcontainer entdeckt hatten, die vor dem Haus von Fietes Eltern standen.

Ein zufriedenes Grinsen huschte über Diekes Gesicht. »Alles klar, ich habe keine Lust mehr zu spielen.« Er wandte sich um und wollte zu seinen Freunden gehen.

»Moment mal!« Keno hielt ihn am Arm fest. Er befürchtete, mit seinem letzten Hinweis bereits zu konkret geworden zu sein. »Wenn du jetzt weißt, wo wir die Flagge gefunden haben, kannst du uns doch auch verraten, was es damit auf sich hat.«

Dieke riss sich los und klopfte sich demonstrativ den imaginären Staub von der Stelle seines Oberarms, der vor wenigen Augenblicken noch von Kenos Hand umklammert worden war. »Weil ihr es seid, gebe ich euch noch einen Hinweis. Den Rest müsst ihr dann schon alleine herausfinden.« Erneut machte sich ein überhebliches Grinsen auf seinem Gesicht breit. Dann schaute er Keno entschlossen in die Augen. »Nicht nur du hast gerade eine Linie überschritten.«

20. Kapitel

Die Goldene Linie

20. November

Die Mittagszeit verbrachten Hedda und Keno in ihrer Ferienwohnung. Sie hatten sich beim Bäcker ein paar leckere Teilchen besorgt und sich in der Küche eine Kanne Tee zubereitet. Leider hatten sie am Vormittag weder aus Dieke noch aus Fietes anderen Freunden etwas herausbekommen können. Sie waren sich mittlerweile jedoch absolut sicher, dass die Clique etwas zu verbergen hatte.

»Wieso hat Lüder behauptet, er hätte Fiete kaum gekannt?«, ließ Hedda den Vormittag Revue passieren. Sie nahm einen Schluck Tee, setzte die Tasse ab und biss anschließend in ihr Mandelhörnchen.

»Und was hat Dieke uns verheimlicht?«, überlegte auch Keno laut.

»Vielleicht wollte er uns ja auch nur mit irgendwelchen wirren Hinweisen in die Irre führen«, gab Hedda zu bedenken.

»Mag sein«, gestand Keno ein. »Aber auf jeden Fall war es ihm total wichtig zu erfahren, woher wir das Foto der Flagge haben. Erst als er sich sicher war, die Herkunft zu kennen, hat er sich entspannt.« In Gedanken ging er noch einmal die Hinweise durch, die Dieke ihnen gegeben hatte. Dann fiel ihm plötzlich etwas auf. Hektisch griff er nach seinem Handy und öffnete den Internetbrowser.

»Was ist?«, schmatzte Hedda. Sie hatte sich gerade das schokoladenüberzogene Ende des Mandelhörnchens in den Mund geschoben.

»Er hat zweimal das Wort Linie verwendet. Einmal, als er uns auf die goldene Linie zwischen den Symbolen aufmerksam gemacht hat, und dann nochmal, als er gesagt hat, nicht nur ich hätte eine Linie überschritten. Es muss irgendetwas mit …« Während er sprach, flogen seine Finger über die kleine Tastatur auf seinem Display. »Da! Ich wusste es!«, triumphierte er.

»Was hast du gefunden?« Hedda platzte fast vor Neugierde.

»Hör zu!« Keno räusperte sich. Dann las er den Artikel vor, den er in einem Forum über die Geschichte Wangerooges gefunden hatte. »Im vierzehnten und fünfzehnten Jahrhundert gehörte die Insel zum Herrschaftsgebiet der Familie tom Brok.«

Hedda erinnerte sich daran, diesen Namen schon einmal gehört zu haben. »Es gab einen alten Ostfriesenhäuptling, der Keno tom Brok hieß. Das passt zu dem Hinweis, den Dieke uns mit deinem Vornamen gegeben hat.« Sie hatte das Gefühl, auf der richtigen Fährte zu sein.

»Stimmt«, erinnerte auch Keno sich. Dann las er weiter. »Danach war die Insel Teil der Herrschaft von Jever. Nach dem Tod von Maria von Jever im Jahr 1575 gehörte sie dann zur Grafschaft Oldenburg. Durch die Eindeichung der Harlebucht hatte man jedoch im siebzehnten Jahrhundert Land gewonnen und die angrenzenden Fürstentümer Ostfriesland und Oldenburg stritten plötzlich darum, wem es gehörte. Im Dezember 1666 schlossen daraufhin Fürstin Charlotte von Ostfriesland und Graf Anton Günther von Oldenburg einen Grenzvertrag. Sie ließen vom letzten Grenzpfahl, der sich damals zwischen Neufunnixsiel und Neugarmssiel befand, eine Linie zum Ostende von Spiekeroog in die Karten einzeichnen. Eine weitere Linie verband den alten Grenzpfahl mit dem Westende von Wangerooge. Zum Schluss wurden die sich gegenüberliegenden Enden der beiden Inseln mit einer Geraden verbunden, von deren Mitte aus mit goldener Farbe eine Linie bis zum alten Grenzpfahl gezogen wurde.«

»Die goldene Linie«, erinnerte sich Hedda an Diekes Worte. Vor ihrem inneren Auge sah sie das zweigeteilte Dreieck, das Keno gerade beschrieben hatte.

Keno nickte und las weiter vor. »Diese Grenze hat bis heute, ungeachtet der Verschiebung der beiden Inseln, Bestand. Streng genommen verläuft die Goldene Linie heute direkt über die Insel Spiekeroog, die sich im Laufe der Zeit vier Kilometer nach Osten ausgeweitet hat, während sie im Westen nur zwei Kilometer Land einbüßte.

»Wow«, staunte Hedda. »Mir war gar nicht bewusst, wie stark die Inseln in Bewegung sind.«

»Hier steht auch, dass Spiekeroog die labilste der Ostfriesischen Inseln ist. Die anderen müssen demnach weniger stark gewandert sein«, ging Keno auf Heddas Einwurf ein. Auch er hatte sich nie Gedanken darüber gemacht, dass Inseln in Bewegung waren. Dabei war das natürlich vollkommen logisch, zumal ja sogar die Kontinentalplatten im Lauf der Erdgeschichte immer weiter auseinandergedriftet waren. Nach dem kleinen Erdkunde-Exkurs las er weiter aus dem Artikel vor. »Doch trotz des Vertrages hielt der Grenzstreit noch einige Zeit an. Die Ostfriesen bestanden nämlich weiterhin darauf, dass die Grenze weiter östlich verlaufen müsste. Erst 1743 kam es durch eine finanzielle Entschädigung zu einer endgültigen Einigung, wonach eben auch Wangerooge ein für alle Mal nicht zum ostfriesischen Herrschaftsgebiet gehörte. Nach der Neujahrsflut im Jahr 1855 wollte Oldenburg Wangerooge schon aufgeben, aber die damaligen Inselbewohner weigerten sich und gründeten einfach ein neues Dorf östlich des alten Standortes.«

»Das ist ja echt spannend«, sagte Hedda. Sie schämte sich ein wenig, dass sie all dies nicht gewusst hatte, obwohl sie eine gebürtige Ostfriesin war. Dann fiel ihr noch etwas auf, was die östlichste der Ostfriesischen Inseln zumindest von ihren beiden westlichen Nachbarn unterschied. »Wangerooge ist ja auch die einzige unserer Nordseeinseln, die hinter dem ›oog‹ noch ein ›e‹ hat.«

In Gedanken ging Keno die Namen der anderen Ostfriesischen Inseln durch. »Stimmt«, sagte er schließlich. »Langeoog und Spiekeroog werden ohne ›e‹ am Ende geschrieben. Ob das auch etwas mit der Zugehörigkeit von Wangerooge zu Oldenburg zu tun hat?« Wieder bemühte er die Suchmaschine seines Internetbrowsers. »Hier steht etwas dazu«, sagte er, nachdem er einen passenden Treffer gefunden hatte, und las erneut vor. »Der Name der Insel setzt sich aus zwei Teilen zusammen. ›Wanga‹ ist altgermanisch und bedeutet Wiese. ›Oog‹ ist friesisch und bedeutet Insel. Benannt wurde die Insel nach dem nahe liegenden Wangerland. Erst 1885 ließ das Großherzogtum Oldenburg gegen den Widerstand der Insulaner per Erlass den Buchstaben ›e‹ anfügen.«

»Okay.« Hedda zog das kurze Wort künstlich in die Länge, um noch ein wenig mehr Zeit zum Nachdenken zu haben. »Die Zugehörigkeit von Wangerooge zu Oldenburg schien nicht immer im Interesse der Insulaner gewesen zu sein.« Sie dachte an die armen Bewohner, denen die Oldenburger Herrschaft nach der Neujahrsflut 1855 das Gefühl gegeben hatte, die Insel am liebsten aufgeben zu wollen. Hätte man ihre Heimat einfach so aufgeben wollen, wäre sie echt sauer gewesen. »Die abgeänderte Fahne lässt vermuten, dass auch heute noch Menschen auf Wangerooge leben, die sich mehr zu Ostfriesland zugehörig fühlen. Aber was könnte das mit einem möglichen Mord an Fiete Schluff zu tun haben?«

Keno nippte an seiner Teetasse und ließ die warme Flüssigkeit für einige Sekunden in seiner Mundhöhle zirkulieren, als wäre sie eine neue Weinsorte, die es zu testen galt. »Wir haben noch nirgends auf der Insel eine derartige Flagge gesehen, oder?«

Hedda schüttelte zustimmend den Kopf, woraufhin Keno erneut sein Smartphone zur Hand nahm. »Was tust du?«, fragte die junge Ermittlerin.

»Ich lasse das Internet nach einem Foto der Flagge durchsuchen.«

»Und?«

»Kein Volltreffer«, antwortete Keno. »Ich denke, dass einige der Insulaner vielleicht eine Art Revolution geplant haben, um Wangerooge wieder Ostfriesland anzugliedern.«

Hedda machte eine wegwerfende Handbewegung und grinste ihren Partner kopfschüttelnd an. »Du hast wohl zu lange unter der Mittelmeersonne gelegen«, scherzte sie. »Vielleicht wollte sich Katalonien mal von Spanien abspalten und wahrscheinlich haben sogar die Bayern schon öfter darüber nachgedacht, sich vom restlichen Deutschland abzukoppeln. Aber Wangerooge von Friesland?« Sie ließ den Gedanken noch ein paar Sekunden auf sich wirken. »Nee, das glaube ich nun wirklich nicht.«

In diesem Moment klingelte das Handy der jungen Ermittlerin. »Mein Vater«, sagte sie zu ihrem Kollegen, nachdem sie einen prüfenden Blick auf das Display geworfen hatte, und nahm das Gespräch entgegen.

»Hat er wegen dem Wertpapier angerufen?«, fragte Keno, nachdem seine Partnerin das Gespräch beendet hatte.

Hedda nickte. »Ich hoffe, ich habe das alles richtig verstanden. Aber nach seinen Angaben handelt es sich um eine Geldanlage, die an den Aktienkurs eines jungen Technologieunternehmens …« Sie stockte. »Den Namen der Firma habe ich leider schon wieder vergessen.« Peinlich berührt zuckte sie mit den Achseln und presste ihre Zahnreihen zu einem verlegenen Lächeln aufeinander. Ihr Namensgedächtnis war bei Personen und Dingen, die sie nicht wirklich interessierten, nicht immer zuverlässig. »Der Firmenname spielt hier aber auch keine Rolle«, schüttelte sie ihre Verlegenheit ab und kam zu der Erklärung zurück, die ihr Vater ihr geliefert hatte. »Auf jeden Fall ist die Entwicklung des Wertpapiers an den Aktienkurs dieser Gesellschaft gekoppelt.«

»Und diese Aktie ist in den letzten Wochen so stark geschwankt, dass ihr Wert zunächst um fünfundsiebzig Prozent gefallen ist, um dann innerhalb weniger Wochen wieder auf fünfundsiebzig Prozent seines ursprünglichen Wertes zu steigen?«

»Jein«, war Heddas wenig aussagekräftige erste Antwort. »Es handelt sich wohl um ein Zertifikat, bei dem der Anleger so lange die versprochene Rendite erhält, wie der Wert des Aktienunternehmens zu einem bestimmten Stichtag nicht unter fünfzig Prozent seines ursprünglichen Startwertes fällt.«

»Und wenn doch?«

»Dann hat der Anleger das gleiche Risiko, als hätte er direkt in die Aktie investiert.«

»Dann lag die Aktie also deutlich unter der Fünfzig-Prozent-Grenze, als der Depotauszug zum Ende des letzten Quartals erstellt wurde.«

Hedda nickte. »Das Unternehmen hatte wohl einen Patentantrag gestellt, der überraschend abgelehnt worden ist. Der Kurs der Aktie ist daraufhin um nahezu vier Fünftel eingebrochen.«

»Und das Zertifikat ist zusammen mit dem Aktienkurs in den Keller gerauscht«, kombinierte Keno. »Wurde das Patent denn später doch noch erteilt, wenn der Kurs sich derart stark erholt hat?«

»Das nicht, aber gemäß meinem Vater hat der Markt wohl überreagiert, als das Patent nicht erteilt worden ist. Kurz darauf habe es dann bereits eine Gegenbewegung gegeben, die bis heute anhält und den Kurs der Aktie auf circa fünfzig Prozent des damaligen Startwertes getrieben hat.«

»Fünfzig Prozent?«, fragte Keno. »Warum steht der Kurs des Zertifikates denn dann bei fünfundsiebzig Prozent?«

Hedda holte einmal tief Luft, ehe sie ihren Erläuterungsversuch fortsetzte. »Aktuell liegt der Kurs der Aktie exakt auf der Schwelle, die am Ende dafür verantwortlich ist, ob der Anleger sein eingesetztes Kapital zuzüglich der versprochenen Rendite erhält oder aber denselben Verlust erleidet, als wenn er die ganze Zeit in die Aktie investiert hätte. Am Laufzeitende kann ein Cent, der zu wenig hinter dem Komma steht, darüber entscheiden, ob der Anleger gewinnt oder eben mindestens fünfzig Prozent seines eingesetzten Kapitals verliert.«

Keno massierte sich mit den Fingerkuppen die Stirn. »Das klingt kompliziert«, stöhnte er.

»Das habe ich zunächst auch gedacht«, sagte Hedda. »Aber am Ende ist es wohl ganz einfach. Das Zertifikat der Eheleute Schluff läuft in einer Woche aus. Steht die Aktie dieses Technologieunternehmens dann oberhalb der anfänglich festgesetzten Fünfzig-Prozent-Marke, bekommen sie eine Rückzahlung von einhundertelf Prozent ihrer Einlage.«

»Und liegt sie unterhalb der Marke, bekommen Fietes Eltern maximal fünfzig Prozent ihres Geldes zurück. Sollte der Aktienkurs in den nächsten Tagen noch einmal einbrechen, sogar noch deutlich weniger«, sprach Keno weiter, um sicherzugehen, dass er jetzt alles verstanden hatte.

»Ganz genau«, stimmte Hedda ihm zu. »Aktuell überwiegt aber wohl die Hoffnung der meisten Marktteilnehmer, weshalb der Kurs des Zertifikates eben auch bei fünfundsiebzig und nicht bei fünfzig Prozent liegt.«

»Das verstehe ich nicht«, gab Keno ehrlich zu.

»Nun ja, du musst es aus der Sicht eines potentiellen Käufers sehen«, verwendete Hedda genau dieselben Worte, die auch ihr Vater benutzt hatte, um ihr diese vermeintlich unlogische Konstellation zu erklären. »Wer das Zertifikat jetzt zu fünfundsiebzig Prozent kauft, macht in wenigen Tagen einen ordentlichen Gewinn, wenn wir davon ausgehen, dass das Wertpapier in nur einer Woche zu einhundertelf Prozent zurückgezahlt wird. Dafür darf die Aktie dieses Technologieunternehmens in diesem Zeitraum nur eben nicht mehr fallen.«

»Das klingt allerdings reizvoll. Aber wenn der Aktienkurs dieser Tech-Firma doch fällt, habe ich natürlich auch auf einen Schlag einen satten Verlust, da mir das Zertifikat dann maximal zu einem Kurs von fünfzig Prozent zurückgezahlt wird, obwohl ich es gerade erst für fünfundsiebzig Prozent erworben habe. In diesem Fall hätte ich dann besser direkt die Aktie gekauft«, gab er zu bedenken.

»No risk, no fun!«, sagte Hedda und zuckte mit den Achseln. Sie würde dieses Risiko jedenfalls nicht eingehen, nur um am Ende vielleicht einen kleinen Reibach zu machen. »Wenn das Ganze allerdings gut ausgeht, ist die Klage von Fietes Eltern ja irgendwie unsinnig, oder? Ich meine, wenn sie einen Gewinn machen, kann man ja wohl nicht mehr von Falschberatung sprechen.«

Nachdenklich legte Keno die Stirn in Falten. »Nun ja, Falschberatung ist Falschberatung, unabhängig davon, ob am Ende wirklich ein Schaden entstanden ist, oder? Ein Raser wird ja schließlich auch bestraft, auch wenn er bei seiner Fahrt glücklicherweise keinen Schaden angerichtet hat.«

»Da hast du natürlich recht. Vielleicht hat die Klage ja etwas mit dem Tod von Fiete zu tun.«

»Aber was denn?«, fragte Keno skeptisch.

»Keine Ahnung, aber ausschließen würde ich es jedenfalls nicht. Vielleicht hat ja irgendwer versucht, die Kläger dazu zu bringen, ihre Klage zurückzuziehen«, konkretisierte Hedda ihre vage Vermutung.

»Und dabei sind sie dann zu weit gegangen«, ging jetzt auch Keno ein Licht auf.

21. Kapitel

Ein Abend voller Spekulationen

20. November

Der Nachmittag hatte für beide Teams keine neuen Erkenntnisse mehr gebracht. Fiona und Enno hatten das Schlafzimmer von Fietes Eltern ausgeräumt und die alte Tapete von den Wänden gekratzt. Hedda und Keno hatten am Nachmittag an einem Kochkurs für typisch ostfriesische Rezepte teilgenommen, bei dem allerdings nur sehr wenige Teilnehmer anwesend waren. Von Fietes Freunden, die seinen leblosen Körper angeblich aus der Nordsee gezogen hatten, war sogar nur Arnke gekommen, um die Touristen in die kulinarischen Geheimnisse der Ostfriesen einzuweihen. Die war allerdings mit den übrigen Touristen so beschäftigt, dass ein Einzelgespräch ohne Unterbrechung unmöglich war.

Am späten Abend trafen sich die vier am Strand. Im Schutz der Dünen legten sie sich auf die Lauer und beobachteten den Teil der sandigen Küste, an dem Fietes Freunde sich in dieser Nacht treffen wollten. Zumindest hatten Hedda und Keno das so verstanden, als sie die Gruppe beim Wattschlickrennen heimlich belauscht hatten. Da von den jungen Insulanern aber bisher noch jede Spur fehlte, spekulierten die Ermittler der Geheimeinheit zum Zeitvertreib über die bisherigen Verdächtigen. Dabei mussten die vier schnell einsehen, dass sie bisher lediglich wilde Spekulationen zu bieten hatten.

»Fietes Eltern würde ich weiterhin ausschließen«, begann Enno. »Dass sie ihren Sohn getötet haben, nur um die Versicherungspolice zu kassieren, kann und will ich einfach nicht glauben.«

»Wobei das Zertifikat, das sie vor dem finanziellen K. o. bewahren könnte, zum Zeitpunkt des Todes noch deutlicher im Minus stand als heute«, gab Keno zu bedenken.

»Aber die zugrunde liegende Aktie war schon damals auf Erholungskurs«, warf Hedda ein. »Es gab also zum Todeszeitpunkt schon Grund zur Hoffnung. Wenn Fietes Eltern wirklich seine Mörder sind, dann muss es dafür einen ganz anderen Grund gegeben haben.«

»Also, ich will darüber gar nicht nachdenken. Alleine die Vorstellung ist für mich unerträglich.« Fiona schlug entsetzt die Hände vor das Gesicht. »Dann glaube ich doch lieber daran, dass irgendein mieser Banker so große Angst davor hatte, seinen Job zu verlieren, dass er zu drastischen Mitteln gegriffen hat, um die Klage gegen sich noch abzuwenden.«

»Aber gilt für den bösen Banker denn nicht das Gleiche wie für Fietes Eltern?«, gab Hedda zu bedenken. »Solange er die Hoffnung haben musste, dass das Wertpapier positiv zurückgezahlt wird, musste er doch nicht zum Äußersten greifen, um die Klage und damit den drohenden Verlust seines Jobs zu verhindern.«

»Es sei denn, die Klage wäre unabhängig vom Schaden so oder so eingereicht worden.« Keno erzählte Fiona und Enno, was er und Hedda am Mittag in dieser Hinsicht spekuliert hatten, und bemühte dafür erneut sein Raser-Beispiel.

»Aber die Bank wusste doch ohnehin schon von der vermeintlichen Falschberatung«, sagte Fiona. Sie erinnerte sich an einen Brief des Kreditinstituts, den sie in dem Ordner mit den Anwaltsschreiben gefunden hatte. »Die haben jede Art der Verantwortung jedenfalls strikt von sich gewiesen.«

»Wenn es weder Fietes Eltern noch der Banker war, bleiben uns nur noch seine Freunde«, sagte Enno, fast schon ein wenig resignierend.

»Und die ostfriesischen Separatisten«, ergänzte Fiona grinsend. Auch sie konnte einfach nicht glauben, dass ein Kampf um regionale Zugehörigkeit am Ende ein Menschenleben gefordert haben könnte.

»Auch wenn das alles ein wenig nach längst vergangener Zeit klingt, sollten wir unbedingt versuchen, mehr über den Hintergrund der Flaggen zu erfahren«, meinte Hedda. »Schließlich lässt man so eine Fahne ja nicht aus Jux und Dollerei produzieren.«

»Stimmt auch wieder«, gab Enno seiner Frau recht. »Es sind schon etliche Menschen aus ideologischen Gründen ermordet worden. Nur weil die Beweggründe für uns nicht nachvollziehbar sind, heißt das noch lange nicht, dass der Täter …«

»Oder die Täterin«, warf Fiona mahnend ein. Auch wenn sie keine Verfechterin des Genderns war, wollte sie sich zumindest bei dem Geschlecht des potentiellen Täters oder eben der Täterin nicht vorab festlegen.

»Aber wie könnten wir mehr über die vermeintliche Abspaltungsbewegung herausfinden?« Fragend schaute Keno die übrigen drei an.

»Die Fahne lag im Schlafzimmer von Fietes Eltern«, stellte Fiona noch einmal klar. »Vielleicht gibt es ja im Haus noch mehr Hinweise.

Schade nur, dass wir bereits fast alles ausgeräumt haben. Viele Verstecke sind da nicht mehr übrig.«

»Wenn Fiete im Zusammenhang mit der Flagge umgebracht worden ist, war er selber vielleicht auch Teil der Bewegung«, begann Enno laut nachzudenken. Dann schaute er Fiona entschlossen an. »Wir müssen morgen unbedingt versuchen, in sein Zimmer zu gelangen.«

»Aber seine Eltern wollen das doch unverändert lassen«, äußerte Fiona ihre Bedenken.

»Vielleicht ist das ja auch nur ein Vorwand, damit niemand das Zimmer betritt«, sagte Hedda. »Vielleicht haben sie vor ihrer Abreise alles, was irgendwie mit der Separatistenbewegung zu tun hat, in seinem Zimmer versteckt.«

»Außer die Fahne«, warf Keno skeptisch ein. »Wenn es ihnen so wichtig war, die Bewegung zu verbergen, warum haben sie dann gerade die Flagge im Nachtschrank vergessen?«

»Sie befanden sich in einer emotionalen Ausnahmesituation«, versuchte sich Hedda an einem Erklärungsversuch. »Den Ordner mit den Anwaltsschreiben haben sie immerhin auch vergessen. Ich meine, das ist ja auch nichts, was man unbedingt gerne herumzeigt.«

»Vielleicht sind sie aber auch einfach davon ausgegangen, dass vernünftige Handwerker nicht in ihren privaten Sachen herumschnüffeln«, lachte Enno. »Aber im Ernst jetzt. Fietes Eltern haben wir als direkte Tatverdächtige doch bereits ausgeschlossen. Wenn sie selbst den Verdacht hätten, ihr Sohn könne aufgrund einer Separatistenbewegung getötet worden sein, hätten sie sämtliche Unterlagen doch sicher längst der Polizei übergeben.«

»Trotzdem sollten wir versuchen, in Fietes Zimmer zu kommen«, sagte Fiona entschlossen. »Vielleicht finden wir dort ja auch noch einen ganz neuen Hinweis. Abgesehen davon, habe ich keine Lust, den Rest der Woche tatsächlich ausschließlich mit Tapezieren zu verbringen.«

»Ich auch nicht«, lachte Enno.

»Psst!« Hedda legte sich den Zeigefinger vor die gespitzten Lippen und deutete mit dem Kopf Richtung Strand. »Da drüben tut sich was.«

22. Kapitel

Vampirjäger

20. November

Es war bereits so dunkel, dass von den Dünen aus kaum etwas zu erkennen war. Die vier Ermittler sahen lediglich die Lichter einiger Taschenlampen über den Strand tanzen. Erst als diese zur Ruhe gekommen waren und sich kaum noch bewegten, wagten sich Hedda, Fiona, Enno und Keno aus ihrem Versteck und schlichen sich näher an die Stelle heran, an der sie Fietes Clique vermuteten.

Als sie nahe genug waren, um die Stimmen der Jugendlichen zu verstehen, aber immer noch weit genug weg, um in der Dunkelheit von ihnen nicht gesehen zu werden, hockten sie sich in den Sand und lauschten.

»Seid ihr sicher, dass dies die richtige Stelle ist?«, hörten sie eine atemlose Stimme fragen.

Wenn Keno sich nicht täuschte, gehörte sie Folkmer. Er fragte sich, was den jungen Mann so außer Atem gebracht haben könnte, und bemühte sich daher, noch genauer zuzuhören, was in der Dunkelheit, nur wenige Meter von ihnen entfernt, gesprochen wurde.

»Ihr habt doch gehört, dass der Metalldetektor meines Vaters angeschlagen hat. Es muss hier sein.«

Hedda fragte sich, ob Lüder, dem sie eindeutig die Stimme zuordnen konnte, wohl der Sohn von Dedo, dem Bombensplittersucher, war. Sie konnte sich kaum vorstellen, dass es viele Insulaner gab, die den Metalldetektor zu ihrem aktuellen Lieblingsspielzeug erklärt hatten. Dann erinnerte sie sich wieder daran, dass Lüder behauptet hatte, Fiete nicht gut gekannt zu haben. *Wenn du ihn nicht gut gekannt hast, wärst du jetzt wohl kaum hier*, schmunzelte sie siegessicher in sich hinein.

Keno erinnerte sich währenddessen an die Worte, die er beim Wattrennen aufgeschnappt hatte: ›Wir sollten das Ding beseitigen, bevor es noch irgendjemand findet‹, hatte Dieke am Strand zu den übrigen Freunden gesagt. Dann hatten sie untereinander verabredet, in der heutigen Nacht wieder hierher zurückzukehren. *Was habt ihr nur vor?*

»Wahrscheinlich buddeln wir hier gerade nur ein paar Cola-Dosen aus, die irgendwelche Touristen hier vergraben haben, weil sie zu faul waren, zum nächsten Mülleimer zu latschen«, war eine andere, meckerige Stimme zu hören. Da sie definitiv nicht zu Dieke gehörte, musste es sich bei ihrem Besitzer um Wimar handeln. Auch er klang außer Atem.

»Nun buddelt lieber, anstatt hier so rumzujammern!«, forderte eine weibliche Stimme sie auf. Es war nicht schwer zu erraten, dass es sich hierbei um Arnke handeln musste.

»Wenn wir nur die Taschenlampe halten müssten, würden wir auch nicht rumjammern.«

Das war Dieke, war Hedda sich sicher. *Somit wäre die Clique komplett. Es klingt so, als würden sie etwas ausgraben. Aber was?* Gebannt lauschte sie weiter in die Dunkelheit.

»Haben wir den echt so tief vergraben?«

»Nun hört endlich auf zu jammern!«

Eine Zeit lang war es still. Dann hörten die Ermittler plötzlich ein dumpfes Geräusch.

»Ich glaube, ich habe ihn gefunden!«

»Ja, ich bin auch auf etwas gestoßen. Das muss er sein.«

»Sollten wir hingehen?«, flüsterte Hedda ihrem Mann zu.

»Wir sollten noch warten. Was auch immer sie dort ausgraben, es scheint etwas Größeres zu sein«, antwortete Enno leise.

»Ich glaube, nur Hedda und ich sollten gehen«, mischte sich Keno ein. »Uns kennen die anderen schon. Wenn wir dort plötzlich zu viert auftauchen, irritiert sie das wahrscheinlich.«

»Das sehe ich genauso«, stimmte Fiona ihrem eigentlichen Partner zu. »Enno und ich können uns ja in Hörweite aufhalten und im Notfall dazukommen.«

»Verdammt, der blöde Sand rutscht immer wieder nach«, fluchte Lüder plötzlich.

»Wenn wir mit den Händen an den richtigen Stellen herumwühlen, bekommen wir vielleicht die Griffe zu fassen«, schlug Dieke vor.

Kurze Zeit später vermeldete einer nach dem anderen Erfolg. »Hab ihn!« … »Ich auch!« … »Er müsste doch irgendwo hier … Ah … Ich habe ihn.« … »Ich auch!«

»Okay, Jungs. Ich zähle bis drei, dann hebt ihr das Ding an.« Arnke begann laut zu zählen. »Eins, zwei … drei!«

Für einen kurzen Moment waren nur die angestrengten Stimmen der männlichen Cliquenmitglieder zu hören, die kurz darauf in eine Mischung aus Erleichterung und Siegestaumel mündeten.

»Lasst uns das Teil schnell abfackeln, bevor uns noch jemand erwischt!«, beschwor Arnke die anderen, sich wieder auf den ursprünglichen Plan zu besinnen.

»Jetzt!«, flüsterte Hedda und knuffte Keno auf den Oberarm. Dann stand sie auf und ging auf das Licht der Taschenlampe zu. »Ist da jemand?«, rief sie laut in Richtung der jungen Insulaner. Dann legte sie schnell den Arm um Kenos Hüfte, um den Anschein eines glücklichen Liebespaares zu verstärken.

Im selben Moment wurden sie von einem grellen Lichtkegel geblendet, da Arnke die Taschenlampe sofort auf die Stelle ausgerichtet hatte, aus der die Stimme gekommen war. Reflexartig hielten sich Hedda und Keno die Hände vor die Augen. Gleichzeitig hofften sie, dass die Lichtquelle nicht stark genug sein würde, um das direkt hinter ihnen liegende Versteck von Fiona und Enno auffliegen zu lassen.

»Was macht ihr denn hier?«, fragte Dieke die unerwünschten Überraschungsgäste.

»Wir wollten uns die Sterne angucken«, log Hedda und schaute dabei Keno verliebt in die Augen. »Bei uns in der Stadt ist die Lichtverschmutzung so hoch, dass man kaum welche sieht. Darum wollten wir uns hier ein möglichst abgelegenes Plätzchen suchen, um so viele wie möglich sehen zu können.«

Diekes Brummen klang wenig überzeugt.

»Und ihr?«, fragte Keno, ehe die jungen Insulaner ihnen noch mehr Fragen stellen konnten. »Was treibt ihr zu dieser nächtlichen Stunde hier draußen?«

»Wir …«, begann Arnke zu stottern, während sich sämtliche männlichen Mitglieder der Clique nebeneinander positionierten, um so den Blick auf den freigelegten Gegenstand zu verbergen. »Wir wollten uns auch die Sterne angucken.«

Hedda lächelte sie an. »Das ist ja toll! Dann können wir ja alle zusammen den Anblick der Himmelskörper genießen.« Sie machte einen Schritt auf die Mauer zu, die die Gruppe aus ihren Körpern gebildet hatte.

»Äh … Ehrlich gesagt, wollen wir dabei lieber alleine sein.« Auch Dieke machte einen Schritt nach vorne und positionierte sich direkt vor Hedda.

»Ihr wollt allein sein?«, fragte Keno verwundert. »Vier Männer und eine Frau. Ihr wollt hier doch keinen Schweinkram veranstalten?« Seiner Stimme war nicht anzuhören, ob er nur einen anzüglichen Witz machen wollte oder ob er ernsthaft vermutete, die fünf könnten eine Orgie am Strand geplant haben.

»Natürlich nicht!«, widersprach Arnke so vehement, dass die beiden Ermittler keine Taschenlampe benötigten, um zu wissen, dass ihr Gesicht knallrot angelaufen sein musste.

»Na, seht ihr!« Keno breitete die Arme aus und begab sich mit so energischen Schritten vorwärts, dass niemand wagte, sich ihm in den Weg zu stellen. Kumpelhaft klopfte er Folkmer auf die Schulter, schob ihn dabei gleichzeitig aber auch ein wenig zur Seite. »Habt ihr eine Decke oder andere Sitzgelegenheiten dabei oder müssen wir uns direkt in den Sand setzen?«

»Wir …«, versuchte Dieke noch, den uneinsichtigen Besucher aufzuhalten, doch es war bereits zu spät.

»Was ist das denn?« Keno zog sein Handy aus der Hosentasche, aktivierte die Taschenlampenfunktion und leuchtete auf den sperrigen Gegenstand, gegen den er gerade mit dem Fuß gestoßen war. Dann schwenkte er herum und richtete das grelle Licht direkt auf die Gesichter der Clique. »Seid ihr Vampire oder was soll das hier bedeuten?«

23. Kapitel

Das Abschiedsritual

20. November

»Nein, natürlich nicht! Das ist nur … Also das ist«, stammelte Arnke und schaute hilfesuchend nach rechts und links.

»Das ist ein Sarg«, sagte Dieke genervt. Gleichzeitig war er bemüht, sich seine Unsicherheit nicht anmerken zu lassen, indem er so tat, als wäre es das Normalste von der Welt, in absoluter Finsternis ein Totenbett am Strand auszubuddeln.

»Das sehen wir auch«, sagte Hedda. »Aber warum grabt ihr mitten in der Nacht einen Sarg aus?«

»Und warum habt ihr ihn zuvor hier eingebuddelt?«, stimmte Keno mit ein.

»Ist da etwa jemand drin?« Theatralisch schlug die junge Ermittlerin die Hände vor den Mund.

»Natürlich nicht!« Demonstrativ klappte Wimar den Deckel zur Seite und ließ ihn mit der Oberseite in den Sand fallen.

Keno leuchtete das hölzerne Möbelstück mit seinem Handylicht aus. Es war vollkommen leer. »Habt ihr den selbst gebaut?«, fragte er, nachdem ihm aufgefallen war, dass der Sarg aus einzelnen Brettern zusammengenagelt worden war und, abgesehen von je zwei verschnörkelten Metallgriffen an beiden Seiten, ein wenig die Anmut einer Obstkiste besaß.

»Das war ich«, antwortete Folkmer. »Meine Eltern haben eine Tischlerei. Da gibt es immer genügend Abfälle, mit denen ich herumexperimentieren kann.«

»Nicht schlecht!« Keno inspizierte die Arbeit des jungen Insulaners genauer. Er hätte in der Bretterkiste zwar keinen nahen Angehörigen beerdigt, aber dafür war sie ja wohl auch nicht angefertigt worden. *Der komplette Innenbereich wurde mit einer Art Gummimatte verkleidet*, fiel ihm auf, als er seine Finger über die innenliegenden Wände gleiten ließ. *Wahrscheinlich, damit kein Sand durch die Ritze rieseln kann. Dann müsste er den Deckel aber auf die gleiche Weise isoliert haben*, kombinierte er weiter. Doch im gleichen Moment fiel ihm ein größerer Sandhaufen auf, der sich in etwa dort gebildet hatte, wo er normalerweise den Kopf des Verstorbenen vermutet hätte.

»Deine Konstruktion hat ein Leck«, wies er Folkmer auf den eingedrungenen Sand hin.

»Nein, das kommt …«, wollte Folkmer gerade erklären, als ihm Dieke ins Wort fiel.

»Der Sarg hatte für uns nur eine symbolische Bedeutung«, sagte der sportliche Insulaner. »Einer unserer Freunde ist erst kürzlich ertrunken und wir haben uns hier am Strand getroffen, um ihn quasi symbolisch zu beerdigen. So ganz unter uns, versteht ihr?« Er schaute zunächst Keno und dann Hedda an.

»Und warum habt ihr ihn dann jetzt wieder ausgebuddelt?«, fragte Hedda ehrlich irritiert.

»Das haben wir gemacht, weil …«, kam Dieke in Erklärungsnot.

»Weil uns erst hinterher klar geworden ist, dass der Wind den Sarg irgendwann freilegen könnte.« Dieses Mal war es Arnke, die am schnellsten die Sprache wiederfand. »Wir wollten nicht, dass kleine Kinder, die hier mit ihren Eltern am Strand spielen, einen Schock bekommen. Darum sind wir heute alle wiedergekommen, um ihn auszugraben und zu verbrennen.«

Ihr lügt doch alle wie gedruckt! Innerlich schüttelte Keno mit dem Kopf, während er äußerlich den Verständnisvollen gab. »Das war sehr weitsichtig von euch!«, lobte er die Clique und kam sich plötzlich wie ein weiser alter Stammeshäuptling vor, der seinen jungen Kriegern gerade eine Lektion erteilt hatte. Dabei war er doch nur fünfzehn bis maximal zwanzig Jahre älter als die Insulaner.

»Ein Lagerfeuer am Strand«, klatschte Hedda aufgeregt in die Hände. »Der Abend wird ja noch viel romantischer, als wir gedacht hatten.« Sie hakte sich bei Keno unter und gab ihm zur Untermauerung ihres Schauspiels einen Kuss auf die Wange.

»Wir wollten eigentlich …«, startete Lüder einen zögerlichen Widerspruch.

Doch noch bevor er aussprechen konnte, ergriff Keno bereits die Initiative. Er wollte auf keinen Fall zulassen, dass die Gruppe sie wegschickte, weil sie unter sich bleiben wollte. Eine bessere Gelegenheit, um mit den jungen Leuten über den Tod von Fiete zu sprechen, würde es wohl nicht so schnell wieder geben. »Kommt!«, verbreitete er daher Aufbruchstimmung. »Wir bringen den Sarg näher ans Wasser. Nicht, dass die Funken noch das Dünengras in Flammen setzen.« Er machte sich nicht wirklich Sorgen um den Brandschutz, sondern wollte einfach nur ein wenig Abstand zu Fiona und Enno gewinnen. Er ging nämlich davon aus, dass sie sich noch immer, durch die Dunkelheit verborgen, nur wenige Meter von ihnen entfernt aufhielten. Er wollte auf jeden Fall verhindern, dass seine beiden Mitstreiter doch noch entdeckt wurden. Beherzt griff er nach dem Sargdeckel. Als seine Finger die hölzerne Konstruktion umklammerten, stellte er wie erwartet fest, dass auch diese auf der Innenseite mit einer dicken Gummischicht verkleidet worden war. Doch als er sich gerade fragen wollte, wie dann der Sand in den Innenbereich gerieselt sein konnte, packte ihn Dieke fest am Handgelenk.

»Das übernehmen wir!« Der sportliche Insulaner forderte Folkmer auf, ihm beim Tragen zu helfen. Dann wandte er sich noch einmal an Keno. »Du kannst Lüder und Wimar mit dem Unterteil helfen, wenn du willst«, sagte er und verschwand mit seinem Kumpel und dem Sargdeckel in der Dunkelheit.

Irritiert tat der Ermittler, worum er gebeten worden war. Er spürte, dass irgendetwas nicht stimmte, konnte sich aus dem merkwürdigen Verhalten der jungen Leute aber noch keinen Reim machen. Gemeinsam mit den beiden jungen Männern und unter der tatkräftigen Unterstützung von Hedda und Arnke trugen die zurückgebliebenen fünf den Unterteil der Totenkiste in die Richtung, aus der sie die Nordsee rauschen hören konnten.

»Kann einer von euch die anderen beiden sehen?«, fragte Hedda.

Im selben Moment erhellte ein kleines Licht, welches sich in wenigen Sekunden zu einem riesigen Feuerball ausdehnte, die dunkle Nacht. Die Lichtquelle war nur wenige Meter von ihnen entfernt.

»Wie habt ihr das Ding so schnell zum Brennen bekommen?«, fragte Keno überrascht.

»Wir hatten ein wenig Brandbeschleuniger dabei«, erklärte Folkmer, schwenkte eine der Dosen hin und her, richtete sie auf das Feuer und spritzte erneut einen Strahl der Flüssigkeit in die lodernden Flammen. Sofort bäumte sich die Feuerwand auf, als wäre ein Rudel ausgehungerter Piranhas über einen im Fluss treibenden Kadaver hergefallen.

»Kommt, wir werfen den Sarg obendrauf!«, schlug Arnke vor und begann von fünf abwärts zu zählen.

Als nun die ganze Holzkonstruktion in Flammen stand, ließ sich einer nach dem anderen in den Sand sinken, schlang die Arme um die angewinkelten Beine und starrte in die Flammen.

Alle schienen schweigend mit ihren eigenen Gedanken beschäftigt, als Keno plötzlich das Wort ergriff. »Ich weiß, ich habe euren Freund nicht gekannt, aber auch ich habe vor nicht allzu langer Zeit einen Freund verloren. Auch er ist ertrunken«, griff er genau die Lügengeschichte wieder auf, die er bereits am Vormittag Lüder aufgetischt hatte. »Wir haben im Freundeskreis damals auch so ein Abschiedsritual organisiert und uns hat es im Nachhinein sehr geholfen, dass wir alle noch einmal etwas über den Verstorbenen gesagt haben.«

»Was für eine schöne Idee«, pflichtete Hedda ihrem vermeintlichen Lebenspartner bei. »Darüber würde sich euer Freund sicher freuen. Ich bin mir sicher, er ist gerade irgendwo und beobachtet euch.«

Arnke begann hemmungslos zu schluchzen, während sich Wimar wegdrehte und heimlich eine Träne aus dem Augenwinkel wischte.

Dieke stand auf, legte den Kopf in den Nacken und schaute zu den Sternen hinauf. »Er war immer für jeden Spaß zu haben. Hatte stets eine Idee, wie wir uns die Langeweile des Inselalltags vertreiben können. Er war mit Abstand der Mutigste von uns.« Seine Stimme stockte. Er ließ sich zurück in den Sand sinken, holte ein Taschentuch aus der Jackentasche, trocknete seine Tränen und schnäuzte sich anschließend lautstark die Nase.

Als Nächste erhob Arnke sich. Doch anstatt zu den Sternen schaute sie direkt in das lodernde Feuer. Sie versuchte, ihre tränenerstickte Stimme unter Kontrolle zu bringen, ehe auch sie etwas über den Verstorbenen sagte. »Keiner von euch hat es gewusst und auch Fiete habe ich es leider nie gesagt, aber ich muss heute zugeben, dass ich schon ein wenig in ihn verschossen war.«

Wimar stand auf, legte einen Arm um die jetzt wieder heftig schluchzende Arnke und sagte dann so laut, dass alle es hören konnten: »Wir haben es alle gewusst. Ein perfekteres Paar als euch beide hätte es nicht geben können.«

»Was? Woher habt ihr …?« Verwundert schaute Arnke ihren Freund an.

»Du hast ihn ja regelrecht angeschmachtet«, scherzte Wimar mit trauriger Stimme, zog Arnke an sich heran, presste ihren Kopf an seine Schulter und streichelte ihr mit der Hand zur Beruhigung über den Rücken.

Folkmer verzichtete darauf aufzustehen, hatte aber dennoch etwas über seinen verstorbenen Freund zu sagen. »Er war wirklich in fast allem perfekt«, begann er, machte dann aber eine bewusste Pause. »Aber Klavier spielen konnte er wirklich überhaupt nicht. Er muss die schlechteste Lehrerin der ganzen Welt gehabt haben.«

»Hey!«, protestierte Lüder lautstark. »An meiner Mutter lag das nicht. Er war einfach nur talentfrei!« Er stand auf, ging hinter Folkmer und Dieke entlang und reihte sich so wieder ein, dass er je zwei seiner Freunde zu beiden Seiten hatte. Dann nahm er sein Smartphone zur Hand, öffnete eine Videodatei und stellte das Gerät auf volle Lautstärke.

Dieke und Folkmer erhoben sich, damit sie einen Blick auf das Display werfen konnten, und auch Wimar und Arnke lösten sich aus ihrer Umarmung, um besser sehen zu können. Hedda und Keno hingegen mussten lange Hälse machen, um ebenfalls erkennen zu können, was auf dem kleinen Monitor angezeigt wurde.

Lüder erhob die Stimme. »Das ist für dich, Fiete!«, rief er dem Sternenhimmel entgegen. Dann drückte er den Play-Button und startete das Video. Auf dem Bildschirm war Fiete zu sehen, wie er vor einem Klavier saß und versuchte eine Melodie zu spielen.

Erst als alle Mitglieder von Fietes Clique begannen, lautstark ›Stairway to Heaven‹ von Led Zeppelin zu singen, erkannte Keno, an welcher Melodie Fiete sich versucht hatte.

Hedda hingegen fragte sich die ganze Zeit nur eines. *Woher kenne ich die Frau, die neben Fiete auf dem Hocker sitzt?* Sie war fest davon überzeugt, Lüders Mutter irgendwo schon einmal gesehen zu haben.

24. Kapitel

Das Jugendzimmer

21. November

Am nächsten Morgen erschienen Fiona und Enno pünktlich auf der Baustelle. Sie waren beide noch sehr müde, da sie so lange in ihrem dunklen Versteck ausgeharrt hatten, bis der Sarg vollständig abgebrannt war und sich Fietes Clique auf den Heimweg gemacht hatte. Danach hatten sich die vier Ermittler auf ihrem Rückweg vom Strand noch darüber unterhalten, welche Erkenntnisse sie aus dem Abend ziehen konnten.

Dabei war vor allem Keno weiterhin der festen Überzeugung, dass die jungen Insulaner etwas zu verbergen hatten. Andererseits stimmte er aber auch Hedda zu, die die Trauer der fünf Freunde als absolut authentisch empfunden hatte.

Für den heutigen Arbeitstag hatten sich die beiden Ermittler eines ganz fest vorgenommen. Zumindest einer von ihnen musste es irgendwie in Fietes Zimmer schaffen, um dort nach neuen Hinweisen suchen zu können. Die Frage war nur, wie sie das schaffen sollten, ohne dabei von Toni, Manni oder Theo erwischt zu werden. Abgesehen von den drei Handwerkern gab es aber noch eine weitere Hürde, die es notfalls zu überwinden galt. Denn weder Fiona noch Enno wussten, ob Fietes Eltern sein Zimmer vor ihrer Abreise eventuell sogar abgeschlossen hatten.

Zunächst einmal begannen sie damit, ihrer vermeintlichen Arbeit als Maler nachzugehen. Enno baute den Tapeziertisch auf, während Fiona den Kleister, die Tapetenrollen und die Farbeimer ins Schlafzimmer schleppte, nachdem das Material verspätet per Fähre geliefert worden war.

Als sie gerade damit beginnen wollten, die erste Bahn an der Zimmerwand anzubringen, kam plötzlich Manni herein. »Du musst mir kurz helfen«, wandte er sich an Enno.

»Was ist denn?«

»Ich muss etwas besorgen und brauche zwei kräftige Hände, die mit anpacken können.«

Unsicher schaute Enno seine Ermittlungspartnerin an. Er wusste, dass sie alleine mit den zu erledigenden Tapezierarbeiten nicht fertig werden würde. Gleichzeitig fragte er sich, was für schwere Gegenstände der Elektriker besorgen musste, dass er nicht in der Lage war, diese auch alleine zu transportieren.

»Geh ruhig. Ich komme schon zurecht.« Fiona zwinkerte ihm kaum sichtbar zu. Denn mit Mannis Verschwinden stiegen ihre Chancen, unbemerkt in Fietes Zimmer zu gelangen.

Enno verstand auch ohne erklärende Worte, welchen spontanen Plan seine Kollegin gefasst hatte. »Da habe ich keinen Zweifel«, sendete er ihr eine aufmunternde Botschaft, legte den Kleisterpinsel zur Seite und verließ gemeinsam mit Manni das Haus.

Kaum hatte Fiona die beiden Männer am Fenster vorbeigehen sehen, huschte sie zur Tür und spähte in den Flur. Von den beiden verbliebenen Handwerkern war nichts zu sehen. Lediglich das Radio, von dem Toni sich stets bei der Arbeit beschallen ließ, war deutlich zu hören. Die junge Ermittlerin hatte sich schon häufiger gefragt, ob der tätowierte Installateur etwas mit den Ohren hatte oder einfach nur gerne sehr laute Musik hörte. So oder so spielte ihr diese Eigenart aber jetzt in die Karten, denn so konnte wirklich niemand ihre Schritte hören, als sie sich zügig Fietes Zimmertür näherte.

Bitte sei nicht abgeschlossen, schickte sie ein kurzes Stoßgebet gen Himmel, packte die Türklinke und presste sie hinunter. *BINGO!*, jubelte sie innerlich, huschte durch den Türspalt und schloss die Tür wieder hinter sich.

Mit pochendem Herzen hielt Fiona die Luft an und horchte in den Flur hinaus. Hatte sie vielleicht doch jemand bemerkt? Würde gleich Theo oder Toni kommen, um sie aus dem verbotenen Zimmer zu zerren? Erst nach einigen ereignislosen Sekunden löste sich ihre Anspannung wieder ein wenig.

Fietes Reich erinnerte sie sehr an das Zimmer eines jungen Mannes, mit dem sie vor einigen Jahren eine kurze Beziehung geführt hatte. Auch er hatte damals, obwohl er schon dreiundzwanzig war, noch zu Hause bei seinen Eltern gewohnt. Das Mobiliar bestand, genauso wie bei Fiete, ausschließlich aus der Serie eines bekannten schwedischen Möbeldiscounters.

Man erkannte schnell, dass hier jemand wohnte, den man noch lange nicht als reifen Erwachsenen bezeichnen konnte. Denn unter dem riesigen Flachbildschirm, der an einer der Wände montiert worden war, befanden sich gleich drei Videospielekonsolen verschiedener Hersteller nebst einer stattlichen Sammlung an Games und

Controllern. Die übrigen Wände waren mit Postern eines erfolgreichen bayrischen Fußballvereins sowie diversen Abbildungen weiblicher Sängerinnen plakatiert.

Fiona ließ ihren Blick über einige der Bilder schweifen. Sie erkannte die Künstlerinnen auf den Postern sofort. *Andrea Berg, Helene Fischer, Marianne Rosenberg*, ging sie einige der Namen in Gedanken durch. Fiete schien auf deutschen Schlager zu stehen. Anerkennend begutachtete sie die attraktiven Körper der drei Sängerinnen, die durch die ausschließlich körperbetonte Kleidung der Frauen sehr gut zu erkennen waren. Sie hoffte, ihren Body in den nächsten Jahrzehnten ähnlich gut in Schuss halten zu können, ebenso wie diese in die Jahre gekommenen Prominenten es offensichtlich geschafft hatten.

Als Erstes nahm sie sich den Schreibtisch vor. So geräuschlos wie möglich öffnete sie eine Schublade nach der anderen und durchwühlte deren Inhalt. Nachdem sie hier jedoch keine Anhaltspunkte entdecken konnte, machte sie sich am Kleiderschrank zu schaffen. Fietes Geschmack gefiel ihr. Von der Unterhose bis zur Jacke schien er ein sehr modebewusster junger Mann gewesen zu sein. Auf einer Fotocollage, die über seinem Schreibtisch hing und ihm wohl von seinen Freunden zum achtzehnten Geburtstag geschenkt worden war, hatte die junge Ermittlerin auch ein Foto von ihm gesehen. Auch wenn er ein paar Jahre jünger war als sie, hätte Fiona sich durchaus vorstellen können, sich von diesem attraktiven Mann zu einem Date ausführen zu lassen.

Traurig dachte sie an all die Freundinnen, die Fiete niemals als Partner haben würden. An die Kinder, die ihn nicht als Vater haben konnten. Er war ein junger Mann gewesen, ganz am Anfang seines Lebens. Er hatte noch so vieles vor sich, doch jetzt … Seufzend klappte sie die Schranktüren zu und zwang sich, die düsteren Gedanken zur Seite zu schieben. Für Mitleid hatte sie jetzt keine Zeit. Sie musste etwas finden. *Wenn ich doch wenigstens wüsste, wonach ich suchen muss*, dachte sie und schaute sich verzweifelt in dem kleinen Raum um.

Wenn ich etwas verstecken müsste, wo würde ich es dann hintun? Sie versuchte sich in die Rolle eines jungen Mannes zu versetzen, der noch bei seinen Eltern wohnte. Sie wusste nicht warum, aber als Erstes fiel ihr ein, dass wahrscheinlich jeder hormongetriebene Teenager Zeitschriften mit nackten Frauen oder gar pornografischen

Inhalten sein Eigen nannte. Sie kniete sich vor das Bett, packte die Matratze und stemmte sie einige Zentimeter empor.

Was haben wir denn hier?, fragte sie sich, als sie die rote Mappe entdeckte, die zwischen Lattenrost und Matratze versteckt worden war.

»Wen haben wir denn da?«, hörte sie plötzlich Theos Stimme hinter sich. Sie hatte sein Eintreten überhaupt nicht bemerkt.

Erschrocken drehte sie ihren Kopf über die Schulter, während sie gleichzeitig die Matratze wieder fallen ließ. Bewegungsunfähig kniete sie noch immer vor dem Bett, während sie dabei zusah, wie der Bauleiter die Tür hinter sich schloss und langsam näher kam.

»Du weißt doch, dass du hier drinnen nichts zu suchen hast.« Theos Stimme klang bedrohlich, erschreckenderweise aber auch ein wenig erregt.

»Ja, ich weiß. Ich wollte nur …« Krampfhaft suchte Fiona nach einer schlüssigen Ausrede, die nicht nur ihren Aufenthalt in Fietes Zimmer, sondern gleichzeitig auch erklären musste, warum sie vor dem Bett des verstorbenen Teenagers kniete.

»So ein Fehlverhalten kann dich den Job kosten.«

Fiona schluckte. Der Blick, mit dem Theo sie bedachte, gefiel ihr ganz und gar nicht. Sie beschloss aufzustehen, um sich im Fall des Falles besser verteidigen zu können. Sie presste ihre Hände auf die Matratze und wollte sich gerade nach oben drücken, als sie die kräftige Hand des Bauleiters auf ihrer Schulter spürte. Er drückte sie so stark nach unten, dass es ihr unmöglich war, aufzustehen. »Lass das!«, schrie sie energisch. Sie wollte ihm sofort zeigen, dass er es mit keinem Opfer zu tun hatte. Was auch immer er vorhatte, er sollte wissen, dass sie es sich nicht einfach so gefallen lassen würde.

»Was soll ich lassen?«, fragte Theo und klang dabei so, als würde er mit einer Dreijährigen reden, die ihm gerade weismachen wollte, sie würde ihm den Arm abreißen, sollte er nicht sofort ihr Dreirad loslassen. »Ach, du meinst, ich soll dich nicht verpetzen? Darüber können wir reden.« Jetzt legte er auch noch die zweite Hand auf Fionas andere Schulter. Wie zwei Schraubzwingen bohrten sich seine Finger in ihr Fleisch.

»Das tut mir weh!«, schrie Fiona so laut, dass ihr Peiniger sich für einen kurzen Moment erschrocken zur Tür umsah. Doch als sein Gesichtsausdruck sich ziemlich zeitnah wieder entspannte, fiel auch Fiona auf, in welch prekärer Situation sie sich befand. Enno und

Manni waren unterwegs und Toni hörte so laut Radio, dass er sie wahrscheinlich nicht einmal hören würde, wenn sie laut um Hilfe rief. Abgesehen davon ging sie ohnehin nicht davon aus, dass der grummelige, wortkarge Klempner ihr beistehen würde.

25. Kapitel

Fiona sieht rot

21. November

Theo stand jetzt so dicht hinter ihr, dass Fiona seine Knie in ihrem Rücken spüren konnte. Mit unvermindertem Druck presste der kräftig gebaute Mann sie zu Boden, sodass sie keine Chance hatte, aufzustehen oder sich zu ihm umzudrehen.

»Wenn du mich nicht sofort loslässt, schreie ich«, drohte Fiona ihm. Auch wenn sie nicht wirklich daran glaubte, dass Toni ihr zu Hilfe eilen würde, versuchte sie so entschlossen wie möglich zu klingen.

Die Umklammerung des Bauleiters lockerte sich daraufhin ein wenig. Es reichte zwar nicht aus, um sich zu erheben, aber immerhin konnte Fiona sich jetzt zu ihm umdrehen und ihm entschlossen in die Augen schauen.

»Wir können doch über alles in Ruhe reden.« Theos Stimme klang auf einmal unerwartet mild.

Aber Fiona traute ihm nicht. Denn die lüsterne Art, mit der er sie anstarrte, verängstigte sie. »Lass mich aufstehen oder ich schreie«, blieb die junge Ermittlerin daher bei ihrer Strategie, sich ihre Furcht nicht anmerken zu lassen.

Ein süffisantes Grinsen huschte über Theos Gesicht. »Wie willst du denn schreien, wenn du den Mund voll hast?« Während er das sagte, glitt seine Hand über seine silberne Gürtelschnalle.

Blanke Panik ließ Fiona den Mund aufreißen. »HILFE!«, brüllte sie, so laut sie nur konnte, holte tief Luft und wollte gleich noch ein weiteres Mal schreien. Doch dazu kam sie nicht.

Mit aller ihm zur Verfügung stehenden Kraft presste der Bauleiter ihr eine Hand auf den Mund, während er mit der anderen ihren Hinterkopf fixierte.

Fiona hatte das Gefühl, ihr Kopf würde in einer riesigen menschlichen Schraubzwinge stecken. Panisch riss sie die Augen auf, versuchte sich aus der Situation zu befreien und gleichzeitig nach Luft zu schnappen. Zum ersten Mal überhaupt hatte sie Angst um ihr Leben. Entmutigt gab sie ihren Widerstand auf, schloss die Augen, konzentrierte sich vollständig aufs Atmen und wartete auf das, was als Nächstes passieren würde.

Doch ein lauter Knall ließ sie ruckartig aus ihrer Passivität erwachen. Sie riss die Augen auf und starrte an Theo vorbei zur Zimmertür, die plötzlich sperrangelweit offen stand. Auf der Türschwelle stand Toni. Der kleingewachsene Mann brauchte nur den Bruchteil einer Sekunde, um den Ernst der Lage zu erkennen. Wie eine Kobra schoss er vor und schmetterte Theo ohne Vorwarnung einen rechten Haken seitlich unter die Rippen.

Laut aufstöhnend sackte der Bauleiter in sich zusammen, löste seinen Griff und taumelte zwei Schritte rückwärts. »Spinnst du?«, giftete er Toni an, schützte sich aber gleichzeitig vor weiteren Attacken des muskulösen Installateurs.

Der behielt seinen Bauleiter genau im Auge, wandte sich aber zunächst einmal Fiona zu. »Ist alles okay mit dir?«, fragte er, griff ihr behutsam unter die Arme und half ihr beim Aufstehen.

»Ich habe sie in diesem Zimmer gefunden. Sie kniete vor dem Bett und fing plötzlich an wie eine Verrückte zu schreien. Ich habe mich so erschrocken, dass ich ihr reflexartig den Mund zugehalten habe«, begann Theo sich vehement zu verteidigen. Dann fixierte er Fiona mit einem stechenden Blick. »Nun sag schon, dass es genauso war!«, forderte er sie auf, machte einen energischen Schritt auf sie zu und richtete seinen Zeigefinger direkt auf ihre Nasenspitze. »Was hattest du hier drinnen überhaupt zu suchen?«

Toni stellte sich sofort beschützend vor sie, presste seine flache Hand auf die Brust seines Gegenübers und schubste ihn unsanft zurück. »Du bleibst jetzt mal schön da stehen und hältst deine Fresse!«

Fiona zitterte am ganzen Körper. Sosehr sie sich auch bemühte, sie bekam diese Schockreaktion nicht unter Kontrolle.

»Setz dich lieber kurz hin«, empfahl Toni ihr. Der wortkarge Mann, der sie anfänglich nicht einmal richtig anschauen konnte, war auf einmal unerwartet fürsorglich. Er setzte sich neben sie auf die Matratze. »Soll ich die Polizei rufen?«

»Polizei?«, rief Theo entsetzt. »Es ist doch überhaupt …«

»Ich habe doch gesagt, du sollst die Fresse halten!«, schrie Toni seinen Bauleiter erneut an. Dann wiederholte er im ruhigen Ton seine Frage. »Soll ich die Polizei rufen?«

Fiona schossen gleichzeitig tausend Gedanken durch den Kopf. Als ehemalige Polizistin war ihr klar, dass sie gerade das Opfer von sexueller Belästigung geworden war. Das Schwein hatte es definitiv verdient, angezeigt zu werden. Alleine um die Glaubwürdigkeit von potentiellen zukünftigen Opfern zu stärken, musste sie es tun. Doch hätte diese Reaktion eventuell negative Folgen für die weitere Ermittlungsarbeit?

»Hör mal, dass ich dich so hart angepackt habe, tut mir leid«, schlug Theo plötzlich einen reumütigen Ton an. Entschuldigend streckte er ihr eine Hand entgegen. »Ich habe mich einfach nur erschrocken.«

Unsicher schaute Toni zunächst seinen Bauleiter und dann die neben ihm sitzende junge Frau an.

»Erschrocken?«, wiederholte Fiona, zunächst leise, dann noch einmal deutlich lauter. »ERSCHROCKEN?« Sie sprang vom Bett auf, ging wütend auf ihren Peiniger zu und baute sich so vor ihm auf, dass sich ihre Nasenspitzen beinahe berührten. Das Adrenalin, das mit Hochdruck durch ihren Körper gepumpt wurde, hatte ihr unkontrolliertes Zittern schlagartig beendet. »Und vor lauter Schreck hättest du dann fast noch deine Hose aufgemacht, oder was?« Sie war so wütend, dass sie sich über die weiteren Konsequenzen für ihre Ermittlungsarbeit jetzt keine Gedanken mehr machte.

»Das ist … Ich habe nicht … Du musst da was missverstanden haben«, stotterte Theo.

Toni, der sich inzwischen seitlich zwischen den beiden platziert hatte, schob behutsam seinen muskulösen Arm zwischen deren Oberkörper und drückte Theo anschließend ein wenig zurück, sodass er sich wieder zwischen die beiden stellen konnte. Er hatte genug gesehen und gehört, um sich darüber im Klaren zu sein, wem er mehr glaubte.

»Toni«, flehte Theo seinen Kollegen an. »Wir kennen uns schon so lange. Du weißt doch, dass der Ton auf der Baustelle ein wenig rauer ist. Wenn die Damen damit nicht zurechtkommen, sollen sie halt wieder putzen gehen, beim Discounter an der Kasse arbeiten oder irgendwo im Büro. Du lässt dich doch jetzt nicht von diesem albernen Sexismus-Quatsch anstecken, oder?«

Alberner Sexismus-Quatsch, hallten die Worte in Fionas Kopf nach. Sie wollte ihren Peiniger gerade erneut verbal attackieren, doch Toni kam ihr zuvor.

»Wir kennen uns wirklich schon lange«, sagte der Installateur im ruhigen Ton. »Dementsprechend wirst du doch sicher auch wissen, ob ich Kinder habe, oder?«

Unsicher schaute Theo seinen Kollegen an. »Ja, sicher weiß ich das.«

»Und, wie viele sind es?« Mit einem provozierenden Lächeln auf den Lippen verschränkte Toni die muskulösen Arme vor der Brust.

»Du hast einen Sohn.« Es war offensichtlich, dass Theo nur geraten hatte.

»Und wie alt?«

Der Bauleiter rechnete kurz. »Anfang zwanzig, schätze ich.«

Toni schüttelte den Kopf. »Ich habe drei Töchter. Siebzehn, einundzwanzig und dreiundzwanzig. Die Kleinste geht noch zur Schule, aber die beiden Älteren haben sich für einen handwerklichen Beruf entschieden.« Der Stolz über seine Mädchen war Toni deutlich anzusehen. »Wenn ich mir vorstelle, dass eine von ihnen einem Arschloch wie dir begegnen würde, der meint, er könne sich aufführen wie ein hormongetriebener Neandertaler …« Er brach mitten im Satz ab. Sein provozierendes Lächeln verschwand, stattdessen presste er jetzt wutschnaubend die Zähne aufeinander. Mit einer blitzschnellen Bewegung packte er den Bauleiter am Nacken und zerrte ihn Richtung Zimmertür. »Du kannst echt froh sein, dass ich nur die Polizei rufen werde.«

Plötzlich war Fiona ganz alleine in Fietes Zimmer. Sie wankte zurück zur Matratze und ließ sich darauf sinken. Das Zittern war zurückgekehrt und ihr ganzer Körper fühlte sich an, als wäre ihm auf einen Schlag sämtliche Energie entzogen worden. Erfolglos versuchte sie, die aufsteigenden Tränen zu unterdrücken, während sie aus dem Flur die verzweifelten Versuche von Theo hörte, seinen Kollegen doch noch umzustimmen.

Die Mappe, schoss es ihr plötzlich in den Sinn. Sie wusste nicht, ob sie jemals wieder in dieses Zimmer oder gar auf die Baustelle zurückkehren würde. Sie musste das potentielle Beweisstück daher unbedingt an sich nehmen.

26. Kapitel

Project PANIC

21. November

Noch bevor der Inselpolizist auf der Baustelle aufgetaucht war, um die Aussagen der Beteiligten aufzunehmen, kehrten Enno und Manni von ihrer Besorgungstour zurück.

»Was ist denn hier los?«, fragte Enno besorgt, als er Toni und Theo vor der Haustür entdeckte. Er sah den beiden sofort an, dass irgendetwas nicht stimmte.

»Deine Kollegin sitzt drinnen. Am besten kümmerst du dich um sie«, begrüßte ihn der ritterliche Installateur. »Den hier …«, er nickte mit einem verächtlichen Blick in Richtung des Bauleiters, »… behalte ich im Auge.«

Ohne weitere Nachfragen stürmte Enno in das Gebäude. Er fand Fiona im Schlafzimmer von Fietes Eltern vor. Sie hatte die Arme um ihre angewinkelten Beine geschlungen und starrte gedankenverloren an die gegenüberliegende Zimmerwand. Als sie ihren Partner bemerkte, schaute sie zu ihm auf.

Enno erkannte sofort den paralysierten Ausdruck in ihrem Gesicht. So hatte er Fiona noch nie gesehen. Behutsam hockte er sich neben sie und legte ihr eine Hand auf die Schulter. »Was ist denn passiert?«

Fiona fasste für ihn kurz zusammen, was in seiner Abwesenheit geschehen war.

»Dieses Arschloch!« Enno ballte die Hand zur Faust und wollte aufspringen, um den übergriffigen Bauleiter seine Wut spüren zu lassen.

Doch Fiona hielt ihn zurück. »Lass ihn«, sagte sie. »Du weißt doch, wie das läuft. Am Ende steht Aussage gegen Aussage, da er den ganzen Vorgang selbstverständlich ganz anders darstellen wird.« Sie zuckte entmutigt mit den Schultern.

Enno erinnerte sich an einige vergleichbare Einsätze, die er zu seiner Zeit als Polizist miterlebt hatte. Egal, ob es dabei um häusliche Gewalt oder um sexuelle Übergriffe ging, häufig fehlten einfach die klaren Beweise oder die glaubwürdigen Zeugen, um die zumeist männlichen Täter direkt verhaften zu können. Dennoch hielt er es für richtig, dass die Opfer ihre Peiniger auch nach solchen Situationen anzeigten, um ihnen zu zeigen, dass sie sich dieses Verhalten nicht einfach so gefallen ließen. Außerdem hoffte er auch immer, dass eine solche Anzeige den ein oder anderen Mann dazu bringen würde, sein archaisches Verhalten gegenüber dem weiblichen Geschlecht zu überdenken. »Kann ich irgendetwas für dich tun?«

Fiona schaute ihn dankbar an. »Kannst du bitte dabei sein, wenn die Polizei kommt?«

»Selbstverständlich!« Er klopfte ihr aufmunternd auf die Schulter.

Nachdem der Inselpolizist die Aussagen der Beteiligten aufgenommen hatte, verließ Theo unter dem Vorwand, sich krank zu fühlen, die Baustelle. Fiona ging davon aus, dass er es nur getan hatte, weil er sich unwohl in seiner Haut fühlte, und er zudem auch noch Angst vor dem muskulösen Toni hatte. Aber irgendwie war sie ihm sogar ein wenig dankbar dafür, dass sie ihn den restlichen Tag über nicht mehr zu sehen brauchte.

Toni hatte ihr zwar empfohlen, sich ebenfalls krankzumelden, aber nach dem Fund, den Fiona unter Fietes Matratze gemacht hatte, wollte sie auf keinen Fall das Haus verlassen, bevor sie nicht den kompletten Inhalt gesichtet hatte.

Zusammen mit Enno zog sie sich in das Schlafzimmer von Fietes Eltern zurück und schloss die Tür hinter sich. Nachdem Toni und Manni wieder ihre jeweilige Arbeit aufgenommen hatten, waren sie und ihr vorübergehender Ermittlungspartner zum ersten Mal vollkommen ungestört.

»Bevor Theo über mich hergefallen ist, habe ich etwas gefunden.« Sie rappelte sich auf und ging zu einem Stapel aus Regalbrettern, der sich in der Ecke des Raumes befand. Kurz nachdem Toni ihren Peiniger nach draußen bugsiert hatte und sie wieder in das Schlafzimmer zurückgekehrt war, hatte sie die rote Mappe nämlich vorsorglich dort versteckt.

Enno kniff die Augen zusammen und las die Beschriftung auf der Vorderseite der Mappe. »Project Panic«, las er nachdenklich vor. Dann schaute er Fiona fragend an. »Hast du schon hineingesehen?«

Fiona presste die Lippen zusammen. »Ich hatte die Mappe gerade erst entdeckt, als …« Sie stockte. Sie konnte und wollte nicht erneut davon sprechen, was ihr geschehen war.

»Wollen wir zusammen einen Blick riskieren?« Enno spürte, dass seine Partnerin ein wenig Ablenkung gut gebrauchen konnte. Er setzte sich auf den Boden, lehnte sich mit dem Rücken an die Wand und klopfte mit der flachen Hand auffordernd auf den freien Platz neben sich.

Dankbar lächelnd nahm Fiona die Einladung an und setzte sich neben ihn. »Dann wollen wir mal«, sagte sie und schlug die Seite auf, die ganz oben abgeheftet war. »Das ist doch …«

»… eine Zeichnung dieser merkwürdigen Fahne«, beendete Enno ihren Satz.

Unterhalb der mit Buntstiften angefertigten Zeichnung hatte Fiete einen längeren handgeschriebenen Text verfasst, den die beiden Ermittler jetzt jeweils leise für sich durchlasen.

Challenge 1 / Dieke
Seit Monaten reden mein Vater und seine Freunde darüber, dass Wangerooge eigentlich zu Ostfriesland gehören sollte. Sie haben sogar schon Flaggen anfertigen lassen, die sie aber lediglich dann aufhängen, wenn sie sich in geschlossenen Räumen und fernab von neugierigen Blicken treffen, um über ihre nostalgischen Traumwelten zu fantasieren. Jeder aus der Gruppe – also auch dein Vater – hat eine dieser Flaggen bei sich zu Hause.
Deine Aufgabe ist es, die Flagge deines Vaters zu stehlen und dir den Schlüssel des alten Leuchtturms zu besorgen. In der Nacht wirst du dann die Stufen zum Lampenraum erklimmen, auf die Galerie hinaustreten und die Fahne anschließend so am Geländer der Aussichtsplattform befestigen, dass sie von außen für möglichst viele Insulaner und Touristen gut zu erkennen ist. Anschließend steigst du die Stufen wieder hinab, verriegelst die Tür zum Leuchtturm wieder und sprühst mit einer Spraydose folgende Worte an den Turm: Wangerooge gehört zu Ostfriesland – damals, heute und für die Ewigkeit!

»Das erklärt, warum Dieke unbedingt von Hedda und Keno wissen wollte, woher wir das Foto von der Flagge haben«, sagte Enno, nachdem er den Text zu Ende gelesen hatte. »Jetzt müssen wir nur noch herausfinden, ob Dieke diese Challenge bereits ausgeführt, vor der Ausführung gekniffen hat oder ob er die Aufgabe vielleicht noch gar nicht kannte.«

Fiona legte die Stirn in Falten. »Die letzte Option würde ich ausschließen. Wenn er noch gar nichts von der Challenge gewusst hätte, hätte er sicherlich nicht so reagiert.«

»Es sei denn, er hat die Flagge auch schon mal bei seinem Vater gesehen. Fiete schien sie ja auch nur daher zu kennen«, gab Enno zu bedenken.

Nachdenklich schauten sich beide kurz an, dann beschlossen sie, die nächste Seite in der roten Mappe aufzuschlagen.

»Noch eine Challenge«, war Fiona überrascht, als sie die Überschrift gelesen hatte. Dieses Mal las sie den Text laut vor, sodass Enno nur zuhören musste.

Challenge 2 / Folkmer
Deine Aufgabe wird es sein, einen Sarg zu bauen. Baue ihn bitte so, dass du selbst bequem darin liegen kannst. In der Tischlerei deiner Eltern sollte es ja genug Holzreste für einen XXL-Sarg geben. ;-) Deine Konstruktion sollte so isoliert sein, dass kein Sandkorn sie durchdringen kann, denn wir werden dich in dieser Kiste am Strand verbuddeln. Da du mindestens zwei Stunden darin aushalten musst, solltest du sie außerdem so fertigen, dass du genügend Luft zum Atmen hast. Eine Röhre, mit der eine Luftzufuhr von der Oberfläche gewährleistet werden soll, ist nur erlaubt, sofern ihr Umfang nicht größer ist als der eines herkömmlichen Gartenschlauchs.

»Das muss der Sarg sein, den die Clique letzte Nacht am Strand ausgebuddelt hat.« Enno erinnerte sich daran, wie Keno ihnen davon erzählt hatte, dass er in dem Totenmöbel eine größere Anhäufung Sand an genau der Stelle gefunden hatte, an der normalerweise der Kopf eines Verstorbenen ruhen würde. »Über die Öffnung für den Schlauch ist der Sand wahrscheinlich in den Sarg eingedrungen.«

»Du meinst, die haben den armen Folkmer wirklich lebendig begraben?« Fiona schaute ihn an, als habe sie gerade einen gruseligen Geist gesehen. »Warum macht man so etwas?«

Enno zuckte unwissend mit den Schultern und blätterte sich dann noch durch die folgenden Seiten. Weitere Aufgaben fand er nicht, dafür aber eine Reihe von Notizen und Ideen für potentielle Mutproben. »Da sind echt lebensgefährliche Einfälle dabei«, sagte er und zeigte auf die Skizze einer Zeichnung, auf der ein Strichmännchen über ein zwischen zwei hohen Gebäuden gespanntes Seil balancierte.

»Oder die hier!«, sagte Fiona, zeigte auf eine der Notizen und las sie laut vor. »Zwei Probanden laufen mit verbundenen Augen auf einen Abhang zu. Wer am dichtesten vor dem Abgrund stoppt, gewinnt.«

»Moment mal!« Bei dem Versuch, sich den Ablauf dieser Challenge vorzustellen, hatte Enno plötzlich einen Geistesblitz. Er griff nach seinem Handy und tippte etwas in die Suchleiste seines Internetbrowsers.

»Wonach suchst du?«, fragte Fiona.

Enno hob den Zeigefinger seiner rechten Hand, um seiner Partnerin anzuzeigen, dass er noch einen kleinen Moment benötigen würde. »Wusste ich es doch!«, sagte er plötzlich und hielt Fiona das Display unter die Nase.

27. Kapitel

Hollywood meets Wangerooge

21. November

»Eine Fernsehserie?«, fragte Fiona ungläubig, nachdem sie den wesentlichen Inhalt von Ennos Handydisplay erfasst hatte.

»Aber nicht irgendeine Fernsehserie«, betonte Enno und tippte auf den Titel.

»Panic«, las Fiona laut vor. »Das stand doch auch auf der roten Mappe.«

»Da stand zwar Project Panic, um genau zu sein«, konkretisierte Enno. »Aber ich glaube, dass es im Wesentlichen doch um genau diese Serie geht. Schau dir mal die Beschreibung an.« Enno hatte die US-amerikanische Produktion, die auf dem Roman ›Panic – Wer Angst hat, ist raus‹ von Lauren Oliver basierte, erst vor einigen Monaten gemeinsam mit Hedda gestreamt und konnte sich daher noch sehr gut an die Szene mit dem Abgrund und den verbundenen Augen erinnern. Der Unterschied war nur, dass die Jugendlichen im TV auf die Lücke einer stillgelegten Eisenbahnbrücke zuschritten.

Fiona überflog die Zeilen, die kurz den Inhalt der Serie zusammenfassten. Dann schaute sie ihren Partner überrascht an. »Ich glaube, du könntest recht haben.«

»Ich habe definitiv recht«, war der sich sicher. »In der Serie geht es um ein vergessenes Städtchen, in dem nicht besonders viel los ist. Das Gleiche kann man von Wangerooge in den kalten Monaten des Jahres wohl auch behaupten.«

Fiona nickte zustimmend. »Und in der Serie riskieren die Schüler der Abschlussklasse in gefährlichen Aufgaben ihr Leben, um sich zum einen von der tristen Langeweile abzulenken und um zum anderen den ausgelobten Jackpot zu gewinnen, der dem letztendlichen Gewinner die Chance bietet, den Fängen der provinziellen Kleinstadt zu entfliehen«, ergänzte sie die weiteren Parallelen zu den vermeintlichen Mutproben, die offensichtlich von Fiete und seinen Freunden geplant worden waren.

»Ob die Clique auch ein Preisgeld für den Gewinner ausgelobt hat?«, fragte Enno sich.

»Dann hätten wir endlich ein Mordmotiv«, spann Fiona den Gedanken weiter. »Fiete könnte sein Leben gelassen haben, weil einer seiner Konkurrenten den Sieg um jeden Preis für sich beanspruchen wollte.«

»Vielleicht wollte einer seiner Freunde sich auch nur einen kleinen Vorteil verschaffen und hat dabei das Risiko für seinen Konkurrenten unterschätzt«, überlegte Enno. »Dann wäre es zwar kein Mord gewesen, aber wir wüssten wenigstens, warum der arme Fiete sein Leben verloren hat.«

»Es wäre auch möglich, dass unser Toter selbst einfach nur seine Kräfte oder Fähigkeiten überschätzt hat und aus eigenem Verschulden ums Leben gekommen ist«, gab Fiona wiederum zu bedenken.

Enno fiel ein, dass Fiete im Süßwasser ertrunken, von seinen Freunden aber am Strand gefunden worden war. »So oder so haben seine Freunde versucht, den Umstand seines Todes zu vertuschen. Wir müssen unbedingt herausfinden, bei was für einer Art Prüfung er gestorben ist.«

»Ich glaube, das müssen Hedda und Keno für uns übernehmen.« Fiona nahm ihr Handy zur Hand, fotografierte sämtliche Seiten der roten Mappe ab und schickte die Bilder an ihren eigentlichen Teampartner. Dann rief sie ihn an, um ihm in wenigen Worten zu erklären, welche Vermutung sie soeben angestellt hatten.

***

»Wer war das?«, wollte Hedda wissen, nachdem ihr Partner das Telefonat beendet hatte. Da er nahezu die ganze Zeit nur schweigend zugehört hatte, konnte sie nur mutmaßen, dass es sich bei dem Anrufer um Fiona gehandelt haben musste.

Keno legte ihr eine Hand auf das rechte Schulterblatt und schob sie langsam vorwärts. »Komm mal kurz mit.« Er entfernte sich mit ihr von der Gruppe, mit der sie am heutigen Vormittag lediglich eine Wanderung über die Insel machten. Dabei hatten sie sich bereits die Salzwasserlagune, die beim Deichbau 1912 entstanden war, angesehen und die Aussichtsdüne, die mit siebzehn Metern über Normalnull die höchste Stelle der Insel markierte, besucht. Jetzt jedoch standen sie in einem dichten Pulk aus jungen Touristen und den einheimischen Kursleitern vor dem neuen, über siebenundsechzig Meter hohen Leuchtturm.

Als die anderen außer Hörweite schienen, fasste Keno seiner vorübergehenden Partnerin das Telefonat, das er mit Fiona geführt hatte, zusammen. Dann stellten sie sich so nebeneinander, dass sie sich die abfotografierten Seiten gemeinsam auf seinem Smartphone anschauen konnten.

»Was hältst du davon?«, fragte Keno, nachdem sie auch die letzte Notiz gelesen hatten.

»Ich denke, der arme Fiete könnte wirklich bei solch einer Challenge umgekommen sein«, flüsterte Hedda ihm sicherheitshalber ins Ohr. Sie wollte auf alle Fälle vermeiden, dass irgendwer hören konnte, was sie miteinander zu besprechen hatten. »Falls es so war, war es meiner Ansicht nach aber wahrscheinlich ein Unfall. Ich kann mir nicht vorstellen, dass jemand ihn bei der Prüfung absichtlich töten wollte. Was meinst du?«

Keno überlegte kurz, ehe er seine Lippen ans Ohr seiner Partnerin führte. »Die Trauer seiner Freunde schien wirklich echt. Ich denke auch, dass es ein Unfall war. Seine Clique wollte das Ganze wahrscheinlich nur vertuschen, um keinen Ärger zu bekommen.«

»Wir müssen herausfinden, was genau passiert ist«, flüsterte Hedda zurück. »Er ist auf jeden Fall ertrunken. Die Frage ist nur, wo oder wobei.«

»Er muss irgendwo auf der Insel ertrunken sein«, war Enno sich sicher, da die Nordsee mit ihrem hohen Salzgehalt ja ausgeschlossen werden konnte. »Aber was für eine Aufgabe könnte er als Rettungsschwimmer gestellt bekommen haben, die am Ende so gefährlich war, dass er dabei ertrunken ist?«

Hedda überlegte kurz, kam dann aber zu dem Entschluss, dass es nur eine Möglichkeit gab, um das herauszufinden. »Wir müssen seine Freunde fragen. Irgendeiner von denen muss sich seine Challenge ja ausgedacht haben und wahrscheinlich waren alle von ihnen dabei, als der arme Fiete ertrunken ist. Schließlich haben ihn ja auch alle gemeinsam am Strand ›gefunden‹. Also müssen ihn auch alle gemeinsam vom eigentlichen Ort seines Ablebens dorthin gebracht haben.«

Kenos verkniffenem Gesichtsausdruck war anzusehen, dass er von der Idee seiner jüngeren Kollegin noch nicht vollständig überzeugt war. »Und wie hast du dir das vorgestellt?«, fragte er leise. »Sollen wir etwa hingehen und sie direkt fragen, warum sie ihren ertrunkenen

Freund an den Strand geschleppt und anschließend so getan haben, als ob sie ihn erst dort gefunden hätten?«

»Das wäre eine Option, aber wahrscheinlich nicht die erfolgversprechendste.« Die junge Ermittlerin ließ nachdenklich ihren Blick über Fietes Freunde schweifen, die nur wenige Meter von ihr entfernt beisammenstanden und miteinander quatschten, während die Touristen immer wieder ihre Köpfe in den Nacken legten und zu der Spitze des rot-weißen Leuchtturms blickten, der gleichzeitig auch als Radarturm genutzt wurde.

»Ich habe eine Idee!« Kenos Gesichtszüge hellten sich auf. Er hielt seine Hände wie einen Trichter vor seinen Mund und beugte sich so vor, dass er direkt in Heddas Ohr sprechen konnte.

»Das könnte klappen.« Überzeugt nickte Hedda ihm zu. Dann ging sie alleine zu der Clique hinüber und tippte Folkmer von hinten auf die Schulter. »Kannst du mal kurz mitkommen?«, fragte sie ihn mit einem strahlenden Lächeln und einem tiefen Augenkontakt. Ihr war nicht entgangen, dass der übergewichtige junge Mann sie schon ein paar Mal von der Ferne aus interessiert beäugt hatte. Sie schien ihm zu gefallen und hoffte, diesen Vorteil für sich nutzen zu können.

»Was ist denn?«, fragte Folkmer und drehte sich zu Hedda um. Ihre Frage schien ihn zu irritieren. Gleichzeitig schien er ihrem entwaffnenden Lächeln aber auch nicht widerstehen zu können.

»Ich habe da hinten etwas gefunden und wollte dich fragen, was das sein könnte.« Sie sagte es extra so leise, dass Dieke, Arnke und die anderen Cliquenmitglieder es nicht hören konnten. Sie wollte auf keinen Fall riskieren, dass noch mehr von ihnen mit zum vermeintlichen Fundort pilgerten. Wie eine Löwin bei der Jagd verfolgte sie nur ein Ziel. Sie wollte das schwächste Mitglied von seiner Herde isolieren.

»Okay!« Neugierig trottete Folkmer neben Hedda her.

Die junge Ermittlerin hielt indessen nach ihrem vorübergehenden Partner Ausschau. In der flachen Dünenlandschaft gab es nicht viele Möglichkeiten, sich vor neugierigen Blicken zu verbergen. Daher hatte Keno sich lediglich einige Meter von dem auffälligen Signalturm entfernt. Als habe er tatsächlich etwas entdeckt, starrte er auf den begrünten Untergrund, der zu seinen Füßen lag. Da er direkt hinter einer Kurve haltgemacht hatte, mussten Hedda und Folkmer jedoch zunächst bis zu ihm laufen, bis auch sie einen Blick auf dieselbe Stelle werfen konnten.

»Ich kann nichts Ungewöhnliches erkennen.« Der übergewichtige Insulaner kniff die Augen zusammen und starrte auf den vor ihm liegenden, zugewucherten Untergrund. Dann schaute er Hedda und anschließend auch Keno an. »Was meint ihr denn?«

»Wir wissen jetzt, warum deine Konstruktion ein Leck hatte«, kam Keno ohne Umschweife zur Sache.

»Meine Kon... Konstruktion«, stotterte Folkmer.

Der ehemalige Mentalkünstler erkannte sofort, dass sein Gegenüber nur so tat, als habe er keine Ahnung, was damit gemeint war. »Na, dein Sarg«, half ihm Keno daher auf die Sprünge. »Da war doch ein ganzer Haufen Sand drin. Wir wissen jetzt, wie der da reingekommen ist.«

»Ach ja? W... Wie denn?« Folkmers Augen hüpften ängstlich zwischen dem vermeintlichen Paar hin und her.

Seine gesamte Körpersprache war dabei so auffällig, dass auch Hedda sich absolut sicher war, auf der richtigen Spur zu sein. »Im Deckel war ein Loch, über den der Sarg mit frischer Luft versorgt wurde«, stieg sie daher in das Kreuzverhör mit ein.

Noch ehe Folkmer dazu etwas sagen konnte, ergriff Keno schon wieder das Wort. »Darum habt ihr den Deckel auch so schnell weggebracht und angezündet. Ihr wolltet nicht, dass wir das Luftloch sehen.«

Folkmers Mund öffnete sich, doch mehr als ein lückenfüllendes »Ähhhh« konnte er nicht hervorbringen, da ihm sofort darauf schon wieder das Wort entrissen wurde.

»Und darum ist Dieke dir auch so schnell ins Wort gefallen, als du uns in der Nacht erklären wolltest, wie es zu dem Sandhäufchen in deiner Konstruktion kommen konnte«, legte Hedda nach.

Wie bei einem Tennismatch folgten Folkmers Augen immer demjenigen, der gerade kurz das Wort an ihn richtete.

»Wir haben uns darüber Gedanken gemacht und glauben, dass ihr den Sarg nicht nur eingebuddelt habt, um euren Freund symbolisch zu Grabe zu tragen.« Kenos Stimme klang fest und entschlossen. Sein Blick fixierte dementsprechend souverän die Augen des Verdächtigen.

Folkmer hielt dem Augenkontakt nicht lange stand. Hilfesuchend schaute er zum Leuchtturm hinüber und suchte seinerseits den Blickkontakt mit seinen Freunden.

»Wir glauben, dass Fiete in diesem Sarg gestorben ist«, entschloss Hedda sich, zum finalen Schlag auszuholen. »Er ist bei einer jugendlichen Mutprobe in dieser Kiste gestorben und ihr habt ihn hinterher einfach in die Nordsee geworfen, um so die eigentlichen Hintergründe seines Todes zu verschleiern.« Sie wusste, dass es so keinesfalls gewesen sein konnte, aber darum ging es ihr auch nicht. Sie wollte Folkmer nur aus der Reserve locken, um so mehr über den eigentlichen Ablauf zu erfahren.

»Was macht ihr denn hier?«, rief Dieke ihnen plötzlich aus einigen Metern Entfernung zu. »Kommt schon, wir wollen jetzt hoch auf die Plattform.« Argwöhnisch musterte er die ungewöhnliche Gruppenkonstellation.

Ob er etwas ahnt? Hat er eventuell Folkmers hilfesuchenden Blick gesehen? Unsicher schaute Hedda ihren Partner an. Was sollten sie jetzt tun? Sie hatten noch nichts erreicht und konnten doch jetzt nicht einfach zur vermeintlichen Tagesordnung übergehen.

»Wir kommen!« Erleichtert schaute Folkmer seinen Kumpel an und machte einen ersten Schritt in seine Richtung.

So leicht kommt ihr mir nicht davon, dachte Keno und sagte etwas, was die beiden Insulaner schlagartig erstarren ließ.

28. Kapitel

Pokerface

21. November

»Wir werden die Polizei über unseren Verdacht informieren müssen!« Entschlossen verschränkte Keno die Arme vor der Brust.

Wie zwei Rehe im Scheinwerferlicht schauten Dieke und Folkmer ihn an.

»Worüber habt ihr gerade gesprochen?«, zischte Dieke seinen Freund an, nachdem sich seine Erstarrung wieder gelegt hatte.

»Ich … Wir … Er meinte …« Folkmers Stottern wurde immer schlimmer. Es war nicht klar zu erkennen, ob er sich mehr vor Keno, Dieke oder der Gesamtsituation fürchtete.

Um Dieke aufzuklären, verwendete Hedda beinahe dieselben Worte, die sie auch an Folkmer gerichtet hatte. »Wir glauben, dass Fiete in diesem Sarg gestorben ist, den ihr am Strand verbrannt habt. Er ist bei einer jugendlichen Mutprobe in dieser Kiste gestorben und ihr habt ihn hinterher einfach in die Nordsee geworfen, um so die eigentlichen Hintergründe seines Todes zu verschleiern.«

Dieke wirkte ertappt, bemühte sich aber, sich dies nicht anmerken zu lassen. »Wie kommt ihr denn auf den Quatsch?« Er machte eine wegwerfende Handbewegung und verzog sein Gesicht zu einem herabwertenden Lächeln.

»Quatsch oder nicht«, gab Keno sich betont gelassen. »Ein junger Mann ist gestorben und wir werden das komische Gefühl nicht los, ihr könntet etwas damit zu tun haben. Wir kommen also gar nicht drumherum, unser Gewissen zu erleichtern, indem wir unsere Beobachtung der letzten Nacht der Polizei melden.«

Gefühl! Es war nur eines der Worte, das Keno benutzt hatte, aber es hatte sich wie ein Kaugummi in Heddas Gehörgang verfangen. *Gefühl*, wiederholte sie das Wort in Gedanken erneut. Zum ersten Mal wurde ihr bewusst, dass sie während der gesamten Ermittlungen weder ein Gefühl noch einen deutbaren Traum gehabt hatte. *Ob es daran liegt, dass ich dieses Mal nicht mit Enno, sondern gemeinsam mit Keno ermittle?*, fragte sie sich.

Diekes Miene wurde wieder ernster. »Nun bleiben wir mal alle ganz ruhig.« Er machte eine beschwichtigende Geste mit den Händen.

»Ihr wart doch dabei, wie wir den Sarg verbrannt haben. Habt ihr denn nicht gemerkt, wie traurig uns der Tod unseres Freundes noch immer macht. Wollt ihr uns jetzt allen Ernstes als potentielle Mörder darstellen und uns, neben der Trauer, auch noch dem Getratsche der Inselgemeinschaft aussetzen?«

»Dass ihr wahrhaft um euren Freund trauert, steht für uns außer Frage. Und dass ihr Mörder seid, hat niemand von uns behauptet«, stellte Hedda klar. »Wir wollen euch nicht zusätzlich belasten, aber versetzt euch doch mal in unsere Lage. Was würdet ihr an unserer Stelle tun?« Sie schaute Folkmer an, der jedoch sofort den Kopf wegdrehte und somit quasi ihren Blick an Dieke weiterreichte.

Der sportliche Insulaner wischte sich eine Strähne aus dem Gesicht. »Mal angenommen, ihr hättet mit eurer absurden Behauptung recht …«, begann er auf Heddas Frage einzugehen, machte dann aber sofort eine gedankenschwere Sprechpause, »… und Fiete wäre wirklich bei einer Mutprobe in diesem Sarg gestorben.« Es folgte eine weitere Unterbrechung, in der sich sein Gesicht schlagartig aufhellte. »Dann dürfte bei einer Obduktion doch kein Wasser in seiner Lunge gefunden worden sein. Denn nach eurer Theorie wäre er ja zuvor im Sarg erstickt. Hätten wir ihn zur Verschleierung anschließend ins Wasser geworfen, hätte er ja gar kein Nordseewasser mehr einatmen können, weil er ja eben schon tot war. Richtig?« Er fixierte zunächst Heddas und dann Kenos Blick.

Die beiden Ermittler nickten. Sie wussten genau, worauf Dieke hinauswollte. Auch ihnen war klar, dass Fiete nicht in dem Sarg gestorben sein konnte. Aus der roten Mappe wussten sie ja, dass die Sarg-Challenge für Folkmer vorgesehen gewesen war. Aber im Gegensatz zu Dieke kannten sie eben auch das Ergebnis der Obduktion, wonach der junge Insulaner eben nicht in der Nordsee, sondern im Süßwasser ertrunken war.

»Dann erkundigt euch doch vielleicht erst mal nach dem Obduktionsergebnis.« Dieke hatte sichtbar an Oberwasser gewonnen. »Fietes Leichnam ist nämlich gerichtsmedizinisch untersucht worden und dabei ist mit absoluter Sicherheit festgestellt worden, dass er ertrunken ist. Oder denkt ihr nicht auch, dass ansonsten längst die Kripo vom Festland hier aufgeschlagen wäre, um in der Sache zu ermitteln?«

Sein Pokerface ist wirklich gut, dachte Keno anerkennend. *Aber mir kannst du nichts vormachen! Ich sehe doch, dass du etwas zu verbergen hast.* Er überlegte kurz, wie er seine Strategie anpassen konnte. »Vielleicht hat er ja im Sarg gelegen, und als die Flut kam, wurde der Teil des Strandes, an dem er begraben lag, überspült. Dann wäre das Wasser durch die Luftöffnung in den Sarg eingedrungen und hätte letztendlich doch zu einem Ertrinkungstod geführt.«

Überrascht stellte Hedda fest, dass der spontane Einfall ihres Partners durchaus auch als tatsächlicher Ablauf infrage kam, sofern Fiete die Challenge bestritten hatte, die eigentlich für Folkmer vorgesehen war. *Dann dürfte es jedoch nicht die Flut gewesen sein*, kombinierte sie weiter.

»Die Flut!« Dieke lachte laut auf. Dann wandte er sich an Keno. »Hast du nicht letzte Nacht selber noch vorgeschlagen, wir sollten den Sarg näher ans Wasser bringen, damit das Dünengras kein Feuer fängt? Die Flut überspült doch nicht den ganzen Strand.«

Wie könnte Süßwasser in den Sarg eingedrungen sein?, war Hedda noch immer mit ihren Überlegungen beschäftigt, als sie ein spontaner Einfall zusammenzucken ließ. »Selbstverständlich hast du recht«, sagte sie zu Dieke. »Aber vielleicht hat ja einer von euch durch den Schlauch, der eigentlich für die Luftzufuhr gedacht war, Leitungswasser in den Sarg gefüllt. Dann würden wir allerdings tatsächlich von Mord sprechen.« Ihr Körper begann leicht zu zittern. Sie hielt ihre neue Theorie für so glaubwürdig, dass sie es nun doch wieder für möglich hielt, dass Fiete sterben musste, weil einer seiner Freunde es auf das vermeintliche Preisgeld abgesehen hatte.

Entgeistert schauten Dieke und Folkmer die junge Ermittlerin an. Beiden stand vor Entsetzen der Mund offen.

»Wo… Woher weißt du von dem Schlauch?«, fand Folkmer plötzlich seine Stimme wieder.

Erst jetzt wurde Hedda bewusst, dass sie etwas ausgeplaudert hatte, was sie nur von den Plänen wusste, die sich in der roten Mappe befunden hatten. Sie hatte davon in der Beschreibung der Challenge gelesen, von der Fiona ihnen ein Foto zugeschickt hatte.

»Wir haben am Strand ein verkohltes Stück Gummischlauch gefunden und anschließend einfach eins und eins zusammengezählt«, sprang Keno seiner Partnerin zur Seite.

»Wir wollen jetzt auf den Leuchtturm, kommt ihr?«, rief ihnen Arnke plötzlich zu. Die junge Insulanerin wollte eigentlich schon wieder zu dem Rest der Gruppe zurückgehen, als sie in den verstörten Blicken ihrer Freunde erkannte, dass etwas ganz und gar nicht stimmte. Ruckartig verharrte sie in ihrer Bewegung. »Ist alles okay?«

Dieke schüttelte den Kopf. »Die beiden hier …«, er nickte mit dem Kopf in die Richtung der beiden Ermittler, »… glauben, wir hätten etwas mit Fietes Tod zu tun.«

Schlagartig wich jede Farbe aus Arnkes Gesicht. »Wie bitte?«, fragte sie entsetzt und blieb wie angewurzelt stehen.

Es entbrannte eine erneute Diskussion, bei der viele der Theorien, die bereits aufgeworfen worden waren, erneut zur Sprache kamen. Auch Arnke versuchte mit allen Mitteln, die Spekulationen des vermeintlichen Touristenpaares zu entkräften, machte dabei aber auf Keno einen ebenso unglaubwürdigen Eindruck wie Dieke und Folkmer.

»Wir drehen uns hier im Kreis«, beendete der muskulöse Ermittler daher das Gespräch. »Alles, was ihr sagt, ändert nichts daran, dass wir …«, er schaute Hedda direkt an, »… das Gefühl haben, der verbrannte Sarg könnte irgendetwas mit dem Tod eures Freundes zu tun haben. Wir wollen euch nicht verdächtigen und euch auch kein zusätzliches Leid zufügen, aber wir werden es der Polizei melden müssen.« Hilfesuchend schaute er seine Partnerin an. Er wusste nicht so recht, wie er nach diesen Worten den Ermittlungsfaden noch einmal aufnehmen sollte.

Aber auch Hedda wusste nicht, wie sie dieses Gespräch noch weiterbringen konnte. Dennoch versuchte sie, an das Gewissen der jungen Leute zu appellieren. »Ihr müsst auch mal an die armen Eltern von Fiete denken. Findet ihr nicht, dass sie das Recht haben, die Wahrheit zu erfahren, egal wie bitter oder traurig sie auch sein mag?«

Ihre Worte hatten ein bedrücktes Schweigen zur Folge.

Erst nach sich endlos anfühlenden Sekunden ergriff Arnke wieder das Wort. »Ich glaube, sie hat recht.« Sie presste die Lippen zusammen und schaute ihre Freunde traurig an. Dann begann ihre Gesichtsmuskulatur unkontrolliert zu zucken und die lange zurückgehaltenen Tränen brachen aus ihr heraus.

29. Kapitel

Das Geständnis

21. November

Etwas hilflos standen Dieke und Folkmer neben ihrer völlig aufgelösten Freundin. Nachdem keiner der beiden Anstalten machte, Arnke zu trösten, übernahm Hedda die Initiative.

Sie ging auf die junge Frau zu, legte ihr die Hand in den Nacken und presste ihren Kopf ganz sanft an ihre Schulter. »Ist ja schon gut«, sprach sie ihr im ruhigen Tonfall zu, während sie mit ihrer Hand behutsam über das rot-blonde Haar der jungen Insulanerin strich.

»Manchmal ist es besser, ein düsteres Geheimnis ans Licht zu zerren«, sagte Keno zu den beiden jungen Männern. Auch er hatte einen ruhigen, ermutigenden Ton angeschlagen. »Im Hellen sehen die bösen Geister der Vergangenheit zwar zunächst schrecklich aus, zerfallen dort in der Regel aber schnell zu Staub.«

Dieke und Folkmer tauschten fragende Blicke miteinander aus. Dann schauten beide zu der immer noch laut schluchzenden Arnke hinüber. Aus der Richtung des Neuen Leuchtturms näherten sich jetzt auch Lüder und Wimar der Runde.

»Was ist denn hier los? Sollen wir etwa alles alleine machen oder wollen die Herrschaften ihre Pause vielleicht endlich beenden?«, fragte Lüder sichtlich genervt. Erst hinterher bemerkte er, dass es Arnke überhaupt nicht gut zu gehen schien. »Was ist mit ihr?«, wandte er sich an Dieke.

»Es ist wegen Fiete«, antwortete der ungewohnt wortkarg.

»Wegen Fiete?« Wimar musste schlucken. »Was meinst du genau?«

Arnke hob ihren Kopf an und schaute ihre vier männlichen Freunde der Reihe nach an. Ihre grünen Augen flackerten hinter einer flüssigen Mauer aus Tränen. Sie löste sich aus Heddas Umarmung, wischte sich mit den Fingerkuppen über die sommersprossigen Wangen und schnappte deutlich hörbar nach Luft. »Ich halte das nicht mehr aus«, sagte sie mit brüchiger Stimme. »Wir müssen endlich sagen, was wirklich passiert ist.«

Keno rechnete fest damit, dass sich bei der jungen Insulanerin jeden Moment wieder die Schleusentore öffnen würden. Aber Arnke nahm all ihre Kraft zusammen und kämpfte erfolgreich gegen einen weiteren Weinkrampf an. »Kann einer von euch das machen?« Wieder glitt ihr Blick über das Gesicht ihrer vier Freunde. »Bitte!«, flehte sie, ehe sie sich doch noch eine Träne von der Wange wischen musste.

Entschlossen trat Dieke vor. »Ich mach's«, sagte er. »Irgendwelche Einwände?« Er schaute Folkmer, Wimar und Lüder an.

Nachdem alle drei kaum sichtbar den Kopf geschüttelt hatten, begann er zu erzählen, wie Fiete die letzten Stunden seines Lebens verbracht hatte. »In den kalten Monaten rund um den Jahreswechsel ist auf Wangerooge meistens nicht besonders viel los.«

»Dann ist hier absolut tote Hose«, präzisierte Lüder.

Dieke nickte ihm zu. »Ja, das trifft es noch besser. Gerade für uns junge Insulaner ist das eine schwierige Zeit, in der wir uns oft langweilen. Man sieht immer nur die gleichen Gesichter, und das Freizeitangebot ist dann auch nicht gerade abwechslungsreich. Darum haben wir uns etwas überlegt, um unserem Leben etwas mehr Pep zu geben.« Er holte tief Luft, ehe er die nächste Frage stellte. »Kennt ihr die Fernsehserie ›Panic‹?«

Hedda nickte. »Die haben wir erst vor ein paar Wochen gestreamt.«

»Auch wir haben uns die erste Staffel angesehen und sind dann auf die Idee gekommen, wir könnten genau so etwas auch hier auf Wangerooge machen. Darum hat sich jeder von uns für ein bis zwei Mitglieder der Clique eine Mutprobe einfallen lassen.«

»Dann hat sich wirklich einer von euch in dem Sarg lebendig beerdigen lassen?«, fasste Keno nach.

»Das war ich!« Folkmer meldete sich, als wäre er in der Schule. »Ich habe ganze zwei Stunden in dem Ding ausgehalten.« Der Stolz über diese Leistung war ihm deutlich anzusehen.

»Aber warum habt ihr den Sarg verbrannt, wenn es gar nicht Fiete war, der in dem Ding gelegen hat?«, fragte Hedda irritiert.

»Wir hatten Sorge, dass der Wind das Ding freilegen könnte und dadurch vielleicht auch unsere Mutproben ans Licht kommen würden«, erklärte Lüder. »Wenn das passiert wäre, hätten die Leute sich vielleicht gefragt, ob Fiete eventuell doch nicht beim nächtlichen Schwimmen in der Nordsee ertrunken ist.«

»Dann bestand Fietes Aufgabe darin, nachts in der Nordsee zu schwimmen?«, fragte Keno.

»Nein«, antwortete Wimar. »Das wäre für ihn doch keine Herausforderung gewesen. Er war ein verdammt guter Rettungsschwimmer.«

»Was musste Fiete denn machen?«, wollte Hedda wissen.

»Fietes Aufgabe habe ich mir ausgedacht«, schluchzte Arnke gegen ihre Tränen an. »Am östlichen Ende der Insel gibt es einen beliebten Schwimmteich. Im Sommer befindet sich in dessen Mitte auch eine künstliche Insel, die mit einer Kette an einem auf dem Grund befindlichen Betonsockel fixiert wird. Ich habe mir …« Ihre Stimme versagte. Sie schlug die Hände vor das Gesicht und weinte bittere Tränen. Dieses Mal war es Dieke, der ihr eine starke Schulter zum Anlehnen bot.

Lüder hingegen übernahm die weitere Erläuterung von Fietes Challenge. »Anstatt der künstlichen Insel haben wir einfach Fietes Fuß an dieser Kette befestigt. Seine Aufgabe war es, sich in der Nacht zweieinhalb Stunden über Wasser zu halten.«

»Zweieinhalb Stunden?«, wiederholte Hedda ungläubig. Sie war schon fix und fertig, wenn sie im Hallenbad zehn Bahnen geschwommen war.

»Wie gesagt, Fiete war ein verdammt guter Schwimmer. Er war nicht nur Rettungsschwimmer, sondern hatte auch das Totenkopfabzeichen in Gold«, warf Wimar ein.

»Totenkopfabzeichen in Gold?«, fragte dieses Mal Keno nach.

»Das bekommt man, wenn man zwei Stunden am Stück geschwommen ist, ohne sich zwischendurch irgendwo festzuhalten«, erklärte Dieke. Er hielt noch immer Arnke im Arm, die inzwischen aber zumindest der Unterhaltung wieder folgen konnte. »Da es für Fiete ja auch eine Herausforderung sein sollte, haben wir eben noch eine halbe Stunde draufgepackt.«

»Was aber dann wohl leider doch zu viel für ihn war.« Mitfühlend schaute Hedda die Cliquenmitglieder an. Dann schoss ihr ein neuer Gedanke durch den Kopf. »Aber warum habt ihr ihn denn nicht gerettet, als er untergegangen ist?«

»Fiete hat uns weggeschickt«, schluchzte Arnke und zog die Nase hoch.

»Er hat euch weggeschickt?« Keno runzelte ungläubig die Stirn.

Lüder presste verlegen die Lippen aufeinander. Er wusste, dass die nachfolgenden Worte keine Entschuldigung für ihr verantwortungsloses Verhalten waren, probierte aber doch zu erklären, warum sie ihren Freund in dieser verhängnisvollen Nacht alleine gelassen hatten. »Fiete war immer sehr ehrgeizig. Er wollte unsere Version von ›Panic‹ unbedingt gewinnen. Wenn man seine Prüfung bestand, ohne dass jemand zur Sicherheit in der Nähe blieb, gab es Bonuspunkte. Die wollte er unbedingt haben.«

»Und dann seid ihr einfach gegangen und erst nach zweieinhalb Stunden zurückgekehrt?« Entsetzt schlug Hedda die Hand vor den Mund. Sie stellte sich den Schock vor, den die Gruppe erlitten haben musste, als sie gut gelaunt zurückkehrte und ihren Freund nur noch leblos im Wasser vorfand.

»Dieke ist sofort ins Wasser gesprungen, hat die Kette von Fietes Fuß gelöst und ihn an Land geschleppt. Wir haben versucht ihn wiederzubeleben, aber es war zu spät!« Niedergeschlagen schaute Lüder zu Boden.

»Aber ihr hättet doch trotzdem einen Arzt rufen müssen. Vielleicht hätte der noch etwas für euren Freund tun können.« Verständnislos schüttelte Keno mit dem Kopf.

»Arnke und ich sind auch beide Rettungsschwimmer und kennen uns mit der Reanimation von Ertrunkenen sehr gut aus«, versuchte Dieke ihr Verhalten zu rechtfertigen. »Bis der Hubschrauber hier gewesen wäre, um ihn aufs Festland ins Krankenhaus zu fliegen …« Er brach ab. Er wusste selbst, dass seine Einschätzung letztendlich nicht rechtfertigte, dass sie den Absatz eines Notrufes unterlassen hatten.

Hedda verzichtete darauf, die Gruppe für ihr Fehlverhalten zu rügen. Sie waren schon genug bestraft, indem sie einen aus ihrer Mitte für immer verloren hatten. »Und dann habt ihr entschieden, seinen leblosen Körper in die Nordsee zu werfen, damit es so aussah, als wäre er dort bei einer seiner nächtlichen Trainingseinheiten ertrunken.«

Dieke, Arnke, Lüder, Wimar und Folkmer ließen ihre Köpfe sinken und nickten kaum wahrnehmbar.

»Ihr habt einen schrecklichen Fehler gemacht und dafür einen bitteren Preis bezahlt«, fasste Keno die für ihn neuen Erkenntnisse zusammen.

»Wir verstehen auch, dass ihr euer Verhalten geheim halten wolltet. Aber denkt jetzt bitte mal nicht nur an euch«, redete Hedda den jungen Insulanern erneut ins Gewissen. »Fietes Eltern haben es verdient, die Wahrheit zu erfahren.«

30. Kapitel

Das Konzert

22. November

Nach dem Geständnis der fünf Freunde vom Vortag hatten Fiona, Hedda, Enno und Keno entschieden, noch zwei Tage auf eigene Kosten auf Wangerooge zu verbringen. Doch bevor sie am morgigen Tag mit der Fähre aufs Festland zurückkehren mussten, wollten sie zum Abschluss noch etwas gemeinsam unternehmen. Da passte es nahezu perfekt, dass für den heutigen Abend ein Konzert bei der Jugendherberge geplant war.

Direkt vor dem Westturm war eine kleine Bühne aufgebaut worden, auf der in wenigen Minuten eine Udo-Lindenberg-Coverband auftreten würde. Die Musiker machten gerade selbst Urlaub auf der Ostfriesischen Insel und hatten sich von einer Schülergruppe aus Rheinland-Pfalz, die sich gerade auf Klassenfahrt befand, dazu überreden lassen, spontan ein Konzert zu geben.

Diese impulsive Entscheidung hatte sich wie ein Lauffeuer auf Wangerooge verbreitet. Für die Jahreszeit war das Wetter zudem außerordentlich mild und dementsprechend hatten sich viele Insulaner, Touristen und Bewohner der Jugendherberge eingefunden, um dem musikalischen Spektakel beizuwohnen.

Während die vier auf den Beginn der Show warteten, unterhielten sie sich noch einmal über die Ereignisse der vergangenen Tage.

»Prost!« Keno streckte seinen Mitstreitern seine Bierflasche entgegen und forderte sie auf, mit ihm anzustoßen. »Auf einen schönen Abend!«

Die Flaschenhälse stießen in der Mitte zusammen und jeder von ihnen nahm einen kräftigen Schluck.

»Ich glaube, ich hole uns noch schnell eine Runde, bevor die Show beginnt.« Keno nahm den anderen ihre geleerten Flaschen ab und ging Richtung Getränkewagen.

»Warte, ich helfe dir!« Fiona folgte ihm.

Hedda und Enno nutzten die Zweisamkeit, die während der Tage, in denen sie zugunsten der Ermittlungen die Partner getauscht hatten, definitiv zu kurz gekommen war, und gaben sich einen innigen Kuss.

»Ein merkwürdiger Fall, so ganz ohne Mörder«, resümierte Enno noch einmal über die hinter ihnen liegenden Ermittlungen.

»Ja, das war wirklich ein merkwürdiger Fall«, stimmte Hedda ihm zu. »Es ging alles so schnell und ich hatte nicht einmal eine meiner Visionen.«

Das Ermittler-Ehepaar hatte sich seit dem Geständnis der Jugendlichen schon einige Male über Heddas vermeintliche Gabe unterhalten, die ihnen dieses Mal so gar nicht bei den Ermittlungen behilflich sein wollte. Ob es daran lag, dass sie nicht gemeinsam ermittelt hatten? Oder waren die Zeichen ausgeblieben, weil es ausnahmsweise überhaupt keinen Mörder gab? Auf diese Fragen würden sie wohl erst eine Antwort finden, wenn sich das ein oder andere Muster bei einem zukünftigen Fall wiederholen würde.

Fiona und Keno kehrten zurück und reichten ihren beiden Geheimeinheitskollegen ihre Getränke. Im selben Moment erlosch das Licht auf der Bühne und ein paar Schatten schlichen zwischen den verschiedenen Musikinstrumenten hin und her. Dann erhellte ein Scheinwerfer, der mittig oberhalb des Mikrofonständers angebracht worden war, den Mann, der sich direkt davor positioniert hatte.

Er hatte das Kinn auf seiner Brust abgelegt, sodass man nur den markanten Hut erkennen konnte, den er trug. Dann hob der Sänger plötzlich den Kopf an, sodass das Publikum jetzt auch seine schwarze Sonnenbrille sah. Neben diesen Accessoires glich er auch durch seine schulterlangen, leicht gelockten Haare und die dunkle Kleidung seinem berühmten Idol.

Der Sound eines Keyboards setzte ein und weitere Lichter erhellten die Dunkelheit. Mit seiner rechten Hand griff der Frontmann der Coverband nach dem Mikrofon und begann zu singen. Seine Stimme war der des nachgeeiferten Panikrockers dabei erstaunlich ähnlich. »♫♪ Wir war'n zwei Detektive, die Hüte tief im Gesicht. Alle Straßen endlos, Barrikaden gab's für uns doch nicht. ♪♫«

Auch wenn Udo Lindenberg den Song zum ersten Mal in einer Zeit performt hatte, in der sie beide noch nicht geboren worden waren, erkannten Hedda und Enno ihn sofort. Verliebt schauten sie sich in die Augen, als sie die folgenden Textstellen laut mitsangen. »♫♪ Du und ich das war einfach unschlagbar, ein Paar wie Blitz und Donner. Und immer nur auf brennend heißer Spur. ♪♫«

Die Coverband spielte im Laufe des Abends einen Hit nach dem anderen. Die Stimmung war ausgelassen und die vier Ermittler amüsierten sich prächtig. Doch als der Auftritt ungefähr zur Hälfte vorbei war, passierte etwas, womit keiner von ihnen gerechnet hatte. Mitten in einem Song sackte Hedda plötzlich und ohne Vorwarnung in sich zusammen.

»Schatz, was ist mit dir?« Besorgt versuchte Enno seine Frau zu stützen, während Fiona und Keno sich vor und hinter ihr platzierten, damit keiner der übrigen Konzertbesucher über sie stolpern konnte.

Hedda hielt sich die Hand an die Schläfe. »Ich weiß auch nicht. Die blauen Scheinwerfer haben mir direkt ins Gesicht geleuchtet und da ist mir auf einmal total schwindelig geworden.«

Enno wandte sich an Keno. »Hilf mir mal! Wir bringen sie da hin.« Er zeigte auf einen Bereich, der einige Meter hinter den letzten Zuschauerreihen lag. Hier gab es einige Bierzeltgarnituren und umgedrehte Getränkekisten, die als provisorische Sitzgelegenheiten genutzt werden konnten.

Wie zuletzt bei ihrer Hochzeit, als Enno seine frisch Angetraute über die Schwelle getragen hatte, schnappte er sie auch dieses Mal und trug sie zu dem etwas abgelegeneren Ort. Fiona eilte indes zum Getränkewagen, um eine Cola zu besorgen. Sie hoffte, dass die koffeinhaltige Limonade den Kreislauf ihrer Kollegin ein wenig auf Touren bringen würde. Zur selben Zeit reihte Keno sich am Bratwurststand ein, um auch auf diese Weise für Energienachschub zu sorgen.

Enno hatte sich breitbeinig auf eine der Bierzeltgarnituren gesetzt, um seiner Frau als Rückenlehne zu dienen. Fiona und Keno knieten vor ihr und hielten die gerade erst georderten Lebensmittel bereit. An der Cola hatte Hedda zwar kurz genippt, aber nach etwas zu essen war ihr nun wirklich gar nicht zumute.

»Wie geht es dir jetzt?«, stellte Enno dieselbe Frage, die er seiner Frau in den vergangenen Minuten bereits mehrfach gestellt hatte.

»Es geht mir gut«, wiederholte Hedda sich und versuchte, dabei nicht genervt zu klingen. Sie verstand ja, dass er sich Sorgen machte, aber so langsam musste er ihr doch einfach mal glauben.

»Hast du solche Schwächeanfälle öfter?«, fragte Fiona mitfühlend.

»Eigentlich nicht. Nur im Rahmen unserer …« Hedda stockte. Konnte ihr Schwächeanfall etwas mit den Ermittlungen rund um Fietes Tod zu tun haben?

Enno wusste sofort, warum seine Frau nicht weitergesprochen hatte. »Aber der Fall ist doch bereits gelöst. Fietes Freunde haben gegenüber der Polizei alles gestanden. Es war ein tragischer Unfall, der durch jugendlichen Leichtsinn begünstigt wurde. Dein Zusammenbruch kann also nichts damit zu tun haben.«

Keno versuchte sich in die Lage seiner vorübergehenden Partnerin zu versetzen. »Gab es sonst immer einen bestimmten Auslöser für deine ›Gefühle‹?« Er setzte das letzte Wort symbolisch in Gänsefüßchen und hoffte, dass Hedda ihm das nicht übelnahm. Er wusste nicht, wie er diese unerklärliche Fähigkeit sonst beschreiben sollte.

Hedda überlegte kurz. »Wenn ich das bisher hatte, war ich oft in der Nähe des Tatortes oder aber der Täter befand sich in meiner direkten Umgebung.«

Fiona schaute sich um. »Den Tatort können wir wohl ausschließen. Warum sonst sollte Fietes Clique uns die Geschichte mit der Challenge am Schwimmteich erzählt haben?«

»Bliebe nur die Option, dass seine Freunde seinen Tod doch geplant haben«, dachte Enno laut nach. Dann ließ auch er einen Blick über die Menschentraube schweifen, die sich vor der Bühne versammelt hatte. »Aber von denen scheint heute keiner hier zu sein.«

»Ich habe auch keinen von ihnen gesehen«, stimmte Keno ihm zu.

Hedda schloss die Augen und versuchte, sich noch einmal an den Moment zurückzuerinnern, in dem ihr schwarz vor Augen geworden war. Zunächst erkannte sie keinerlei Zusammenhänge, doch dann ergab alles plötzlich irgendwie einen Sinn.

31. Kapitel

Die Klavierlehrerin

22. November

»Ich habe eine Vermutung, aber ich bin mir noch nicht ganz schlüssig, wie das Ganze zu dem Geständnis von Fietes Freunden passt«, sagte Hedda. Dann begann sie zu erzählen, welchen Zusammenhang sie zwischen dem Konzert und dem verstorbenen Fiete erkannt zu haben glaubte. »Mir wurde schwindelig, als mir diese beiden blauen Scheinwerfer …«, sie zeigte auf die entsprechenden Strahler, die oberhalb der Bühne an einem Metallgerüst hingen, »… direkt ins Gesicht geleuchtet haben.«

Drei Augenpaare starrten sie gebannt, aber auch verständnislos an.

»Ich glaube, die Lichter haben mich unterbewusst an die blauen Flecken erinnert, die bei der Obduktion von Fietes Leichnam gefunden wurden«, versuchte Hedda ihre Gedanken zu erklären.

Jetzt erinnerte sich auch Fiona an die kreisrunden Blutergüsse, die jedoch als nicht ursächlich für den Ertrinkungstod des jungen Mannes eingestuft worden waren. »Wenn Fiete bei seiner Challenge ertrunken ist, woher stammen dann die Verletzungen an seinem Körper?«

»Er könnte sie sich schon vor der Prüfung zugezogen haben«, warf Keno ein.

»Möglich«, sagte Enno. Da er aber wusste, dass Heddas Gefühl eigentlich fast immer etwas zu bedeuten hatte, glaubte er nicht wirklich daran. »Ist dir noch mehr aufgefallen?«, fragte er daher seine Frau.

Hedda nickte. »Der Song!«

Fiona versuchte sich zu erinnern, welches Lied gerade von der Coverband performt wurde, als Hedda in sich zusammengesackt war. »War es ›Die Klavierlehrerin‹?«

Wieder nickte Hedda. »Es passierte genau in dem Moment, als zum ersten Mal der Refrain gesungen wurde.«

»Fiete hat Klavierunterricht gehabt«, erinnerte sich Keno an das Handyvideo, welches er am Strand gesehen hatte. »Glaubst du, seine Klavierlehrerin ist für seine blauen Flecken verantwortlich?« Skeptisch schaute er seine Kollegin an. Dann schob er eine scherzhafte Bemerkung hinterher. »Vielleicht hat sie ihn geschlagen, weil er so furchtbar schlecht gespielt hat.«

»Ich weiß es nicht.« Hedda zuckte mit den Achseln. »Aber ich weiß noch genau, dass ich mich in dem Moment, wo uns Fietes Freunde das Video gezeigt haben, gefragt habe, woher mir Lüders Mutter bekannt vorkommt.«

»Und jetzt ist es dir wieder eingefallen?«, fragte Fiona.

Hedda nickte erneut. »Erinnert ihr euch an unseren Besuch auf dem Friedhof? Da hat doch eine Frau in der Nähe von Fietes Grabstein gesessen und geweint.« Sie schaute Enno, Fiona und Keno an, um sicherzugehen, dass alle wussten, wovon sie sprach. »Ich bin mir jetzt absolut sicher, dass das die gleiche Frau wie auf dem Video war.«

»Sorry, aber ich verstehe die Zusammenhänge noch immer nicht«, sagte Keno.

»Ich glaube, dass Fiete eine Affäre mit Lüders Mutter hatte und dass diese Beziehung irgendwie in Zusammenhang mit seinem Tod steht«, versuchte Hedda ihre Gedankengänge zu erklären.

»In dem Song singt Udo Lindenberg von einer Klavierlehrerin, die einen Minderjährigen verführt hat«, dachte Enno laut nach.

»In Fietes Zimmer hängen einige Poster von weiblichen Sängerinnen, die deutlich älter sind als unser Opfer«, warf Fiona ein. »Das könnte ein Indiz dafür sein, dass er auf reifere Frauen stand.«

Auch Hedda erinnerte sich plötzlich an etwas, was diese Theorie stützte. »In dem Brief, den Haika an Fiete geschrieben hat, stand, dass er sie angeblich nicht lieben könne, weil er auf Frauen steht, die nach Mitternacht schon lange nicht mehr ihren Ausweis vorzeigen müssen, wenn sie in eine Diskothek wollen.«

»Okay, okay«, versuchte Keno die Euphorie seiner jüngeren Kollegen zu bremsen. »Dann stand unser Opfer vielleicht auf reifere Frauen. Das ist in dem Alter sicher nichts Ungewöhnliches. Oder was glaubt ihr, woher die Abkürzung ›MILF‹ stammt?« Er schüttelte kurz den Kopf, da auch ihm klar war, dass dies eigentlich nichts zur Sache tat. »Aber ich sehe durch die Affäre noch immer kein Mordmotiv, das gleichzeitig auch zum Geständnis von Fietes Freunden passt.«

»Ich schon«, widersprach ihm Fiona sofort. »Lüder könnte herausgefunden haben, dass sein Kumpel es heimlich mit seiner Mutter treibt. Vielleicht hat ihn das so wütend gemacht, dass er als Einziger zurück zum Schwimmteich gegangen ist …«

»… und seinen Freund mit einem Stock unter Wasser gedrückt hat«, setzte Hedda den Gedanken fort. Sie erinnerte sich an das Gespräch, das sie und Keno mit Lüder über das Pultstockspringen geführt hatten. »Lüders Vater ist doch früher viel mit diesen Stöcken über die Gräben gesprungen. Vielleicht hat er noch welche davon zu Hause gehabt und Lüder hat einen davon benutzt, um seinen Freund unter Wasser zu drücken.«

»So könnte es tatsächlich gewesen sein. Bei unserem Event vor zwei Tagen haben er und Dieke schließlich auch eine kleine Pultstock-Version mitgebracht. Auch die könnte seinem Vater gehört haben«, gestand auch der vormals skeptische Keno ein. »Wir müssen herausfinden, ob es Lüder möglich war, in den zweieinhalb Stunden, in denen Fiete seine Challenge bestritten hat, alleine zu ihm zu gehen. Vielleicht hat er aber für diesen Zeitraum auch ein Alibi.«

Fiona schaute auf ihre Armbanduhr. »Dafür ist es heute aber wohl zu spät. Wir haben keine Ahnung, wo die fünf Freunde sind, oder wollen wir das Publikum noch einmal systematisch nach ihnen absuchen?«

»Ich glaube, das macht keinen Sinn«, entgegnete Enno kopfschüttelnd. »Aber wir können etwas anderes tun.«

»Und zwar?«, wollte Hedda wissen.

»Wir könnten auf dem Friedhof nachsehen, wen Lüders Mutter damals betrauert hat.«

»Ich vermute, dass dort ihre Eltern begraben liegen«, sagte Hedda. Sie erinnerte sich noch an die Inschrift des Grabsteins, die sie beim Vorbeigehen gelesen hatte. »Von den Geburtsdaten würde es jedenfalls passen. Merkwürdig war nur, dass der Vater bereits vor fünf Jahren und auch die Mutter schon vor mehr als einem Jahr verstorben ist.«

»Sie muss ja ein sehr inniges Verhältnis zu ihren Eltern gehabt haben, wenn sie nach so langer Zeit noch so sehr um die beiden trauert«, sagte Fiona.

»Oder aber sie hat in Wirklichkeit um Fiete getrauert«, spekulierte Enno. »Wenn sie tatsächlich eine heimliche Affäre mit ihrem Klavierschüler hatte, konnte sie ja wohl kaum auf den Friedhof gehen, um dort direkt vor seinem Grabstein zu trauern.«

Die vier beschlossen, das Konzert zu Ende zu genießen und am morgigen Tag das Gespräch mit Lüder und seiner Mutter zu suchen. Als die Musikaufführung nach mehreren Zugaben endete, machten sie sich mit ihren Fahrrädern auf den Rückweg. Dabei kamen sie auch an dem Friedhof vorbei, auf dem Fiete begraben lag.

»Wartet mal kurz!« Hedda bremste und stellte ihr Fahrrad ab. »Ich will noch einmal zu Fietes Grab.«

»Warum?«, fragte Keno irritiert, stellte aber keine weiteren Nachfragen, nachdem er Ennos eindeutigen Gesichtsausdruck aufgefangen hatte. Im Umgang mit Heddas Fähigkeiten fehlte ihm einfach noch die Routine.

Gemeinsam standen sie schweigend vor dem Grabstein des jungen Insulaners. Hedda schloss die Augen und horchte in sich hinein. Sie hoffte, dass die neuen Spekulationen, die durch ihren Schwächeanfall auf dem Konzert ausgelöst worden waren, ihr auch an Fietes letzter Ruhestätte einen neuen Impuls geben konnten.

Doch auch nach mehrminütigem Warten verspürte sie nichts Außergewöhnliches. Enttäuscht ging sie mit den anderen zurück zum Eingang. Dabei kamen sie auch an dem Grab vorbei, vor dem Lüders Mutter so bitterlich geweint hatte. Mit dem Licht ihrer Handykamera beleuchtete Hedda den Grabstein, um noch einmal die Inschrift zu lesen. Sie wollte sichergehen, dass sie sich bei den Sterbedaten auch nicht versehen hatte.

»Was macht ihr da?«, schrie sie plötzlich jemand von der Seite an.

32. Kapitel

Der goldene Hinweis

22. November

Erschrocken wirbelten die vier Ermittler zu der Gestalt herum, die nur wenige Meter von ihnen entfernt in der Dunkelheit stand. Sie brauchten einen Moment, um zu erkennen, dass es Lüder war.

»Das ist der Grabstein meiner Großeltern«, sagte Lüder. »Warum schaut ihr euch den Grabstein meiner Großeltern an?«

»Das ist reiner Zufall«, antwortete Keno, ohne jedes Anzeichen von Nervosität. »Wir sind nach dem Konzert am Westturm hier vorbeigekommen und wollten eigentlich eurem Freund die letzte Ehre erweisen. Wir haben nur seine letzte Ruhestätte noch nicht gefunden.«

Skeptisch schaute Lüder die nächtlichen Friedhofsgäste an. Doch letztendlich schien er Keno die Geschichte abzukaufen. »Kommt mit«, sagte er. »Fietes Grab liegt da vorne.« Er ging zu der Stelle, von der die vier Ermittler gerade erst aufgebrochen waren.

Zum Glück will er nicht wissen, woher wir Fiona und Enno kennen, dachte Hedda erleichtert. Dann fiel ihr selber eine Frage ein, die sie auch sofort stellte. »Und was machst du hier, mitten in der Nacht?«

»Meine Freunde und ich haben den Umstand, dass fast die gesamte Insel beim Konzert war, genutzt, um Fiete zu besuchen. Dabei muss ich aber irgendwie meinen Haustürschlüssel verloren haben.« Mit dem Licht seiner Handykamera leuchtete er den steinigen Boden ab.

»Wir helfen dir suchen!«, bot Keno seine Unterstützung an, und kurze Zeit darauf suchten alle mit ihren Handys in der Hand den Boden ab.

»Ich habe ihn!«, rief Fiona plötzlich, bückte sich und reichte Lüder einen silbernen Schlüssel, an dem ein kleines rotes Surfbrett hing.

»Vielen Dank!« Lüder war sichtlich erleichtert und steckte den Schlüssel in seine Hosentasche. Er wünschte allen eine gute Nacht und wollte sich gerade abwenden, um wieder zu gehen, als Hedda ihm eine weitere Frage stellte.

»Sag mal, als Fiete die zweieinhalb Stunden alleine im Wasser war, wo warst du da genau?«

»Wie bitte?« Lüders Stimme klang wütend. »Was soll die Frage? Werde ich hier jetzt verdächtigt, oder was?«

»Es ist nur eine ganz normale Frage«, versuchte Keno die Schärfe aus der Situation zu nehmen. »Ich gehe davon aus, dass du die ganze Zeit über mit deinen Freunden zusammen warst. Schließlich habt ihr ihn ja auch alle zusammen gefunden und seine Leiche zum Strand geschleppt.«

Lüder schluckte. »Ich war nicht die ganze Zeit bei meiner Clique.«

Hedda wurde hellhörig. »Ach nein?«

»Nach etwa einer Stunde habe ich einen Anruf von meiner Mutter bekommen. Mein Vater war vom nächtlichen Pultstockspringen ...«, er setzte das Wort symbolisch in Gänsefüßchen, »... zurückgekehrt und hatte zu Hause Ärger gemacht.«

»Er geht nachts Pultstock springen?«, fragte Enno verwundert.

»Nein.« Traurig schüttelte Lüder den Kopf. »Er hat ein Alkoholproblem und nutzt seine komischen Hobbys als Ausrede, um sich irgendwo in Ruhe volllaufen zu lassen. Wenn man ihn aber darauf anspricht, wird er wütend und aggressiv. Meine Mutter hat dann immer große Angst und ruft in der Regel mich zur Hilfe.«

Hedda und Enno mussten sofort an Dedo, den Schatzsucher, denken. Betrunken war er ihnen zwar nicht vorgekommen, als sie ihn bei der nächtlichen Schatzsuche entdeckt hatten, aber sie wussten auch, dass es nicht immer leicht war, Alkoholikern ihre Sucht direkt anzusehen.

»An diesem Abend war es besonders schlimm. Er muss wohl in seinem Suff gefallen sein und hat sich dabei seinen geliebten vergoldeten Schneidezahn ausgeschlagen. Ich bin daher schnell mit dem Rad nach Hause, habe meiner Mutter beigestanden und bin erst wieder zu meinen Freunden zurück, als die zweieinhalb Stunden fast vorbei waren.«

»Das tut mir sehr leid für euch.« Mitfühlend schaute Enno seinen Gesprächspartner an. In seiner Zeit als Polizist musste er oft verzweifelten Müttern zu Hilfe eilen, wenn deren Männer mal wieder zu tief ins Glas geschaut und ihre Aggressionen nicht mehr unter Kontrolle gehabt hatten.

Die arme Frau, dachte auch Hedda an Lüders Mutter. *Unter den Umständen wäre es ja echt kein Wunder, wenn sie sich in eine Affäre gestürzt hätte.* Vor ihrem inneren Auge sah sie Lüders weinende Mutter wieder vor dem Grabstein ihrer Eltern sitzen. Ohne viel darüber nachzudenken, stellte sie die Frage, die ihr in diesem Moment auf der Zunge lag. »Hat deine Mutter deshalb so ein enges Verhältnis zu ihren Eltern gehabt?«

Lüder schaute sie verdutzt an. »Wieso? Wie kommst du darauf?«

»Wir waren schon einmal hier und haben dort eine weinende Frau gesehen«, antwortete Hedda und schwenkte das Licht ihres Handys auf den etwas entfernt liegenden Grabstein von Lüders Großeltern. »Damals wussten wir noch nicht, wer sie war. Aber als wir das Klavier-Video am Strand gesehen haben, haben wir sie sofort wiedererkannt«, flunkerte sie sich die Wahrheit ein wenig zurecht.

Die Verwunderung in Lüders Gesichtsausdruck nahm noch weiter zu. »Seid ihr sicher, dass es meine Mutter war? Eigentlich hat sie nämlich kein besonders gutes Verhältnis zu meinen Großeltern gehabt.«

»Dann haben wir uns wohl getäuscht. Wahrscheinlich sah sie deiner Mutter nur ähnlich, und ob es jetzt genau dieser Grabstein war, kann ich auch nicht beschwören.« Keno zuckte mit den Schultern, als könne er sich nicht mehr genau erinnern. Gleichzeitig kniff er Hedda unauffällig in den Unterarm.

Die junge Ermittlerin verstand sofort, was ihr vorübergehender Partner ihr damit sagen wollte. Sie riss den Mund weit auf und tat so, als ob sie gähnen müsste. »Ich glaube, ich muss jetzt dringend ins Bett.«

»Gute Idee.« Lächelnd legte Keno einen Arm über Heddas Schultern, was wiederum Enno kurzfristig zusammenzucken ließ. Da sie in den letzten Tagen ja nicht mehr ermittelt hatten, hatte er überhaupt nicht mehr daran gedacht, dass Lüder und die anderen ja immer noch davon ausgingen, dass seine Frau und Keno ein Paar waren.

Nachdem Lüder sich verabschiedet hatte und mit dem Fahrrad davongefahren war, rotteten sich die vier Ermittler zusammen.

»Wenn Heddas Gefühl stimmt und Fiete wirklich nicht durch einen Unfall gestorben ist, dann war Lüder nicht der Täter«, sagte Keno.

»Wie kommst du darauf?«, wollte Enno wissen.

»Er hat definitiv nicht gelogen.«

»Aber er schien schon besorgt gewesen zu sein, als wir ihn gefragt haben, wo er während der zweieinhalb Stunden gewesen ist«, gab Fiona zu bedenken.

»Das schon«, stimmte Keno ihr zu. »Aber ich glaube, er war wirklich nur besorgt, wir könnten aus dem Unfall jetzt mehr machen, als es eigentlich war. Versetzt euch doch mal in seine Lage. Plötzlich tauchen da irgendwelche Typen auf, wollen zur Polizei gehen und stellen jede Menge komische Fragen. Er scheint da ganz feine Antennen für das zu haben, was wir eigentlich im Schilde führen.«

»Ich weiß nicht«, blieb Enno skeptisch. »Ich glaube immer noch, dass er seinen Freund getötet haben könnte, weil er herausgefunden hat, dass der etwas mit seiner Mutter hatte.«

»Vielleicht wollte er ihn ja auch gar nicht umbringen, sondern ihm nur einen Denkzettel verpassen«, warf Fiona ein. »Vielleicht hat er den Anruf seiner Mutter gegenüber seinen Freunden nur vorgetäuscht, damit er in Ruhe zum Schwimmteich zurückkehren konnte, um seinem Freund mit dem Pultstock eine Abreibung zu verpassen.«

Während die anderen spekulierten, was wirklich geschehen sein könnte, hatte Hedda die Augen geschlossen und versucht, die Puzzlestücke, die sie vor ihrem inneren Auge ausgebreitet hatte, zu einem Bild zusammenzusetzen. Da sie aber dennoch mit einem Ohr zuhörte, was ihre Geheimeinheitskollegen zu sagen hatten, schnappte sie auch die Worte auf, die Fiona zuletzt gesagt hatte. Und das Wort ›Schwimmteich‹ war genau das Puzzleteil, das ihr noch gefehlt hatte.

Schlagartig riss sie die Augen auf. »Jetzt weiß ich, was geschehen ist«, sagte sie. Dann begann sie den anderen zu erzählen, was sich ihrer Meinung nach in der Tatnacht ereignet haben musste.

33. Kapitel

Die Tatnacht – Teil 1

07. November

Das Licht von einigen Taschenlampen und Handylichtern erhellte die dunkle Nacht. Fiete, Arnke, Dieke, Lüder, Folkmer und Wimar hatten sich am Schwimmteich, der sich am östlichen Ende der Insel befand, versammelt, um die heutige Challenge durchzuführen.

»Augen zu, Arnke!«, rief Folkmer laut lachend. »Fiete macht sich jetzt nackig.« Er richtete den Lichtkegel seiner Lampe absichtlich auf den Unterkörper seines Freundes, der gerade dabei war, den Gürtel seiner Hose zu öffnen.

»Sehr witzig.« Arnke verdrehte genervt die Augen, wobei sie durchaus nichts dagegen hatte, ihren attraktiven Kumpel einmal im Adamskostüm zu sehen. Wie viele andere Mädels auf der Insel stand auch sie heimlich auf den sportlichen Rettungsschwimmer.

Fiete öffnete seinen Gürtel und schob seine Hose bis zu den Knöcheln hinunter. Dann zog er sich die Schuhe aus und stellte sie auf eine große Plastiktüte, die er neben sich ausgebreitet hatte.

»Pech gehabt, Arnke, er trägt seinen Neoprenanzug schon drunter«, konnte auch Lüder es nicht lassen, sie zu reizen.

»Boah, werdet doch endlich mal erwachsen!« Die junge Insulanerin wandte sich von ihren unreifen Freunden ab, machte einen Schritt auf Fiete zu und schaute ihn beunruhigt an. Ihr gefiel es ganz und gar nicht, was ihr heimlicher Schwarm vorhatte. »Willst du das wirklich machen?«, versuchte sie, ihm ein letztes Mal ins Gewissen zu reden.

»Mach dir keine Sorgen. Ich bin in der Form meines Lebens. Das wird ein Kinderspiel für mich.« Augenzwinkernd lächelte der durchtrainierte Rettungsschwimmer sie an und berührte sie gleichzeitig sanft an der Schulter.

Arnkes Knie wurden schlagartig weich und sie befürchtete, ihr Gesicht könnte eine ungewöhnliche Rotfärbung angenommen haben. »Mir wäre trotzdem lieber, wir dürften dich bei deiner Challenge im Auge behalten.«

»Nun gib Lois schon einen Abschiedskuss und dann auf in den Kampf, Superman«, rief Dieke den beiden zu. Er war schon immer der Meinung gewesen, dass Fiete und Arnke ein hübsches Paar abgeben würden, und nutzte jede Gelegenheit, seine beiden Freunde mit entsprechenden Kommentaren zu provozieren. Sein Vergleich mit dem bekannten Film-Superhelden und der Top-Reporterin, die im Verlauf der Serie sogar heirateten, brachte ihn zum Schmunzeln.

»Nun fang du nicht auch noch an.« Fiete streifte sich seinen dicken Kapuzenpullover über den Kopf und legte ihn genau auf die Stelle, auf der er bereits seine Hose abgelegt hatte. Dann hockte er sich hin, legte ein paar Handschellen um sein linkes Fußgelenk und ließ den Verschluss hörbar einrasten. Nur noch mit seinem Neoprenanzug bekleidet, schaute er seine Freunde fragend an. »Und wer von euch legt mich jetzt an die Kette?«

»Na, Arnke natürlich«, prustete Folkmer los.

Auch die übrigen Jungs mussten aufgrund dieses Sinnbildes laut lachen.

»Wobei ich ja schon davon ausgegangen bin, dass ihr zu eurer Hochzeit etwas festlicher angezogen seid«, scherzte Dieke weiter.

Arnke ignorierte die Bemerkungen ihrer Freunde und wandte sich direkt an Folkmer. »Als ich die Challenge geplant habe, hast du mir versprochen, diesen Part zu übernehmen. Meine langen Haare würden doch ewig brauchen, um wieder zu trocknen.« Ihr Lächeln verzog sich zu einem provozierenden Grinsen. »Außerdem bist du der Einzige von uns, der einen natürlichen Schutz gegen das kalte Wasser hat.«

Der Angesprochene tat so, als fände er den Spruch lustig. »Immer auf die kleinen Dicken«, lachte er scheinbar gelassen. Doch in Wirklichkeit machten ihn die ständigen Anspielungen auf sein Übergewicht doch ziemlich traurig. Da er sich aber durchaus noch an sein Versprechen erinnern konnte, hatte er sich zu Hause nicht nur eine Badehose angezogen, sondern auch noch ein Handtuch und Unterwäsche zum Wechseln in seinen Rucksack gepackt. »Jetzt zeige ich euch mal, wie so ein richtiger Adonis aussieht.«

Unter dem lauten Gelächter seiner Freunde zog Folkmer sich die Klamotten aus. Die Temperaturen waren für die Jahreszeit zwar relativ mild, aber durch den recht stürmischen Wind fühlte es sich dennoch sehr kalt an und den anderen fröstelte es allein schon beim Zuschauen.

Als Folkmer nur noch seine viel zu eng sitzende Badehose anhatte, präsentierte er seinen Körper in einigen Posen, die er sich bei Arnold Schwarzenegger oder irgendeinem anderen Bodybuilder abgeschaut haben musste. Erst als auch das letzte Mitglied seiner Clique Lachtränen in den Augen hatte, begab er sich zum Rand des Schwimmteichs. Er setzte sich ans Ufer und ließ die Beine ins Wasser gleiten. »Ist das kalt!«, fluchte er, schlug die Arme vor der Brust zusammen und seine Lippen fingen sofort an zu zittern.

»Vielleicht hättest du dir auch einen Neoprenanzug anziehen sollen!«, rief Wimar ihm zu.

»Warum muss ich gerade jetzt an Presswurst mit Pelle denken«, lachte Dieke laut auf.

Unter einem lauten, schrillen Schrei ließ Folkmer sich ins Wasser plumpsen und schwamm laut keuchend in die Mitte des kreisrunden Gewässers. Er winkte seinen Freunden zu, presste mit Daumen und Zeigefinger seine Nasenflügel zusammen und ließ sich unter die Wasseroberfläche sinken.

Etwa dreißig Sekunden später tauchte er wieder auf und schnappte nach Luft. »Scheiße, ist das dunkel da unten«, keuchte er. »Man kann ja die Hand vor Augen nicht sehen.«

»Hast du die Kette?«, rief Lüder ihm zu.

»Nein!«, rief Folkmer zurück. »Aber beim nächsten Versuch klappt es bestimmt.« Der Schwimmteich war an seiner tiefsten Stelle dreieinhalb Meter tief und es war ihm zu peinlich, seinen Freunden gegenüber zuzugeben, dass er es beim ersten Versuch nicht einmal bis auf den Grund geschafft hatte.

»Ich mach das schon. Ansonsten wird es wieder hell, bevor Schweinchen Dick die Kette gefunden hat.« Mit einem Kopfsprung glitt Fiete ins Wasser und tauchte bereits wenige Sekunden später wieder auf. »Ich habe sie«, rief er den am Ufer Stehenden zu. Da die Kette gerade einmal bis knapp unter die Wasseroberfläche reichte, konnte er deren Ende nicht selbst mit der Handschelle an seinem Fußgelenk verbinden. »Wirst du das jetzt hinbekommen?«, provozierte er daher Folkmer erneut.

Nachdem der ihm das Ende der Kette aus der Hand genommen hatte, ließ Fiete sich auf dem Rücken treiben, sodass der unsportliche Insulaner nicht einmal abtauchen musste, um unterhalb der Wasseroberfläche die Handschellen durch das oberste Glied der Kette zu schieben und diese schließlich einrasten zu lassen.

Fiete war jetzt fest am Boden des Schwimmteichs verankert. Er machte ein paar Schwimmbewegungen auf seine Freunde zu, wurde aber letztendlich von der Kette daran gehindert, das Ufer zu erreichen.

Nachdem Folkmer noch einmal kontrolliert hatte, dass der Prüfling sich nicht selbst von seinen Fesseln befreien konnte, war er zurück ans Ufer geschwommen, hatte sich abgetrocknet und unter dem schallenden Gelächter seiner Freunde versucht, sich seiner Badehose zu entledigen, ohne dabei seine Männlichkeit zu entblößen. Nachdem er dies mehr oder weniger erfolgreich geschafft hatte, stellten sich alle Cliquenmitglieder noch einmal am Ufer auf und leuchteten auf den in der Mitte des Teiches schwimmenden Fiete.

»Bist du wirklich sicher, dass du die Bonuspunkte gewinnen willst und deshalb die Challenge ohne unsere Aufsicht durchziehen möchtest?«, fragte Dieke.

»Jetzt verschwindet endlich«, lachte Fiete, machte eine schwungvolle Bewegung mit dem Arm und spritzte einen Schwall Wasser in die Richtung seiner Freunde.

»Alles klar«, sagte Folkmer und schaute auf die Stoppuhr, die er sofort nach dem Verlassen des Wassers gestartet hatte. »In zwei Stunden und dreiundzwanzig Minuten sind wir wieder hier.«

34. Kapitel

Die Tatnacht – Teil 2

07. November

Anfänglich hatte Fiete noch die Sekunden gezählt, um ein ungefähres Gefühl dafür zu behalten, wie viel Zeit bereits vergangen war. Doch nach ungefähr dreißig Minuten hatte er es aufgegeben und stattdessen damit begonnen, sich in Gedanken die Lieblingslieder seiner aktuellen Playlist ins Gedächtnis zu rufen und diese leise vor sich hin zu summen.

Sorgen, die Challenge nicht bestehen zu können, machte er sich keine. Er hatte sich ohnehin fest vorgenommen, irgendwann einmal den Rekord im Dauerschwimmen zu brechen. Dieser lag seiner Recherche nach bei zweihundertfünfundzwanzig Kilometern, für die der Kroate Veljko Rogošić ohne Pause und Hilfsmittel etwas mehr als fünfzig Stunden benötigt hatte. Fiete selbst hatte seine persönliche Trainingsleistung immer um zehn Minuten gesteigert und war mittlerweile bei fünf Stunden angekommen, die er ohne Unterbrechung schwimmen konnte. Seine Freunde wussten von diesem Vorhaben jedoch nichts, weshalb sie sich bei der Dauer der Prüfungszeit an Fietes vermeintlicher Bestleistung von zwei Stunden orientiert hatten, die er bei der Prüfung für sein Totenkopfabzeichen in Gold aufgestellt hatte. Bei dem Gedanken daran, dass seine Freunde aufgrund ihrer Unkenntnis eine viel zu leichte Challenge für ihn ausgewählt hatten, musste er grinsen.

Sein Lächeln wurde noch breiter, als er kurz darauf an die Prüfung vom Vorabend denken musste. Folkmer hatte seine Prüfung zwar bestanden und hatte sich für zwei Stunden lebendig begraben lassen. Allerdings war er nicht mutig genug gewesen, um diese Aufgabe in Abwesenheit seiner Freunde zu absolvieren. Diese hatten sich während der Challenge jedoch einen fiesen Scherz erlaubt und dem hilflos in seinem Sarg liegenden Kumpel durch den Lüftungsschlauch zugerufen, sie würden jetzt einfach abhauen. Dann hatten sie sich einige Minuten lang leise verhalten und dem um Hilfe schreienden Folkmer gelauscht. Er konnte ja nicht einfach den Deckel öffnen und nachsehen, ob sie wirklich gegangen waren. Erst nach etlichen Minuten hatten sie ihr böses Spiel letztendlich doch aufgeklärt und den armen Prüfling von seiner Todesangst erlöst.

Plötzlich hörte Fiete ein Rascheln in der Dunkelheit. Er verlangsamte seine Schwimmbewegungen und versuchte, so flach wie möglich zu atmen. Als die Geräusche jedoch unaufhörlich näher kamen, rief er entnervt in die Nacht hinaus: »Ich lebe noch! Ihr könnt wieder abhauen!« Er war davon ausgegangen, dass seine Freunde sich doch zu sehr um seine Gesundheit sorgten und daher heimlich nachsehen wollten, ob es ihm gut ging.

»Wer ist da?«

Fiete erkannte die dunkle, raue Männerstimme, die so klang, als habe ihr Besitzer jahrzehntelang geraucht und regelmäßig mit Whiskey gegurgelt, sofort. Das musste Dedo, der Vater von Lüder, sein. *Hoffentlich ist er nicht zu besoffen*, dachte er. »Ich bin's, Fiete«, rief er zurück.

Jetzt entdeckte er plötzlich ein Licht, das immer näher auf ihn zukam und ihm schließlich direkt ins Gesicht leuchtete. Schützend hielt Fiete sich die linke Hand vor die Augen, um nicht weiter geblendet zu werden. Sich mit einer Hand über Wasser zu halten, machte die Challenge zwar nicht leichter, stellte zu diesem frühen Zeitpunkt der Prüfung jedoch auch keine sonderliche Schwierigkeit für den erfahrenen Schwimmer dar.

»Was machst du denn da?«, lallte Dedo. Er hörte sich ziemlich betrunken an.

»Ich trainiere nur ein wenig«, gab Fiete lapidar zurück. Er hatte keine Lust, dem angetrunkenen Vater seines Kumpels zu erklären, was genau hier gerade vor sich ging. Stattdessen probierte er lieber, Dedo mit einem verbalen Manöver abzulenken. »Und was machen Sie hier?«

»Ich trainiere Pult… Pultsto… Pultstock… springen.« In seinem angetrunkenen Zustand war das Wort einfach zu schwierig, um es stotterfrei auszusprechen.

Ein unbeabsichtigter Lacher kam Fiete über die Lippen. Und obwohl er versucht hatte, diesen sofort zu ertränken, indem er seinen Mund unter die Wasseroberfläche gleiten ließ, konnte er nicht verhindern, dass Dedo seine abfällige Reaktion bemerkt hatte.

»Was gibt es da zu lachen?« Die Aggressivität in der Stimme von Lüders Vater war deutlich hörbar.

»Ich habe nicht gelacht«, wollte Fiete sich verteidigen, doch kaum hatte er diese Lüge ausgesprochen, spürte er einen heftigen Stoß an seiner Stirn. »Aua, was soll das? Wieso schlagen Sie mit dem Stock nach mir?« Er nahm die Hand, mit der er sich eigentlich vor dem grellen Licht schützte, und hielt sich damit die schmerzende Stelle.

»Das war, weil du mich angelogen hast«, gab Dedo trocken zurück. »Du kommst jetzt sofort da raus und entschuldigst dich dafür, dass du mich ausgelacht hast!«

Fiete wurde unruhig. Er konnte die Forderung von Lüders Vater nicht erfüllen, durfte ihm aber auf keinen Fall verraten, warum. »Es tut mir leid!«, rief er ihm daher von seiner aktuellen Position aus zu. Dann spürte er erneut einen heftigen Stoß. Dieses Mal hatte Dedo ihn mit dem Ende des langen Stocks an der Wange getroffen. Da Fiete durch das helle Licht der Stirnlampe noch immer geblendet wurde, sah er die Angriffe nicht früh genug kommen.

»Du sollst rauskommen, habe ich gesagt!«

»Einen Scheiß werde ich tun«, gab Fiete trotzig zurück. Er war mit Lüders Vater noch nie wirklich aneinandergeraten, aber er hatte genügend Gründe, ihn nicht zu mögen. Während des Schwimmens veränderte er immer wieder ruckartig die Haltung seines Kopfes, um so ein schwierigeres Ziel zu sein. Er rechnete jederzeit mit einer weiteren Attacke und hielt die Hände bereit, um seinem Angreifer beim nächsten Versuch seine Waffe zu entreißen.

»Das werden wir ja noch sehen.«

Dedo hatte den Fehler gemacht, dieses Mal zuerst etwas zu sagen und erst dann mit dem Stab zuzustoßen. Blitzschnell riss Fiete die Arme empor und packte das andere Ende des ostfriesischen Sportgerätes mit beiden Händen. Allerdings hatte er nicht genügend Kraft, um seinem Angreifer die Waffe zu entreißen.

»Lass los!«, stöhnte Dedo genervt und zog an seinem Ende, während Fiete mit aller Kraft versuchte, den Stab in seine Gewalt zu bekommen.

Als der junge Insulaner jedoch einsah, dass er dieses Kräftemessen nicht gewinnen würde, entschied er sich für eine neue Taktik. Anstatt zu ziehen, stieß er den Stab mit voller Wucht in Richtung seines Angreifers zurück.

Der schrie daraufhin schmerzverzerrt auf. »Du kleiner Wichser!« Seine Stimme klang, als habe er plötzlich einen Wattebausch im Maul. Dann hörte Fiete ein Geräusch, als habe er einen Kaugummi ausgespuckt. »Du hast mir einen Zahn ausgeschlagen.« Erneut stieß er mit dem Stab zu und erwischte Fiete damit an einer sehr empfindlichen Stelle im Unterleib.

»Selber Wichser!«, schrie Fiete zurück, nachdem der erste Schmerz etwas nachgelassen hatte.

»Oh, habe ich deinen kleinen Fiete verletzt? Das tut mir aber leid«, lachte Dedo höhnisch auf. »Zum Glück brauchst du ihn ja nicht wirklich. Jungs, die Klavier spielen, werden ohnehin alle zu ausgewachsenen Schwuchteln. Ich habe dir also nur einen Gefallen getan. So musst du dein Ding später wenigstens keinem fetten Typen in den Arsch schieben!« Mit jedem Wort wurde sein fieses Lachen lauter.

Fiete sah plötzlich rot. Die homophoben Sprüche, die tätlichen Angriffe und die vielen Verfehlungen seines Angreifers, die er sowohl aus den Erzählungen seines Freundes Lüder als auch aus den vertrauensvollen Gesprächen mit seiner Klavierlehrerin Simone kannte, waren in der Summe einfach zu viel. »Für deine Frau wird es schon noch reichen!«, schrie er ihm wütend entgegen.

»Was sagst du da? Das nimmst du sofort zurück!«

Doch Fiete wollte nichts zurücknehmen. Er wollte endlich aussprechen, was ihm schon so lange auf der Zunge lag. Wenn das Geheimnis erst einmal auf dem Tisch lag, gab es vielleicht auch endlich eine Zukunft für ihn und seine Angebetete. »Du hast mich schon verstanden. Ich ficke deine Frau, weil du besoffener Schlappschwanz es einfach nicht mehr bringst.«

»Du mieser kleiner Wichser!« Eine Salve an Stockstößen traf Fiete am Kopf, am Oberkörper und an den Beinen. »Meine Frau würde nie mit einem Milchbubi wie dir ins Bett steigen.«

Die steigende Anzahl an Schmerzquellen stachelte Fiete nur noch mehr an. »Im Bett treiben wir es ja auch nicht«, rief er und lachte. Dann schickte er noch eine weitere Verbalattacke hinterher. »Haben Sie sich denn nie gefragt, warum mein Klavierspiel nie besser wird, obwohl ich schon so lange Unterricht bei Simone habe?«

»Nimm ihren Namen nicht in den Mund, du elender Hurensohn!«

»Warum soll ich ihren Namen nicht in den Mund nehmen? Ich habe schließlich schon sämtliche ihrer Körperteile im Mund gehabt. Oder woher weiß ich wohl sonst, dass sie an ihrem linken Oberschenkel ein Muttermal hat, das aussieht wie ein Herz?«

Dedo verstummte. Seine Frau hatte tatsächlich einen Leberfleck, der so aussah. Er befand sich an der Innenseite ihres Oberschenkels und lag nur wenige Zentimeter von ihrem intimsten Bereich entfernt. In blinder Wut stocherte er mit dem Stab immer wieder nach seinem jungen Nebenbuhler. Dabei verfing sich das ostfriesische Sportgerät plötzlich so unglücklich in der Kette, an der Fiete befestigt war, dass er ihn mitsamt seiner Fessel unter Wasser zog.

Mit dem Licht seiner Stirnlampe suchte er die Wasseroberfläche ab, während er seinen Oberkörper erschöpft gegen das Ende des Stabes presste. »Nun tauche schon wieder auf, du feiger Hund«, knurrte er, während er darauf wartete, dass Fiete zum Luftholen an die Oberfläche zurückkehren musste. Dass der Freund seines Sohnes währenddessen unter Wasser um sein Leben kämpfte und irgendwie versuchte, den Stab aus dem Kettenglied zu lösen, in dem dieser sich verfangen hatte, ahnte er unterdessen nicht. Vielmehr ging er davon aus, dass sein Gegner nur abgetaucht war, um ihm kein sichtbares Ziel mehr zu bieten.

Epilog

Eine Überraschung für Bento

Seit ihren Ermittlungen auf Wangerooge waren schon wieder ein paar Monate vergangen. Hedda und Enno waren auf dem Weg nach Neermoor, um Bento zu besuchen. Sie hatten Ennos Vater schon lange nicht mehr gesehen, waren aber auch deshalb gerade heute unterwegs, weil sie vor Kurzem eine erfreuliche Nachricht bekommen hatten, die sie ihm unbedingt persönlich mitteilen wollten.

»Halt hier mal kurz an!« Hedda zeigte auf einen Supermarkt, der am Wegesrand lag. »Ich will noch kurz etwas besorgen.«

Enno lenkte seinen Polo auf den dazugehörigen Parkplatz. »Was willst du denn kaufen?«, fragte er, nachdem er den Motor abgestellt hatte.

»Lass dich überraschen.« Hedda beugte sich über die Mittelkonsole, gab ihrem Mann einen Kuss und stieg aus dem Fahrzeug. »Bin gleich wieder da!« Sie zwinkerte ihm zu und ließ die Beifahrertür ins Schloss fallen.

Nur wenige Minuten später war sie zurück, öffnete den Kofferraum und verstaute ihren Einkauf darin. Erst nachdem sie die Klappe wieder geschlossen hatte, setzte sie sich zurück auf ihren Platz.

Fragend schaute Enno seine Frau an. An ihrem geheimnisvollen Blick erkannte er sofort, dass er sich seine Frage eigentlich sparen konnte. Deshalb stellte er sie so, dass klar war, dass er sie nur rhetorisch meinte. »Du verrätst mir nicht, was du gekauft hast, oder?«

Mit einem breiten Grinsen auf den Lippen schüttelte Hedda den Kopf.

Enno kannte seine Ehefrau gut genug, um zu wissen, dass er nicht weiter nachzubohren brauchte. »Ich denke, unsere Überraschung allein wird ihn schon aus den Socken hauen. Ich hoffe, dein Einkauf macht es für ihn nicht noch schwieriger.« Er zog die Augenbrauen hoch, während er ihr einen letzten unsicheren Blick zuwarf. Dann startete er den Motor und lenkte seinen Polo zurück auf die Hauptstraße.

»Weißt du, woran ich gerade denken musste?«, fragte Hedda ihn.

»An den tollen Sex, den wir vorhin noch hatten?« Enno zwinkerte ihr provozierend zu, konzentrierte sich dann aber schnell wieder auf die vor ihm liegende Straße.

»Nein«, schmunzelte Hedda. »Wobei das wirklich atemberaubend war.« Sie streichelte ihrem Mann über den Rücken der Hand, die auf dem Schaltknüppel ruhte. »Der Verkäufer im Supermarkt hatte einen goldenen Schneidezahn«, half sie ihm dann auf die Sprünge.

»Dann hast du an Fietes Mörder gedacht«, fiel es Enno sofort ein. »Ich bin immer noch ganz baff, wie du damals auf die Verbindung zwischen dem Schwimmteich und Lüders Vater gekommen bist.«

»Na ja, so schwer war das nun auch wieder nicht«, tat Hedda ihren Ermittlungserfolg ab.

Am Ende war alles genauso gewesen, wie sie es vermutet hatte, kurz nachdem Lüder die vier Ermittler auf dem Friedhof allein gelassen hatte. Durch die Aussage des jungen Mannes, wonach seine Mutter kein gutes Verhältnis zu ihren eigenen Eltern gehabt hatte, hatte sich ihr Verdacht verstärkt, dass die Klavierlehrerin eine Affäre mit ihrem Schüler Fiete gehabt haben könnte und sie in Wirklichkeit auf dem Friedhof war, um den Verlust ihrer heimlichen Liebe zu betrauern.

Zunächst hatten die Geheimeinheitsmitglieder ja vermutet, Lüder könne von der Affäre zwischen seiner Mutter und seinem Freund erfahren haben und deshalb so verärgert gewesen sein, dass es zum Streit mit Fiete kam, an dessen Ende der Tod des jungen Insulaners stand. Doch als Fiona die Vermutung angestellt hatte, Lüder könne den Anruf seiner Mutter nur vorgetäuscht haben, um in Ruhe zum Schwimmteich zurückkehren zu können, fiel bei Hedda plötzlich der Groschen.

Denn nicht nur Lüder hätte einen Grund zur Rache gehabt, nachdem er von der Affäre seiner Mutter erfahren hätte, sondern vielmehr noch sein Vater. Und beim Schlagwort ›Schwimmteich‹ musste die junge Ermittlerin an ihre erste Begegnung mit eben diesem denken. Sie hatten Dedo, von dem sie damals noch gar nicht hundertprozentig wussten, dass er Lüders Vater war, an eben dem Schwimmteich angetroffen, in dem der arme Fiete auch umgekommen war. In seiner Hand hielt er damals einen Metalldetektor, angeblich um Bombensplitter aus dem Zweiten Weltkrieg zu suchen.

Doch plötzlich hatte Hedda sich auch an den letzten Song, den die Udo-Lindenberg-Coverband als Zugabe gespielt hatte, erinnert.

Auch bei diesem Lied war ihr ein wenig komisch geworden. Sie hatte dieses Gefühl jedoch abgetan und es darauf geschoben, dass sie schon im Gehen begriffen waren und sich auf den Weg zu Fietes Grab machen wollten. Sie ging davon aus, die wackeligen Knie hatten mit dem unmittelbar bevorstehenden Kontakt mit der letzten Ruhestätte des jungen Toten zu tun.

Doch mit ihrer neuen Erkenntnis, Lüders Vater könne für das viel zu frühe Ableben von Fiete verantwortlich sein, ergab auch der Zusammenhang zwischen dem Lindenberg-Song ›Nasses Gold‹ und dem am Schwimmteich herumsuchenden Dedo plötzlich einen Sinn. Denn genau in diesem Moment erinnerte sich Hedda nicht nur an die Zahnlücke von Lüders Vater, die sie für die Ursache seines leichten Lispelns gehalten hatte, sondern auch an die Aussage von Lüder, wonach sich sein Vater in Fietes Todesnacht seinen geliebten goldenen Schneidezahn ausgeschlagen hatte. Daher hatte sie sich plötzlich gefragt, ob es vielleicht eben dieser Zahn gewesen sein könnte, den der anscheinend alkoholabhängige Mann in dieser Nacht gesucht hatte.

Ihre Nachforschungen am folgenden Tag hatten dann auch ergeben, dass Lüders Aussage stimmte und sein Vater seinen Schneidezahn tatsächlich genau in der besagten Nacht einbüßte, in der auch Fiete sein Leben verloren hatte. Lüders Mutter Simone konnte sich noch gut daran erinnern, wie ihr Mann am späten Abend betrunken und mit blutendem Mund nach Hause gekommen war. Er war so aggressiv gewesen, dass sie sich nicht anders zu helfen gewusst hatte, als ihren Sohn anzurufen. Lüder war daraufhin auch sofort gekommen, hatte sich schützend vor seine verängstigte Mutter gestellt und diese zur Sicherheit zu einer guten Freundin gebracht, die schon öfter als Anlaufstelle herhalten musste, wenn Dedo mal wieder zu betrunken von einer seiner vermeintlichen Hobbytouren zurückgekehrt war.

Auch dass Simone sich daran erinnern konnte, dass Dedo genau an Fietes Todestag mit dem Pultstockspringen aufgehört hatte, um stattdessen mit einem Metalldetektor nach Bombensplittern zu suchen, hatte zu Heddas neuer Theorie gepasst, Dedo könnte in Wirklichkeit seinen goldenen Schneidezahn gesucht haben. Warum er ihn nicht gefunden hatte, konnte sie genauso wenig beantworten wie die Frage, ob man goldene Schneidezähne überhaupt mit einem Metalldetektor aufspüren konnte. Sie wusste nur eines: Die Spurensicherung der Polizei hatte das goldene Beweisstück nach langer Suche am Ufer des Schwimmteichs gefunden und Dedo hatte nach einem noch viel längeren Verhör die Tat schließlich gestanden.

Ob Lüders Vater letztendlich wegen Mordes oder Totschlags verurteilt werden würde, war im Wesentlichen davon abhängig, ob die Sachverständigen seine Version des Tathergangs, wonach er Fiete nur versehentlich unter Wasser gedrückt haben wollte, mit Belegen untermauern oder eben widerlegen konnten. Die Höhe seines Strafmaßes war außerdem abhängig davon, inwieweit die Richter seinen Alkoholpegel zur Tatzeit berücksichtigten, da hierzu nur einige Zeugenaussagen vorlagen, die allgemein beschrieben, dass Dedo regelmäßig große Mengen Alkohol getrunken hatte, wenn er nachts mit seinem Pultstock unterwegs war.

»Wir sind da«, schnaufte Enno und stellte den Polo vor dem Haus seines Vaters ab. Er war doch etwas besorgt, dass ihm die Überraschung nicht gefallen könnte.

Hedda merkte ihrem Mann sofort an, dass er nervös war. Wieder lehnte sie sich zu ihm hinüber und gab ihm einen Kuss. »Er wird sich freuen, vertrau mir.«

»Und ich glaube, er wird sagen, dass das alles viel zu früh kommt.«

Gerne hätte Hedda ihn noch ein wenig mehr beruhigt, doch da Bento bereits in der Haustür stand und erwartungsfroh durch die Windschutzscheibe seinen Sohn und seine Schwiegertochter anlächelte, blieb ihr keine Zeit mehr für weitere Worte. Stattdessen tätschelte sie Enno nur aufmunternd den Oberschenkel, stieg aus und nahm ihren Schwiegervater zur Begrüßung in die Arme.

Nur wenige Minuten später saßen sie am Küchentisch und tranken gemeinsam Tee.

»Wir haben auch eine Überraschung für dich.« Hedda zog den Briefumschlag mit der Karte, die sie auf der Hinfahrt noch schnell im Supermarkt gekauft hatte, hervor und schob sie über den Tisch zu Bento hinüber.

»Eine Überraschung?« Bento griff nach dem Umschlag und öffnete vorsichtig das Kuvert. »Aber ich habe doch gar nicht Geburtstag.« Er blickte auf und sah in das vorfreudige Gesicht seiner Schwiegertochter, bemerkte aber gleichzeitig auch den angespannten Blick seines Sohnes. Dann zog er die Karte heraus und las die Schrift auf der bedruckten Vorderseite laut vor. »Dein Leben wird sich schon bald grundlegend verändern.« Wieder schaute er seine beiden Gäste fragend an.

»Die eigentliche Überraschung findest du in der Karte.« Vor Aufregung presste Hedda sich die Fingerkuppen zwischen die Lippen.

»Na dann.« Skeptisch klappte Bento die Karte auf. Eine Art Foto fiel, mit dem Motiv nach unten, direkt vor ihm auf die Tischplatte. Er drehte es um und betrachtete das Bild. Seine Augen weiteten sich mit jeder weiteren Sekunde ein kleines Stückchen mehr. Entgeistert legte er die Überraschung auf die Tischplatte und schaute zunächst Hedda und dann Enno an. »Ist das euer Ernst?«

ENDE

Ostfrieslandkrimi-Empfehlungen des Klarant Verlages

Kennen Sie auch schon die anderen Bände der Ostfrieslandkrimi-Serie **»Hedda Böttcher ermittelt«** von Thorsten Siemens?

»Tod in Neermoor«, Band 1
Taschenbuch-ISBN: 978-3-95573-782-5
eBook-ISBN: 978-3-95573-783-2

Im beschaulichen Neermoor wird eine grausam verstümmelte Leiche gefunden. Hedda Böttchers kriminalistischer Spürsinn wird geweckt und hartnäckig macht sie sich auf Spurensuche. Als kurz darauf ein weiteres Mordopfer gefunden wird, liegt der Verdacht nahe, dass man es mit einem Serienkiller zu tun hat. Aber welche Verbindung gibt es zwischen den Opfern? Die Polizei tappt im Dunkeln und auch Hedda kommt mit ihren Ermittlungen nicht wirklich weiter. So ist das sportliche Großereignis in Neermoor, die Ostfriesland-Olympiade, eine willkommene Abwechslung. Doch dann schlägt der Täter ein drittes Mal zu und Hedda gerät in tödliche Gefahr ...

»Tod auf Langeoog«, Band 2
Taschenbuch-ISBN: 978-3-95573-861-7
eBook-ISBN: 978-3-95573-863-1

»Tod in Norddeich«, Band 3
Taschenbuch-ISBN: 978-3-95573-915-7
eBook-ISBN: 978-3-95573-916-4

»Tod in Emden«, Band 4
Taschenbuch-ISBN: 978-3-95573-972-0
eBook-ISBN: 978-3-95573-973-7

»Tod am Nordseestrand«, Band 5
Taschenbuch-ISBN: 978-3-96586-053-7
eBook-ISBN: 978-3-96586-054-4

»Tod am Kap Norderney«, Band 6
Taschenbuch-ISBN: 978-3-96586-142-8
eBook-ISBN: 978-3-96586-143-5

»Tod in Leer«, Band 7
Taschenbuch-ISBN: 978-3-96586-181-7
eBook-ISBN: 978-3-96586-182-4

»Tod in Greetsiel«, Band 8
Taschenbuch-ISBN: 978-3-96586-256-2
eBook-ISBN: 978-3-96586-257-9

»Tod auf Baltrum«, Band 9
Taschenbuch-ISBN: 978-3-96586-305-7
eBook-ISBN: 978-3-96586-306-4

»Tod in Aurich«, Band 10
Taschenbuch-ISBN: 978-3-96586-360-6
eBook-ISBN: 978-3-96586-361-3

»Tod in Wiesmoor«, Band 11
Taschenbuch-ISBN: 978-3-96586-446-7
eBook-ISBN: 978-3-96586-447-4

»Tod auf Wangerooge«, Band 12
Taschenbuch-ISBN: 978-3-96586-515-0
eBook-ISBN: 978-3-96586-516-7

Klarant Verlag

Lernen Sie die Ostfrieslandkrimi-Titel des Klarant Verlages kennen und besuchen Sie uns im Internet unter:

www.ostfrieslandkrimi.de

und

www.klarant.de

Sie können dort Näheres über unsere Autoren erfahren, viele weitere interessante Bücher und eBooks finden und Leseproben herunterladen. Mit dem kostenlosen Newsletter auf

www.ostfrieslandkrimi-lesen.de

erhalten Sie aktuelle Informationen rund um das Verlagsprogramm, wie beispielsweise spannende Neuerscheinungen und Gewinnspiele.